Jeanne-Marie Sauvage-Avit

Jeanne-Marie Sauvage-Avit habite dans les Bouches-du-Rhône. Elle est professeur d'histoire à la retraite. Après *Le Printemps des femmes* (Éditions des Monts d'Auvergne, 2012), *Le vent souffle où il veut* (Éditions des Monts d'Auvergne, 2014) et *Perline, Clémence, Lucille et les autres* (Nouveaux Auteurs, 2014 – lauréat du prix *Femme actuelle* 2014), Jeanne-Marie Sauvage-Avit a publié *Cueilleuse de thé* – lauréat du Prix du Livre Romantique – aux Éditions Charleston en 2017, puis *Céleste, la fille de Perline* – la suite de *Perline, Clémence, Lucille et les autres* – en 2019 chez le même éditeur.

CÉLESTE,
LA FILLE DE PERLINE

DU MÊME AUTEUR
CHEZ POCKET

PERLINE, CLÉMENCE, LUCILLE ET LES AUTRES

CUEILLEUSE DE THÉ

CÉLESTE, LA FILLE DE PERLINE

JEANNE-MARIE SAUVAGE-AVIT

CÉLESTE, LA FILLE DE PERLINE

CHARLESTON

MIXTE
Papier issu de sources responsables
FSC® C003309
FSC
www.fsc.org

Pocket, une marque d'Univers Poche, est un éditeur qui s'engage pour la préservation de l'environnement et qui utilise du papier fabriqué à partir de bois provenant de forêts gérées de manière responsable.

ISBN : 978-2-266-30816-8
Dépôt légal : septembre 2020

À ma sœur Maguy.

PROLOGUE

Mardi 22 août 1944, Saint-Étienne

— Perline !

Le nom ou plutôt le hurlement emplit la pièce, couvrit les trépidations des machines du rez-de-chaussée où travaillaient une vingtaine d'ouvrières. Perline qui préparait les fiches de paie sursauta en découvrant sa sœur adoptive Lucille, affolée, essoufflée et les cheveux en bataille. Entre l'usine et l'épicerie, il n'y avait pas cinq cents mètres, mais à quarante ans, Lucille ne courait plus comme par le passé.

— Ils ont emmené Céleste ! lâcha Lucille quand elle eut retrouvé sa voix.

Perline avait supposé une catastrophe, mais ce qu'elle entendait allait au-delà.

— Qui ?

— Les partisans, les maquisards. Je ne sais pas. Les hommes de la Résistance, ceux qui sont entrés dimanche en ville avec des brassards noirs.

Perline se leva d'un bond, mais ses jambes eurent du mal à la soutenir.

— Mais pourquoi elle ?

Lucille ignora la question, poursuivit sur sa lancée.

— Claire est aussitôt venue me prévenir. Elles étaient ensemble quand ils l'ont arrêtée.

— Arrêtée ? Je ne comprends pas. Qu'est-ce que ta fille t'a raconté ?

— On l'a bousculée. On lui a ordonné de partir. Tout le monde criait. Il y avait d'autres femmes aussi. On les insultait, les traitant de femmes à boches et d'autres injures qu'elle n'a pas voulu me répéter.

Perline sentit la nausée lui nouer l'estomac.

— Où l'ont-ils emmenée ?

— Je n'en sais rien. Claire est restée à l'épicerie et je suis venue t'avertir. Que se passe-t-il ? Qu'a-t-elle fait pour qu'ils s'en prennent à elle ?

Perline secoua la tête, dans sa poitrine son cœur battait la chamade. Elle marcha vers la fenêtre, regarda le ciel comme s'il allait lui apporter la réponse, revint vers Lucille, l'air hagard.

— Tout cela n'a aucun sens.

Ainsi l'attaque ne venait pas de l'occupant nazi, mais d'un nouvel adversaire auquel elle était à des lieues de s'attendre. Les Allemands n'avaient rien à voir là-dedans, d'autant plus qu'ils avaient fui Saint-Étienne quelques jours plus tôt. Le Grand Hôtel était déserté, les « vert-de-gris » étaient partis. Depuis des mois, elle s'était préparée à tout sauf à ça. Elle redouta une erreur, une vengeance contre elle et sa réussite professionnelle.

— Viens !

Elles se précipitèrent dans la cour. Un jeune manutentionnaire entreposait des coupons d'étoffe sur un char à bras. D'une voix altérée par l'émotion, Perline lui ordonna d'aller chercher Bérenger Fougerolles.

— Votre mari est parti à la gare, madame.

— Je sais. Cours vite ! Tu le trouveras dans le bureau du fret.

— Encore une expédition pour l'Allemagne ?

— Les Allemands ne sont plus là. Dépêche-toi ! C'est urgent.

Déjà le garçon courait vers le portail.

— Dis-lui qu'il s'agit de sa fille ! cria-t-elle encore, alors qu'il disparaissait dans la rue.

— Et Géraud ? demanda Lucille. Il faut le prévenir.

— Il est à Lyon. Sur le chantier du funiculaire. Je vais envoyer un télégramme.

Quand elle se retourna vers Lucille, son visage avait perdu toute couleur. Néanmoins, la détermination se lisait dans son regard.

À quarante-six ans, Perline n'avait plus rien de la timide institutrice qui apprenait à lire et à écrire aux petites filles de l'école de sœurs. La Grande Guerre, en posant sur ses épaules la charge et les responsabilités des absents, l'avait transformée en une femme volontaire. Directrice des Filatures et Tissages Fougerolles, elle menait ses affaires d'une main de maître. La France vaincue, envahie, pillée, n'avait pas amoindri sa force de caractère inébranlable en dépit des exigences allemandes. Pourtant, en cet instant, elle se sentait profondément bouleversée. Sa fille était en danger.

Lucille tendit la main vers elle, lui pressa le bras.

— Qu'est-ce que je peux faire ?

Elle n'avait pas pris le temps de remettre de l'ordre dans ses cheveux et les mèches claires échappées de son chignon lui donnaient un air enfantin qu'elle n'avait jamais tout à fait perdu.

— Il faut prévenir Mathias.

— Tu connais ses activités ?

— Je sais seulement qu'une partie de ses récoltes nourrit les maquisards là-haut sur Saint-Genest et derrière La Seauve.

— Il fait plus que les nourrir. Il…

Perline mit une main sur sa bouche.

— Tais-toi, Lucille ! Tu n'es au courant de rien. La guerre n'est pas finie. Souviens-toi : il y a tout juste dix jours, un train partait de Lyon pour l'Allemagne avec des prisonniers et des Juifs. Les Allemands traînent encore partout. Demande à ta fille de continuer à garder l'épicerie et trouve notre frère.

Dans la cour où elles se tenaient, la chaleur de cette fin août les écrasait autant que la nouvelle.

— Perline, qu'est-ce qu'elle a fait ? demanda une nouvelle fois Lucille.

— Céleste ? Ce qu'elle a fait ? Je n'en ai aucune idée. Elle est parfois tellement fantasque.

1

Malgré l'air étouffant qui régnait dans la cellule, Céleste claquait des dents. La peur l'avait littéralement vidée de son sang. Le bras par lequel l'homme l'avait sauvagement tirée lui faisait horriblement mal. Pourtant elle n'avait pas opposé de résistance, trop surprise par cette arrestation. Elle avait encore dans la tête le hurlement de Claire qui avait tenté de s'interposer, qui s'était vue bousculée, écartée violemment. Elle ne s'était pas débattue comme la petite brune qui lui faisait face et qui arborait des ecchymoses sur les joues et un œil tuméfié qui commençait à virer au mauve et au bleu sombre. Elle avait juste eu le temps de se retourner une dernière fois vers sa cousine.

— Préviens ma mère ! avait-elle crié avant d'être poussée sur le camion.

Elles étaient six dans cette cave sans fenêtre à l'exception d'un soupirail fermé de barreaux. On leur avait enlevé leurs liens. Toutes les six se serraient sur les deux planches qui servaient de couchettes aux détenus. Les chaînes fixées au plafond grinçaient lugubrement dès que l'une d'elles remuait. Les cloisons étaient couvertes de graffitis obscènes auxquels se mêlaient des taches brunes rappelant des traces de sang séché ou d'autres fluides encore plus innommables. L'odeur d'urine et d'excréments qui émanait du seau hygiénique était insupportable.

Céleste ignorait où elle se trouvait. Le camion qui les avait amenées là avait traversé la ville en évitant la Grand'Rue et les trams qui ralentissaient la circulation. En route, trop bouleversée par ce qui lui arrivait, elle n'avait prêté qu'une attention fugace au quartier de Tardy bombardé trois mois plus tôt. Les images de l'école éventrée, des maisons en lambeaux, des murs croulant au milieu des décombres et des tas de pierres avaient défilé comme à travers un brouillard. Après la colline de la Cotonne, Céleste avait perdu toute orientation. Elle avait essuyé ses yeux pleins de larmes et repoussé ses longs cheveux que le vent balayait sur son visage. Geste malheureux. Un des deux hommes qui les surveillaient, le fusil à l'épaule, s'était mis à rire. Un rire grossier, odieux, sorte de hennissement aigu qui résonnait encore à ses oreilles.

— Tiens-moi ça ! avait-il lancé à son collègue en lui tendant son arme. On va s'amuser un peu.

Il avait tiré de sa poche un couteau à cran d'arrêt qu'il avait fait claquer avec ostentation.

— Hé, la rouquine ! Tes cheveux te gênent ? Ils ne vont plus te gêner longtemps.

Son hilarité avait fait place à une expression mauvaise. Il avait attrapé les boucles par poignées et les avait tranchées. La lame crissait sur les mèches, comme un tissu qu'on déchire. Elle avait hurlé et tellement tiré sur ses liens que le sang avait coulé de ses poignets.

— Ça suffit, maintenant, était intervenu l'autre, l'attrapant par le bras.

— C'est juste pour lui donner un avant-goût de ce qui l'attend demain, avait ricané l'homme en rangeant le couteau. Demain, on va bien rire. La tondeuse est déjà prête.

Une femme à son côté avait profité d'un cahot pour se pencher vers elle et lui glisser tout bas :

— Surtout ne pleure pas ! Ça leur ferait trop plaisir.

Elle avait serré les dents à s'en faire mal aux mâchoires et fermé les yeux pour ne pas voir les boucles de ses longs cheveux roux traîner sur le plancher du véhicule, souillées par l'eau croupie, les détritus et les flaques d'huile de moteur.

Depuis combien de temps étaient-elles dans cette cellule ? Elle ne savait plus. Sa montre s'était arrêtée à dix heures et quart, quand on les avait arrêtées. Derrière les barreaux, le soleil était encore haut.

— Arrête de trembler comme ça, lui dit sa voisine. Tu vas me foutre la pétoche à moi aussi.

C'était une grande femme qui avait dû faire un bon bout de chemin dans la vie, mais n'en restait pas moins une belle blonde bien charpentée.

— Que vont-ils nous faire ? murmura Céleste d'une voix qu'elle eut du mal à reconnaître comme étant la sienne.

— Ils vont nous tondre, qu'est-ce que tu crois ? Peut-être nous promener à poil sur leur camion. J'en ai rien à foutre. Les cheveux, ça repousse. Quant à m'enlever mes fringues, je fais ça depuis le début de la guerre dans tous les hôtels de la région pour ceux qui ont de quoi payer. Boches, pétainistes, communistes, gaullistes, qu'importe ! Mon cul ne fait pas de politique, comme dit l'autre.

Elle regarda ses voisines pour lire les réactions de celles qui pouvaient entendre. L'une d'elles leva les yeux, les autres demeurèrent impassibles.

— Je me suis fait une belle galette que j'ai donnée à ma fille dès qu'elle a pu partir dans le Midi, poursuivit-elle. On a de quoi s'acheter une petite villa sur la côte, en bord de mer. On prendra des bains chaque jour pour se décrasser de la pourriture des hommes, de leur odeur, de leurs saloperies et de la guerre. Je me demande seulement si on parviendra à s'en débarrasser.

Elle se tut, essuya les paumes de ses mains sur sa robe comme pour les nettoyer d'une saleté invisible et poisseuse. Céleste vit qu'elle avait de belles mains aux ongles rouge vif. Aucune bague ni alliance ne brillait à ses doigts.

— Moi je n'ai pas fait la putain pour me faire du fric, s'insurgea une des trois femmes assises sur la couchette en face d'elles. C'est vrai que j'avais un amant. Il s'appelait Gunter et venait d'Hambourg. On s'aimait. Il avait parlé de m'emmener en Allemagne quand tout serait terminé. Je me moquais pas mal de qui serait vainqueur ou vaincu. Je n'ai eu que lui pendant toute la guerre. Je ne suis pas une pute.

— Et tu étais mariée ?

— Veuve. Un accident de la mine en 1935.

Elle avait parlé fort, presque crié, la voix pleine de colère contre le destin qui s'acharnait sur elle.

— La ferme ! hurla un homme dans le couloir.

Le silence retomba dans la cellule.

— Moi, je n'ai jamais couché…, murmura Céleste d'un ton si bas que seule sa voisine l'entendit.

— Tu n'as jamais fricoté avec les Allemands ? Alors pourquoi t'es là ?

— Je ne sais pas.

— Tu as bien dû faire quelque chose pour que quelqu'un te dénonce.

Céleste réfléchit quelques secondes.

— Oui, je crois.

— Raconte ! On a tout notre temps ici. Moi, je m'appelle Violette Siber. Je n'ai jamais été mariée, mais j'ai une fille de ton âge, conséquence d'un amour de jeunesse.

— Mon nom est Céleste Fougerolles…

— Les Filatures et Tissages ?

— Oui. Ma mère dirige l'usine. Mon père s'occupe des ventes et des exportations. Il est souvent en voyage. L'Espagne, le Portugal et même l'Amérique avant la guerre.

— Qu'importe. Raconte !

— Il y a un contremaître qui me fait la cour… enfin, je devrais dire « faisait la cour » parce que je l'ai tellement rabroué qu'il ne m'adresse plus la parole.

— Rabroué ? Rabroué comment ? Tu l'as giflé ?

— Presque. Il a essayé de m'embrasser un soir dans l'atelier. Nous n'étions que tous les deux. Les ouvrières étaient parties. Ma mère en haut dans son bureau… Je l'ai violemment repoussé et il m'a dit que je ne perdais rien pour attendre, que si j'étais capable d'embrasser un officier allemand, je pouvais bien accepter le baiser d'un contremaître français…

— Donc il y a bien un Allemand dans ta vie.

— Non ! Il ne s'est rien passé !

La voix de Céleste était montée dans les aigus.

— Chut ! Ne parle pas si fort. Qu'est-ce que c'est que cette histoire d'Allemand ?

Céleste poussa un soupir.

— Une histoire stupide. Ma mère m'avait pourtant mise en garde. Mais c'est arrivé comme ça, sans que je le veuille. J'étais allée au marché de Chavanelle, je rapportais des légumes et quelques fruits de la campagne. Je connais presque tous les paysans de Saint-Jean. C'est le village de ma mère. J'avais aussi une baguette encore toute chaude. Et j'ai croisé cet Allemand… Il m'a arrêtée. Il souriait gentiment et m'a demandé si je pouvais lui donner un bout de pain parce qu'il venait d'arriver à Saint-Étienne et ne connaissait pas encore le pain français. Il était jeune, dix-huit ou vingt ans pas plus. C'était en juillet dernier. Les Américains avaient débarqué en Normandie et l'armée allemande n'envoyait plus que des jeunes en garnison. Il parlait un peu le français qu'il avait appris à l'école. Il était aimable et poli. On a échangé quelques mots sur le trottoir, devant l'épicerie…

— L'épicerie de qui ?

— De ma tante Lucille.

— Qui c'est, cette Lucille ? Elle t'a vue parler avec cet Allemand ? Tu lui fais confiance ?

— Lucille ? Mais évidemment ! se récria Céleste. Elle fait partie de la famille depuis toujours.

— Alors ce contremaître était là ?

— Ça ne s'est pas passé devant l'épicerie. Le soldat allemand m'a raccompagnée jusqu'à l'usine. On s'est quittés devant la grille et… Ce n'est pas moi qui l'ai embrassé, c'est lui qui s'est arrangé… Mais juste un peu. Sur le coin de la bouche. Ce n'était pas un baiser d'amant.

— Parle doucement ! Il vaut mieux ne pas attirer l'attention.

— Ce que je veux dire, c'est qu'il ne m'a même pas donné un rendez-vous, rien qu'une bise amicale. Parce que je lui ai offert un bout de pain.

— Et ton contremaître t'a vue.

— Moi, je n'ai vu personne. Mais maintenant que j'y pense…

— C'est lui qui t'a dénoncée. C'est sûr.

— Mais je ne mérite pas d'être tondue pour ça !

— Moi non plus, petite. Aucune femme ne mérite d'être tondue. Ce n'est pas nous qui faisons la guerre.

Ce n'est pas nous qui l'avons déclarée, perdue, qui avons décidé de collaborer avec l'occupant. Nous ne faisons que survivre à leurs conneries. Survivre, tu m'entends ? J'étais sur la place de l'Hôtel-de-Ville, dimanche, j'ai applaudi quand ils ont brûlé le portrait d'Hitler. N'empêche que je suis là.

— Qui sont ces hommes qui nous ont arrêtées ?

— Des FTP. Enfin, c'est ce qu'ils disent. Les vrais résistants, ils sont en train de se battre, de faire sauter des ponts pour ralentir la fuite des Allemands. Ceux-là (Violette eut un geste du menton en direction du couloir), ceux-là, ce sont les résistants de la dernière heure. Ils sont restés planqués pendant quatre ans et, maintenant que la voie est libre, ils sortent des caves, épinglent un brassard à leur bras et s'en prennent aux femmes parce que c'est le travail le plus facile. Tu comprends, nous n'avons pas d'armes, nous. Ils se dédouanent de leurs faiblesses en s'en prenant à la nôtre. Ah ! comme je voudrais avoir appris à me battre, à faire de la boxe, pouvoir leur mettre mon poing dans la gueule…

Des pas se firent entendre dans le couloir. Violette se tut, ravalant sa rage. Il y eut un échange de mots rapide entre deux hommes que personne ne comprit. Puis le silence à nouveau.

Céleste redressa la tête. Cette conversation, ces confidences l'avaient un peu rassérénée. La peur restait tapie en elle, mais contrôlée. Elle se sentit soudain plus combative.

— Je connais quelqu'un…

— Quelqu'un de la Résistance ?

— Oui. Mathias, mon oncle, le frère de Lucille. Tous les deux ont été adoptés par ma grand-mère. Je ne suis pas certaine… Des bribes de mots entendues par hasard…

— Impossible. Ils sont trop prudents.

— En effet, ils sont très prudents. C'est vraiment par hasard que je l'ai découvert, alors qu'il était avec Géraud Brémont, mon véritable père…

— Fougerolles n'est pas ton père ?

— Bérenger Fougerolles n'est que le mari de ma mère.

Violette Siber fronça brièvement les sourcils, mais les histoires de famille ne l'intéressaient pas.

— Es-tu certaine qu'ils parlaient de la Résistance ?

— Leurs propos ne laissaient aucun doute sur leurs activités.

— Alors prie pour qu'ils viennent à ton secours.

***

L'avenue du Bois-d'Avaize, qui n'avait d'avenue que le nom, traversait un de ces beaux quartiers aux demeures élégantes comme celle qui se dressait derrière de hauts murs et qu'on appelait le château du Bois d'Avaize à cause de ses deux tourelles aux tuiles d'ardoise grise surmontées de clochetons. Bérenger Fougerolles l'avait achetée pour une bouchée de pain à la fin de la Première Guerre mondiale. Véritable palais des courants d'air à cette époque, il y avait fait les travaux de rénovation nécessaires pour y installer son épouse et sa fille, ainsi qu'un couple de domestiques. Le pavillon au fond du jardin était réservé à l'ingénieur de ses ateliers, Géraud Brémont. Quant à Bérenger, il préférait vivre dans un petit appartement au centre-ville. Son ami Bradley en avait les clés et s'y installait lors de ses séjours en France. Leur relation était si discrète qu'il n'avait jamais attiré l'attention de quiconque.

C'est au château du Bois d'Avaize qu'ils se réunirent tous les quatre autour de la table du salon. Les trois hommes étaient debout. Seule Perline avait pris place dans un fauteuil près de la cheminée, éteinte en cette saison. Aussi pâle que les dentelles des accoudoirs, elle n'avait cessé de presser ses mains l'une contre l'autre avec angoisse jusqu'à l'arrivée de Géraud, qui, après avoir serré les mains de Bérenger et de Mathias, l'avait prise dans ses bras et avait murmuré contre son oreille :

— On va la sauver.

Perline esquissa un pâle sourire. Géraud était le père de Céleste, il était aussi son seul et unique amour. Elle appréciait par-dessus tout son autorité, la rapidité dans ses prises de décisions, son aisance à les mettre en pratique. Elle lui faisait entièrement confiance.

Il sortit de sa poche intérieure le plan de Saint-Étienne qu'il déplia et maintint à plat sur la table. Tous se penchèrent, tandis qu'il montrait du doigt l'emplacement des quatre prisons de la ville.

— Céleste est probablement retenue dans l'une d'elles. Grouchy et La Fouillouse sont les mieux protégées. Les deux autres sont probablement plus faciles d'accès, mais éloignées du centre.

— Ce n'est pas sûr qu'elle soit dans une prison, objecta Mathias. Hier, le siège de la Gestapo a été mis à sac et les derniers détenus libérés. Les femmes y sont peut-être…

— Comme elles sont peut-être ailleurs.

— On pourrait se renseigner, suggéra Bérenger. À nous trois, on aurait vite fait le tour des prisons, interrogé les voisins sur les va-et-vient de camions…

— Ça ne nous avancerait pas à grand-chose. Personne ne répondrait à nos questions. Tout le monde se méfie de tout le monde, même de son propre frère.

— Il faut quand même essayer.

Géraud eut un geste évasif. Mathias haussa les épaules.

— Vous êtes naïf, Bérenger. On ne peut pas questionner les passants dans la rue. Vous vous voyez demandant à un concierge s'il a vu passer un camion avec des femmes ?

En dépit de ses vêtements de paysan et de ses gros brodequins encore couverts de terre, Mathias semblait très à l'aise dans ce vaste salon bourgeois. Dès que Lucille l'avait averti, il s'était précipité sans prendre le temps de se changer. Il savait que lui seul pouvait éviter un drame.

— Je ne sais si vous réalisez ce qui se passe depuis quinze jours, reprit-il en se tournant vers Fougerolles. Le départ des Allemands a libéré une véritable explosion de fureur. Les gens ne pensent qu'à se venger. Quatre années de privations, de brimades ont accumulé tant de haine que n'importe quel individu se croit autorisé à nettoyer la ville de ses éléments collaborationnistes. Céleste est probablement innocente, mais personne ne vous croira sur parole.

— Je n'aime pas ton « probablement », glissa Perline.

Mathias poussa un soupir embarrassé. Depuis qu'il côtoyait les maquisards, il doutait de tout le monde.

— J'essaie simplement de me mettre à la place de ceux qui l'ont emmenée. Ils ne la relâcheront pas parce que vous vous portez garants de sa bonne conduite.

— Qu'est-ce que tu proposes ? demanda Géraud qui n'était pas loin d'abonder dans son sens.

— Les femmes vont être conduites au bar de l'Étoile, place du Peuple…

— Comment le savez-vous ? s'étonna Bérenger Fougerolles.

Mathias le foudroya du regard.

— Je le sais, c'est tout. Je crois même savoir qui fournira les ciseaux et les tondeuses…

Perline porta ses mains à ses lèvres, étouffant un gémissement.

— Ne t'inquiète pas. On va la sortir de là.

Puis, se penchant au-dessus du plan, il poursuivit d'une voix ferme :

— Faire le tour des maisons d'arrêt ne serait qu'une perte de temps. Il faut attendre demain matin pour agir.

— Et laisser Céleste passer une nuit en prison ! s'indigna Fougerolles.

— Il faut attendre demain pour agir, répéta fermement Mathias. Céleste, c'est ma nièce. Je la connais. Elle est forte et ne perdra pas son temps à pleurnicher sur son sort. Elle sait aussi que nous ne la laisserons pas tomber. Quel que soit l'endroit où les femmes sont enfermées, le camion qui les amènera ne peut passer que par cette rue, les autres étant bouclées à la circulation.

D'un doigt à l'ongle terreux, il désigna un point sur la carte.

— On se tiendra là, au carrefour. J'espère qu'il y aura assez de monde pour qu'on passe inaperçus. C'est là qu'on attendra l'arrivée du camion.

Bérenger et Géraud acquiescèrent, acceptant tacitement que Mathias prenne la direction des opérations. Il était le plus jeune de tous et ses activités occultes le désignaient mieux que quiconque.

En septembre 1939, il avait été incorporé en Alsace, là où il avait fait son service militaire. Il avait profité de ces mois de drôle de guerre pour retrouver le vocabulaire allemand et les phrases déjà apprises vingt ans plus tôt, s'exerçant à parler avec les villageois des environs. Quand l'offensive du 10 mai 1940 avait commencé, sa compagnie avait été balayée en quelques jours par le rush fulgurant des blindés ennemis. Fait prisonnier avec une centaine de camarades, il avait rejoint avec eux un camp le long de la frontière belge. Les Allemands les avaient parqués comme du bétail sur un terrain de plusieurs hectares. Des kilomètres de barbelés encerclaient la zone, survolée par des escadrilles de bombardiers fonçant en rangs serrés sur le territoire français. Il avait suffi à Mathias de lever les yeux, d'écouter le grondement incessant des moteurs pour comprendre que la défaite était inévitable.

— Il ne faut pas rester là, avait-il alors murmuré à l'un de ses compagnons d'infortune.

— Où est-ce que tu veux aller ?

— C'est cuit. Tu as vu leurs chars, leur matériel, le nombre d'avions au-dessus de nos têtes ? La France est foutue. Et c'est pour bientôt.

— Mais on ne peut plus grand-chose.

— Il faut foutre le camp d'ici avant la finale. Si on ne le fait pas, ils vont nous envoyer en Allemagne.

— Qu'est-ce que tu en sais ?

— Parce que tu crois qu'ils vont nous libérer quand l'armistice sera signé ? Mais tu rêves, mon gars ! On sera envoyés en Silésie ou ailleurs. Pour travailler. Comme le butin du vainqueur. Tu fais ce que tu veux ; moi je vais essayer de me tirer.

Le copain avait hésité une fraction de seconde avant de se décider.

— Je pars avec toi. Mais faut bien préparer notre coup. J'ai pas envie de me prendre une balle dans le dos.

Au-delà s'étendait la forêt, les Ardennes. Ils partirent une nuit, un peu avant l'aube. Les camarades au courant de leur fuite les saluèrent, leur souhaitant bonne chance, enviant leur témérité tout en se félicitant de se savoir à l'abri des combats. Une fois en pleine campagne, les deux évadés se séparèrent. Mathias voulait rejoindre l'Alsace puis partir vers le sud. Son compagnon était normand : il choisit l'ouest.

Recueilli par des fermiers près de Masevaux, Mathias resta caché dans leur grange plusieurs jours jusqu'à ce que l'homme vienne le chercher. La radio était allumée dans la cuisine et, pour la première fois, Mathias entendit la voix du maréchal Pétain. La France rendait les armes. La voie était libre. La femme le serra contre lui, l'homme lui tendit la main. Il quitta son refuge le soir même, un sac rempli de victuailles accroché dans son dos. Il n'eut aucun mal à trouver un poste militaire et à obtenir sa démobilisation. En juillet 1940, il était chez lui et commençait à sarcler les pommes de terre à côté de sa femme, Julie. Son gamin avait six ans. En octobre, il rentrait à la grande école. Mathias en était fier. Comme il était fier de son exploitation, de ses récoltes vers lesquelles se tournèrent bien vite les prédateurs.

Dans la maison du Bois d'Avaize, l'atmosphère était tendue, les visages graves.

— Vous ne serez jamais assez de trois, objecta Perline.

— C'est amplement suffisant, la rassura Mathias. De toute manière, j'ai pris l'habitude de ne me fier à personne.

— Il vous faudra des armes aussi.

— Je sais où m'en procurer.

C'est le moment que choisit Bérenger Fougerolles pour intervenir.

— Demain, je vous accompagnerai, bien sûr, mais je ne suis pas certain de pouvoir me servir d'un fusil.

— Pardon ?

— J'ai toujours eu horreur de la chasse. Mon père m'en a assez voulu pour ça. Et, comme vous le savez, en 14-18, je m'occupais de l'usine, j'étais ce qu'on appelle un « planqué ».

— Mais vous aviez fait votre service militaire ?

Bérenger eut une moue embarrassée.

— Eh bien, non. Mon père s'était arrangé pour que je sois réformé.

Mathias le regarda comme s'il avait devant lui un spécimen préhistorique.

— Tu savais ça, Géraud ?

— Oui, mais sois tranquille : si Céleste est en danger, Bérenger saura appuyer sur la gâchette.

— J'espère que nous n'aurons pas à tirer. S'il s'agit des maquisards de la région, j'en connais un bon nombre.

— J'ai toujours mon revolver d'ordonnance, dit Géraud, sur un ton de défi. Dissimulé parmi les pièces détachées des métiers à tisser.

— Dans mes ateliers ?

— Allons, Bérenger, temporisa Perline, combien de fois les Allemands sont-ils venus fouiller tes ateliers ?

— Parce que tu étais au courant ? Ma femme était au courant ! Mais c'est insensé !

Si elle avait été moins inquiète pour sa fille, Perline se serait amusée de l'incrédulité de Bérenger. Trop souvent en déplacement en compagnie de Bradley, il était à cent lieues de s'imaginer ce qui se tramait dans son entourage.

— Je veille à ce qu'aucune de nos ouvrières ne tombe dessus par hasard. Et je savais où le mettre en cas de perquisition.

— Prenez-le, coupa Mathias, et suivez-moi ! Nous allons chercher les fusils.

Et comme Perline haussait un sourcil étonné, il ajouta :

— Tu peux venir. C'est à l'hôpital de la Charité.

Sœur Bénédicte, médecin-chef du pavillon des grands blessés de guerre, n'avait ni le grade, ni les diplômes requis pour cette tâche. Mais il émanait d'elle une telle autorité, une telle assurance devant les situations les plus difficiles, que nul n'osait lui contester ce titre. Pas même le docteur Menaud, véritable titulaire du poste.

— Bonjour, ma chérie, dit-elle en serrant Perline contre son habit blanc protégé d'un grand tablier bleu.

— Bonjour, ma tante.

La religieuse promena un regard sévère sur les trois hommes derrière sa nièce.

— À voir ton escorte, je devine que la libération est en marche.

— Oui, mais elle ne va pas dans le sens que tu crois. Il s'agit de Céleste…

En quelques mots, Perline lui résuma la situation.

— Pauvre petite. Mais je suis sûre que vous allez la tirer de ce mauvais pas. Venez avec moi !

Carrelés de blanc et éclairés par de hautes fenêtres entrouvertes, les couloirs n'en sentaient pas moins le renfermé auquel se mêlaient des odeurs d'éther et de Javel. Perline vit son mari froncer le nez. Ils s'arrêtèrent devant une porte à double battant. Une plaque de bronze indiquait : « Salle de soins ».

— Nos patients passent peu de temps dans cette salle. Aussi n'ont-ils pas le loisir de s'interroger sur l'inconfort des lits ; d'autant que, blessés et souffrants, ils ont d'autres sujets de préoccupation à l'esprit.

Tout en parlant, sœur Bénédicte souleva l'un après l'autre les matelas des quatre lits et découvrit tout un arsenal de fusils et de munitions.

— Des paysans qui n'ont pas voulu céder leur fusil de chasse, des soldats qui, dans la débâcle, ont pu garder leur arme, expliqua-t-elle, d'autres encore pour différentes raisons. Servez-vous et rapportez-les-moi. Je me suis engagée à les rendre à leurs propriétaires.

— Le docteur Menaud est-il au courant de... de cette réserve ? souffla Bérenger qui allait de surprise en surprise.

Sœur Bénédicte le gratifia d'un de ses regards particuliers, celui d'une maîtresse d'école morigénant un gamin turbulent.

— Pourquoi voudriez-vous que je le mette dans l'embarras ? J'assume seule mes responsabilités et mes secrets.

Les armes furent enveloppées de draps, rangées discrètement parmi les coupons de tissu sur la charrette à bras qui attendait devant la porte. Sœur Bénédicte serra fort sa nièce dans ses bras.

— J'ai tellement peur, Tante Marthe.

— Moi aussi j'ai peur. Mais j'ai foi en eux.

Du menton, elle désignait les trois hommes.

Mathias saisit d'autorité les brancards. Géraud se plaça à l'arrière pour pousser. Bérenger et Perline suivirent en silence.

— On ne peut rien faire de plus pour ce soir, déclara Mathias une fois dans la cour de l'usine. Retrouvons-nous ici demain matin... Perline, tu as une mine épouvantable. Il faut te reposer. Nous aussi, d'ailleurs. Une rude journée nous attend. Je fais un saut au magasin pour dire à Lucille que je passe la nuit ici. Elle préviendra ma femme.

— Julie va se poser des questions.

— Julie ne se pose plus de questions depuis longtemps. Elle a compris ce que j'ai essayé de lui cacher pendant toutes ces années.

— Elle doit être morte d'inquiétude.

Mathias soupira.

— Elle tient le coup. Elle est solide.

Après un bref salut de la tête, il quitta la pièce.

***

Mathias avait épousé Julie au lendemain de la Grande Guerre. C'est à cette époque que Clémence Bonnefont avait fait les démarches pour officialiser l'adoption, la sienne et celle de sa sœur Lucille, pour lui permettre d'hériter de la métairie. Il avait gardé le nom de Dieudonné et s'était établi comme maraîcher avec lapins, poules et quelques brebis pour les fromages. Pendant les dix mois où il avait porté l'uniforme, Julie avait tout pris en main et géré la métairie aussi bien que lui. Son évasion, aussi discrète fût-elle, l'avait auréolé d'une certaine gloire auprès des hommes du village, surtout quand on avait su que les prisonniers étaient envoyés dans les campagnes allemandes et travaillaient pour l'ennemi. Plus que l'appel du général de Gaulle, c'est l'attaque de l'URSS qui avait ouvert la voie de la Résistance. Deux ans plus tard, avec le STO, les rangs des maquisards s'étaient brutalement gonflés.

Pétain n'eut pas de chance avec les Stéphanois. Seuls quinze pour cent des requis partirent travailler en Allemagne. Jugé indispensable sur son exploitation, Mathias ne fut pas du lot. Par contre, il dut subir les réquisitions allemandes. Le jeune homme, qui avait appris à se taire, serrait les dents et donnait l'apparence de se soumettre. Mais, comme la plupart des paysans, il se débrouillait pour dissimuler une bonne part de sa récolte. Lucille vendait légumes, fromages et œufs dans son épicerie en échange de tickets de rationnement. Quant au reste…

Un matin, un peu avant l'aube, André vint frapper à sa porte. Mathias l'avait connu tout gamin quand il venait marauder dans son verger. Il l'avait souvent chassé à coups de botte dans les mollets. Mais ce matin-là, il ne le chassa pas. Au contraire, ils bavardèrent longtemps devant un ersatz de café et un casse-croûte de pâté de lapin. Mathias saluait le courage de ces gamins des montagnes qui osaient se rebeller contre l'autorité et prenaient des risques inconsidérés pour imprimer des tracts ou faire dérailler un train. À partir de ce jour, André et son groupe reçurent non seulement des vivres, mais aussi des informations que Mathias glanait en livrant ses fromages à la Kommandantur. On ne se méfiait pas de ce paysan lourdaud, aux galoches boueuses, qui posait ses cageots dans les cuisines. Il ne comprenait pas tout mais rendait volontiers quelques services. Et puis un matin, ce fut la catastrophe :

— Mathias ! Ouvre ! C'est André.

Son visage d'ordinaire rougeaud avait pris une teinte blafarde et la peur le défigurait. Il portait un lourd appareil dans un sac mal fermé d'où pendait un fil électrique.

— Mathias, j'ai fait une connerie. La Gestapo est là, dans le village.

— Qu'est-ce que tu as fait, bon Dieu ? Tu veux te cacher ici ?

— Pas moi. Lui.

Il tendit l'appareil à Mathias.

— Un poste émetteur. On n'a pas l'électricité là-haut, alors j'envoie mes messages depuis la ferme. J'ai pas fait gaffe. Ils m'ont repéré. Ils ont repéré le poste. Prends-le. Ta grange ou le fenil. La lucarne qui donne sur le toit…

— Idiot, c'est là qu'ils iront en premier. Le tas de charbon dans la remise. Je l'ai rentré la semaine dernière. Remue-toi ! Prends la pelle. Mais baisse-toi !

— C'est drôlement bas.

— Moins d'un mètre au fond. Allez, grouille ! Non, n'efface pas les traces, je viens tous les jours remplir mon seau.

Le poste dissimulé sous les boulets, les deux hommes courbés en deux sortirent discrètement. Habitué aux gros travaux, Mathias était frais comme un gardon alors qu'André suait à grosses gouttes. Peut-être était-ce aussi la peur.

— Allez, file, je me débrouille avec eux !

— Mathias… je…

— File avant qu'ils ne te trouvent ici.

Mathias essuyait son assiette avec un gros morceau de pain quand les soldats poussèrent violemment la porte qu'il n'avait pas pris la peine de verrouiller. Julie attrapa son garçon par la main et s'enfuit vers la basse-cour. Ils étaient trois en uniforme, un gradé et ses deux acolytes qui déjà investissaient la pièce, ouvraient les placards, déplaçaient les meubles sans prendre garde au désordre qu'ils semaient derrière eux.

— Vos papiers ! aboya le gradé.

Déjà l'un des deux soldats avait trouvé les documents ainsi que les lettres que Julie et lui s'étaient envoyées pendant leur séparation. De belles lettres remplies de tendresse et d'amour retenu qu'il tendit à l'officier. Le cri d'un soldat au-dessus d'eux en interrompit la lecture. Ils étaient dans le fenil. Mathias avait vu juste. La première chose qu'ils firent fut de pousser la lucarne. Le plus jeune n'eut aucun mal à se hisser sur le toit. Ses pas résonnaient sur les tuiles. Il y eut quelques échanges puis le jeune redescendit, brossa les toiles d'araignées cueillies au passage, secoua la tête. Restait la remise. L'officier jeta un regard méprisant sur les vieilleries qui traînaient. Il voulut néanmoins s'avancer vers le tas de charbon, ne réussit qu'à se cogner la tête contre les planches. Le choc dérangea la belle ordonnance de la casquette, provoquant une bordée de jurons. Son irritabilité se transforma en colère, il brailla un ordre, jeta les lettres par terre, les piétina et quitta les lieux suivi de ses subordonnés.

C'est peut-être à ce moment-là que Mathias réalisa ce à quoi il venait d'échapper. Le visage couvert de sueur, il rejoignit Julie et son fils, les prit dans ses bras et les serra longtemps contre lui, écoutant battre son cœur, jusqu'à ce qu'il se calme.

Quand il revint récupérer son bien, André ne fut pas loin de regretter les coups de botte dans ses mollets comparés à la semonce que lui asséna Mathias. D'une voix glaciale et chargée de colère, celui-ci s'attaqua férocement aux méthodes brouillonnes de la Résistance, à leurs agissements qui mettaient en péril la vie d'otages. Il s'ingénia à décrire sans complaisance les méthodes de torture employées dans les caves du Nouvel Hôtel et admit qu'il aurait tout avoué, les aurait tous trahis, si sa femme et son fils avaient été menacés. Il lui fit comprendre avec des mots très durs que ses imprudences risquaient de les conduire à la mort.

— Ne me refais plus jamais un coup pareil. Tu m'entends ? C'est moi et moi seul qui décide quand et comment je vous aide.

Ce 22 août 1944, il pensa encore : *C'est moi et moi seul qui décide.*

2

Mercredi 23 août 1944

Il devait être deux ou trois heures du matin. La lueur bleutée de la lune filtrait à travers les barreaux, éclairant chichement la cellule. Sur l'insistance de Violette, Céleste avait avalé le bol de soupe qu'on leur avait servi avant la nuit et tentait en vain de trouver le sommeil. À l'exemple des autres femmes, elle avait fini par s'allonger sur le sol crasseux, Violette à ses côtés, une simple écharpe pliée sous leur tête. Les lourdes respirations, les sanglots que certaines cherchaient à étouffer dans un mouchoir, le tintement du couvercle qu'on referme sur les odeurs du seau hygiénique, les rires obscènes des gardiens dans le couloir, autant de bruits qui la tenaient éveillée. Sa panique de la veille s'était muée en une colère froide. Colère contre ces hommes qui l'avaient arrêtée, contre celui qui l'avait dénoncée. Et elle se nourrissait de cette rage pour chasser l'angoisse qui menaçait parfois de l'anéantir. Il lui suffisait de toucher ses cheveux, de sentir sous ses doigts les pointes rebelles des mèches tranchées à la va-vite pour raviver sa fureur.

Une des femmes se leva, trébucha sur elle en essayant de l'enjamber, grinça un mot d'excuse. Près du mur, deux autres se disputaient une des couchettes laissée libre, le ton montait. Des protestations s'élevèrent. Incapable de trouver le calme, étouffée par la promiscuité, Céleste se redressa ; Violette lui prit la main.

— Calme-toi, ce n'est qu'un mauvais moment à passer, chuchota-t-elle à son oreille.

— Je ne peux plus rester ici, je vais me mettre près de la grille. On doit mieux respirer.

Violette la suivit. Elles s'assirent par terre, dos contre le mur.

— Et après ? demanda Céleste à voix basse.

— Après quoi ? Après ce qui va se passer tout à l'heure ? Il faudra quitter la région. Le temps que les cheveux repoussent, que les gens nous oublient. Les gens finissent toujours par oublier. Tu es mignonne, même avec tes cheveux tout en l'air, en brosse, comme un garçon. Tu trouveras quelqu'un. Tu n'auras pas besoin de lui raconter. Vous vous marierez et vous aurez beaucoup d'enfants. Moi je ne reviendrai pas ici. Je vais rejoindre ma fille, une belle vie nous attend. Je t'écrirai à l'usine et je te donnerai mon adresse. Tu viendras nous voir. Qu'est-ce que tu fais dans la vie ? Tu as quel âge ?

— J'ai vingt ans, je devais terminer des études commerciales l'année prochaine.

— Des études à Lyon ?

— Oui, à Lyon. Mes parents me louent une chambre dans un foyer de jeunes filles.

— C'est vrai, toi, tu es née avec une cuillère d'argent dans la bouche.

— Mais non. Si les Fougerolles du côté de mon père étaient des industriels, les Bonnefont du côté de ma mère étaient des paysans. Je me sens plus Bonnefont que Fougerolles. Je passe mes dimanches sur les Hauts de Saint-Jean, j'aime bien m'occuper de la basse-cour, du potager, avec Clémence, ma grand-mère. Elle a aussi un cheval.

— Clémence… Clémence Bonnefont… Ce nom me dit quelque chose. Ce n'est pas cette couturière extraordinaire qui te dessine une robe en un tour de main ? Elle a une boutique rue Machin-Chose, pas loin de la place de l'Hôtel-de-Ville.

Céleste sentit une bouffée de fierté lui remplir le cœur.

— Oui, c'est ma grand-mère. Tu la connais ?

— J'achète presque toutes mes robes chez elle. Alors, écoute, ma chérie. Oublie la campagne, la basse-cour et les lapins, mais n'oublie jamais le coup de ciseaux de ta grand-mère. Si un jour elle peut t'enseigner…

Violette se tut le temps d'une réflexion.

— C'est du talent à l'état pur…

***

Les allées du marché des Ursules et des halles, très animées depuis l'aube, commençaient à s'éclaircir. Les gens descendaient la rue pour se rassembler place du Peuple. Au bar de l'Étoile, des hommes buvaient le petit blanc du matin. On parlait peu ou à voix basse.

On attendait les femmes.

Dehors, un camion stationnait près d'une estrade qui encombrait la moitié de la chaussée, mais quelqu'un avait dit que ça se passerait à l'intérieur. On craignait des mouvements de foule. Un homme entra dans le bistrot, tenant un cageot de fruits et d'œufs pourris. Le visage rigolard, il tenta une plaisanterie avec les clients.

— Fous le camp ! lui jeta une gueule noire en vidant son verre.

Depuis plusieurs jours, l'eau des lavabos du puits Couriot était coupée. La canalisation tardait à être réparée. Les mineurs quittaient la fosse, passaient directement dans la salle des pendus pour se changer. Personne ne s'étonnait de croiser dans la rue des visages noirs de charbon où brillait l'éclat blanc des yeux.

L'homme au cageot blêmit, recula d'un pas, jeta un coup d'œil sur les autres clients, cherchant un soutien du côté du comptoir où personne ne bougea.

— Fous le camp d'ici, j'ai dit !

Même épuisé par une nuit passée à tailler la veine, la gueule noire, avec ses épaules carrées et ses mains plus grosses que des raquettes, était en mesure de donner une belle raclée à quiconque oserait s'interposer. L'homme au cageot quitta le bar sans broncher. Le mineur repoussa son verre, sortit une pièce qu'il jeta avec mépris sur le zinc en direction du patron.

— Je vais me laver. J'ai pas besoin de voir ça !

***

Malgré les protestations de Bérenger et de Géraud, Perline avait insisté pour les accompagner. Mathias n'avait rien dit. Il connaissait assez Perline pour savoir qu'elle ne resterait pas dans un salon à les attendre. Elle se tenait sous un porche, non loin du carrefour où devaient passer les camions. Le petit matin n'étant pas particulièrement chaud, son manteau de laine n'attirait pas l'attention. Elle glissa sa main dans la poche intérieure, palpa le revolver de Géraud pour se rassurer.

— Ne t'en sers qu'en dernier recours, si ça tourne mal, lui avait-il ordonné en plaçant les balles dans le barillet.

Elle avait acquiescé d'un signe. Ses doigts tremblaient en glissant l'arme entre ses vêtements.

Devant elle, la charrette avançait lentement. Les coupons de tissu recouverts d'une bâche débordaient à l'arrière. Comme la veille, Mathias tenait les brancards, mesurant ses pas ; Bérenger et Géraud marchaient sur le trottoir, à sa hauteur.

Soudain, un cri s'éleva :

— Les voilà !

Perline sentit son cœur s'emballer. Elle ralentit, s'appuya contre le mur.

Un homme sortit du bar de l'Étoile, écarta les badauds qui gênaient le passage. Le premier camion arriva. Sur le marchepied se tenaient des hommes en armes, arborant le brassard des francs-tireurs et partisans. L'homme qui conduisait freina brutalement devant l'enseigne. Déjà, quelqu'un abaissait le vantail, tirait un escabeau. Perline dévisagea les femmes tandis qu'elles s'engouffraient dans le bar, tête baissée, les mains liées dans le dos, les unes honteuses, humiliées, les autres effrontées, provocatrices. Céleste n'était pas du convoi. Mathias fit un signe de dénégation à ses deux compagnons qui s'étaient rapprochés.

Un autre camion suivait, s'arrêtait à la hauteur du premier. Perline sursauta, faillit s'élancer en reconnaissant Céleste à l'arrière. Elle étouffa un cri devant le visage ravagé, la tête hérissée de mèches inégales, coupées sans discernement. La voix forte de Mathias retentit, couvrant les cris et les injures de la foule.

— Eh ! Martineau ! Et toi, Grégoire !

Il y eut un mouvement de recul quand Mathias sortit un fusil de la charrette. Il le mit tranquillement sur l'épaule tout en s'approchant, ignorant le gars qui pointait une arme sur lui.

— Vous faisiez moins les fiers là-haut quand je vous apportais la livraison. N'est-ce pas ? Il n'y avait jamais assez de patates, de lard ni de poulets pour vous gaver ! Ça fait combien de temps que je vous nourris à l'œil ?

— Dieudonné !

— Oui, Dieudonné. Mathias Dieudonné. Mais aujourd'hui, je n'ai rien à donner et Dieu non plus. Je viens chercher une fille…

— T'as rien à faire ici.

— C'est toi qui n'as rien à faire ici. Tu devrais être sur le chemin d'Estivareilles à te battre contre les Allemands avec Marey et ses GMO.

— De quoi tu te mêles ?

— André me l'a dit. Il y est déjà.

Un frémissement parcourut la foule des maquisards. Beaucoup d'entre eux connaissaient le commandant Jean Marey, au moins de nom. Et on n'ignorait pas non plus les activités de ses « groupes mobiles d'opération ». Mathias fit encore un pas en avant, tout en gardant le fusil sur l'épaule, mais prêt à s'en servir. Géraud se rangea à ses côtés.

— Au lieu de quoi, tu t'amuses avec les femmes.

— Ce sont les putes des boches.

— C'est pas à toi de les juger. Et celle-là n'en fait pas partie.

Il désigna du doigt Céleste qui s'était redressée, habitée d'un espoir insensé.

Perline ne comprit que plus tard le danger qu'elle avait encouru. Incapable d'attendre plus longtemps, elle s'élança, monta sur le marchepied, tendit la main à sa fille. Derrière elle, elle entendit Mathias armer son fusil, surpris de son intervention.

— Viens, maintenant. On rentre à la maison.

Géraud la reçut dans ses bras, Bérenger ôta ses liens. Dans un silence impressionnant, Mathias les poussa vers la charrette. Aucun des hommes au brassard noir ne bougea. La foule se referma derrière eux, les éloignant du camion.

— Bonne chance, fillette, lança une voix de femme. Et pense à ta grand-mère !

C'était Violette Siber.

***

Le parterre de fleurs avait la forme d'une couronne. À l'intérieur, les bégonias et les dahlias se disputaient la place avec les lis à fleurs blanches. Les buis qui les encadraient étaient en cours de taille : les uns à la frondaison sauvage se dressaient, ébouriffés; les autres, rigoureusement alignés, n'avaient plus un seul rameau rebelle. Germain, le vieux jardinier, avait laissé le sécateur et la cisaille sur la table en rotin, signe qu'il n'allait pas tarder à reprendre son ouvrage. La guerre et les pénuries l'avaient empêché de renouveler les bulbes et les plantations, mais il s'était arrangé pour bouturer, marcotter, diviser les mottes de sorte que le jardin du Bois d'Avaize n'avait rien perdu de sa beauté.

Lucille, debout derrière le fauteuil où se tenait Céleste, se demandait si la jeune fille qu'elle coiffait voyait le charme de cet été finissant. Assise en face d'elle, Claire ne la quittait pas des yeux. Elle n'avait pu retenir ses larmes quand elle avait vu les vêtements déchirés, maculés de sa cousine, et, pire que tout, les épis hirsutes qui remplaçaient son admirable chevelure. Elle avait tenté un geste, mais Céleste s'était enfuie dans la salle de bains. Maintenant encore, elle n'attendait qu'un mot pour lui tendre la main.

Silencieuse, inaccessible, Céleste regardait avec une indifférence détachée les quelques mèches humides tombées sur ses genoux. Perline tenait le miroir mais à l'envers, sa fille ayant refusé de suivre l'opération tant qu'on n'en aurait pas terminé.

— Lucille, comprends-la, avait dit Perline. Elle ne veut pas voir un coiffeur, pas même à domicile. Je t'ai toujours vue couper les cheveux de Mathias quand vous étiez jeunes. Je sais que tu le fais pour Dorian, peut-être même pour ton neveu…

— Ce sont des hommes, ce n'est pas pareil.

— Tu sais manier le peigne et les ciseaux. Fais-le pour elle…

— Et si je me loupe ?

— Mais Lucille, tu ne peux pas faire pire. Tu as vu l'état dans lequel elle est ? Arrange-lui une coiffure qui lui permette de sortir dans la rue.

La partie était loin d'être gagnée. Les mèches d'inégale longueur partaient dans tous les sens. Lucille prit son temps, avança par petites touches, cherchant minutieusement le sens du tombé. Peigne et ciseaux enfin abandonnés sur la tablette, elle mit ses mains en coupe sur la nuque de Céleste, fit bouffer les cheveux coupés en dégradé et ramenés derrière les oreilles. Les plus longs avaient à peine cinq centimètres. Elle craignait autant le désespoir de Perline que celui de Céleste. Mais elle avait fait pour le mieux. Satisfaite, elle hocha la tête. Perline hésita quelques secondes, puis retourna le miroir. Il y eut un moment de silence oppressant. Lucille craignait la crise de larmes, toutefois le regard de Céleste demeura impénétrable.

— Céleste, c'est aussi un prénom de garçon, n'est-ce pas ? dit-elle d'une voix dépourvue d'émotion.

Perline se redressa vivement.

— Je ne veux pas que tu te fasses passer pour un garçon. La loi s'y oppose.

— La loi ? Où est-elle, la loi ? Tu peux me le dire, Maman ? Ça fait quatre ans que la République et ses lois sont bafouées.

— Je t'en prie, Céleste, ne parlons pas de lois, mais tu ne peux pas transgresser les… les principes de notre société.

— C'est toi, Maman, qui parles de transgresser les principes de notre société ? Claire, je t'en prie, dis quelque chose !

— Céleste, tu es tellement jolie. Tu n'as vraiment rien d'un garçon.

Céleste se mit à rire, un rire de dérision qui n'avait rien d'enjoué. Elle prit le miroir dans ses mains, tourna la tête à droite, à gauche, cherchant son meilleur profil.

— Merci, Tante Lucille. C'est réussi. Mais pourquoi n'aurais-je pas le droit de me faire passer pour un homme ?

— Parce que ça ne se fait pas.

— Tu as oublié comment tu as affronté le monde des patrons avec tes principes à toi, l'hygiène, la sécurité, le droit à la dignité. Et ça ne se faisait pas.

— Ce n'était pas pareil.

— Tes principes valent bien les miens. De toute façon, notre famille vit hors norme depuis ma naissance. Papa, qui n'est pas mon père, habite un appartement en ville avec Bradley, et Géraud, qui est mon père, mais pas ton mari, vit ici avec nous. Alors les convenances ! Je vais demander à Clémence de me confectionner un pantalon à ma taille… Tante Lucille, que fais-tu ?

Une trousse à maquillage à la main, Lucille dessina un trait sombre sur les yeux de la jeune fille, appliqua sur ses pommettes et ses lèvres une touche de rose.

Puis, sortant d'un coffret un collier de perles blanches, elle l'attacha au cou de la jeune fille, fixa des pendants à ses oreilles, ouvrit les trois premiers boutons de son chemisier, dégageant sa gorge magnifique. Pour finir, elle posa sur ses cheveux un chapeau à revers, d'où elle fit dépasser quelques mèches sur le front et les tempes.

Le résultat était époustouflant. Il y eut un long silence puis Claire battit des mains, se leva, serra sa cousine dans ses bras.

— Tu pourrais lancer une nouvelle mode.

— D'accord, je suis une fille !

Perline et Lucille soupirèrent, comprenant que la partie était gagnée.

— Et une fille superbe ! lança une voix masculine.

Bérenger, Géraud et Mathias pénétrèrent dans la pièce.

Lucille fronça les sourcils.

— Où étiez-vous passés, tous les trois ?

— Un compte à régler avec un certain contremaître de chez nous, répondit Géraud.

Perline se tourna vers Bérenger.

— Tu l'as licencié ?

— Surtout pas. Il a ordre de reprendre le travail demain matin et de pointer les entrées. Je veux que les ouvrières le voient.

— Je ne comprends pas.

Mathias s'avança au milieu de la pièce, sortit de sa poche une poignée de cartouches qu'il posa sur la table.

— J'ai demandé à l'un des francs-tireurs le nom de celui qui avait dénoncé Céleste. Il se trouve que Bérenger le connaît. Il travaille à l'usine de tissage. On est allés chez lui.

— Et alors ? Vous l'avez frappé ? Dans quel état est-il ? s'écria Perline, partagée entre l'indignation, le remords et le contentement.

— Pas du tout, il se porte comme un charme. Simplement, il a perdu ses beaux cheveux noirs lustrés de brillantine et n'a plus un poil sur le caillou.

— Vous l'avez tondu !

— Je ne vois pas pourquoi ce serait l'apanage des femmes !

***

Géraud observait sa fille. Encore secouée par cette terrible expérience, elle mangeait par petits morceaux, avec précaution. L'accablement qui avait suivi l'intervention de la matinée avait disparu de son visage pour laisser la place à une détermination proche de la dureté. Quelque chose avait changé en elle. Ce n'était pas seulement sa coiffure masculine, c'était aussi son allure. Elle se tenait très droite face à son assiette, avec une assurance toute nouvelle, presque audacieuse.

Le regard de Géraud dévia sur Perline. Elle aussi percevait ce changement.

— Je vais retourner à Lyon. Je ne peux pas rester ici, déclara brusquement Céleste en posant sa fourchette.

Bérenger se récria. Perline posa une main sur son poignet.

— Laisse-la parler.

— Les gens m'ont vue. On vous a reconnus. On sait qui vous êtes et qui je suis. Vous, vous avez suffisamment d'ascendant pour faire taire les rumeurs. Moi, je suis trop jeune. On ne manquera pas de jaser derrière mon dos. Il n'y a pas de fumée sans feu, dira-t-on.

Bérenger tenta une fois de plus de s'interposer. Ce fut Géraud qui l'arrêta.

— Elle a raison. Même si ce n'est que le fruit de son imagination, elle verra du mépris partout et ne sera jamais tranquille. Il faut laisser le temps panser les plaies.

Céleste lui adressa un regard reconnaissant.

— Je vais rentrer au foyer Sainte-Anne. De toute façon, j'aurais repris les cours en automne. J'ai simplement deux mois d'avance sur ce qui était prévu.

— Et si tu passais ces deux mois sur les Hauts de Saint-Jean, chez ta grand-mère ? suggéra Perline.

— C'est trop près d'ici. Les hommes vont sortir du maquis, reprendre leurs activités. Ils apprendront la nouvelle ou ils la connaissent déjà. Je préfère partir. Le plus tôt sera le mieux. En attendant la reprise des cours, je travaillerai. Sœur Bénédicte connaît le médecin-chef de l'hôpital de la Croix-Rousse. Je proposerai mes services comme aide-soignante. Oui, je sais, vous avez de quoi subvenir à mes besoins. Mais c'est surtout pour m'occuper l'esprit. Je ne veux pas rester deux mois sans rien faire, à ressasser ce qui s'est passé ici et que j'aurais pu éviter si j'avais été plus prudente.

Elle tendit la main vers la carafe d'eau. Mathias la devança, remplit son verre à moitié, compléta avec du vin. Elle prit le temps de boire avant d'ajouter :

— Je vous remercie tous de ce que vous avez fait, des risques que vous avez courus pour me venir en aide. Je vous en serai toujours reconnaissante, mais il est temps que je me prenne en charge.

3

20 septembre 1944, en France

Ne me demandez surtout pas pourquoi je me suis mis à écrire, je n'en sais rien moi-même. Sans doute parce que mon esprit commence à divaguer. La gangrène m'attaque. Je me mets à penser à la mort. La nuit dernière, j'ai même rêvé de mon enterrement. Je n'ai plus qu'une main de libre, l'autre étant immobilisée dans un énorme pansement qui va des doigts à la clavicule. Dessous, ça sent la pourriture. Le médecin de la compagnie est passé ce matin. Il n'avait pas l'air content. Je crois qu'il m'en veut parce que ma blessure s'est infectée. Comme si j'en étais responsable ! Chez les GI, on ne s'embarrasse pas de rhétorique, il m'a dit sans détour qu'on allait m'amputer. Je n'arrive pas à savoir s'il a dit ça pour me faire peur ou s'il s'agit de la réalité. Alors, tant qu'à n'avoir plus qu'un bras, qu'une main, autant m'en servir avant de mourir. Par bonheur, je suis droitier et c'est le gauche qui est foutu, touché par une rafale de mitraillette allemande. Stupides boches : au lieu de se rendre et de terminer la guerre peinards dans un camp de prisonniers, ils font du zèle et continuent à se battre. C'est sûr qu'après ce qu'ils leur ont fait subir pendant quatre ans, les Français ne doivent pas être de sympathiques geôliers.

C'est arrivé juste après notre jonction avec la 3e armée. Les troupes allemandes se sont engagées dans une résistance acharnée, ralentissant notre progression vers le nord. Je n'ai pas vu d'où venait le tir. J'ai hurlé de douleur, mais je ne me suis pas évanoui. Les copains m'ont donné les premiers soins. Ils ont confié à d'autres mon barda d'appareils de transmission – et Dieu sait si j'en ai porté, de ces appareils, depuis le début de la guerre –, puis très vite les brancardiers sont intervenus. Je me suis retrouvé sous la tente de l'hôpital : murs de toile, ampoule branlante au plafond, lit de fer au milieu d'autres lits de fer. Je suis seul. Mes autres compagnons n'avaient que de simples bobos et ont vite été remis sur pied. Un rayon de soleil filtre par l'ouverture à l'est, j'ai donc la tête au nord. Ce qui ne m'avance pas mieux.

J'utilise les points cardinaux car je ne sais rien de la géographie de la France. Notre compagnie a débarqué le 17 août sur les rives de la Méditerranée. Depuis, on file rapidement vers l'Allemagne, le long de la rive d'un fleuve. Un petit fleuve bien gentil. Rien à voir avec notre Mississippi River. D'ailleurs, il paraît que maintenant ce n'est plus le même fleuve, mais son affluent. Pour moi, c'est toujours un cours d'eau, aux rives plantées de vignobles. C'est là que les copains m'ont laissé pour continuer leur progression. Dans les villages que nous avons traversés, les gens fêtent la Libération. Ils nous accueillent bras ouverts. Les filles veulent monter sur nos chars et les hommes apportent le vin des coteaux. On trinque avec eux. Mais pas trop. Le colonel y veille, même s'il n'est pas le dernier à en redemander. Ce vin, c'est du bonheur pour les papilles.

J'ai retenu le nom : saint-amour. Quel beau nom pour un vin ! Je m'en souviendrai toute ma vie.

Toute ma vie ! Ça risque de ne pas durer longtemps s'ils n'arrivent pas à enrayer l'infection. J'ai dit au médecin que je préférais mourir de gangrène plutôt que de me faire amputer.

— C'est comme tu veux, mon gars ! m'a-t-il répondu toujours aussi mal embouché. Mais Patch ne sera pas d'accord. Il tient à garder ses boys *en vie. Même avec un bras en moins.*

Alexander Patch, le commandant de la 7e armée qui a débarqué deux jours avant nous. Il a juré de nous conduire jusqu'à Berlin. Si les Allemands persistent à nous mener la vie dure tout au long de leur repli, on n'y est pas encore. Je me demande si je verrai Berlin un jour.

Patch et moi avons deux choses en commun : l'entêtement et le prénom.

Alexander Wales. J'aurai vingt-cinq ans le mois prochain. Je suis né dans une ferme de l'Illinois, précisément au bord de Mississippi River. Enfin, pas vraiment au bord. Plutôt à quelques kilomètres des premières digues qui tentent de le maîtriser. Car, lorsqu'il se met en colère, notre Mississippi, c'est un raz de marée qui déferle sur nos terres. Les digues ne résistent pas longtemps. Il n'y a plus qu'à attendre que l'eau se retire pour rebâtir les buttes et les renforcer. En même temps, les crues fertilisent le sol. Et on en a besoin.

Mon grand-père et mon père se sont lancés dans la culture du maïs à la fin du siècle dernier. Pendant les années noires de la Grande Dépression, ils ont racheté les maigres herbages des voisins qui ne savaient plus quoi faire de leurs moutons ni de leur laine dont personne ne voulait. Ils ont retourné la terre et semé du maïs et encore du maïs. À perte de vue. C'est d'un bon rapport, mais il faut des bras. Juste avant ma naissance, mon père a aménagé les anciennes écuries pour y loger les ouvriers agricoles. Certains des éleveurs dépouillés de leurs terres sont venus s'y installer avec femme et enfants. C'était mieux que de tout quitter. Ces logements encadrent le corps principal de la ferme et la maison, une grande bâtisse à trois étages, posée sur une large terrasse en bois. Toute la famille est installée là. Je devrais dire la tribu. Père, mère, oncle, enfants, belle-fille. Ça fait du monde. La ferme des Wales est un véritable village qui vit quasiment en autarcie. Bétail, basse-cour, potager, eau douce... et maïs bien sûr. Mon frère aîné, Douglas, a cinq ans de plus que moi. Il est marié à Miranda. Ils ont un petit garçon qui va déjà à l'école. Ils se sont aménagé deux grandes pièces au-dessus de la cuisine et n'ont pas l'intention de quitter la maison car Douglas est le bras droit de mon père. Avec l'oncle James, il gère les silos, les machines, le transport. Je n'ai pas suivi ses traces. La culture du maïs ne me passionne pas plus que ça. Après l'école primaire, je me suis lancé dans des études d'électricité-radio. Je dois ma vocation à un médecin utilisant une machine avec des ondes courtes et longues. Ça m'avait émerveillé. J'ai passé mes diplômes en ingénierie électrique juste avant d'être incorporé dans l'armée. Si je m'en sors, j'ouvrirai un atelier de radio et je monterai mon entreprise. J'ai plein d'idées dans ma tête, idées de machines, d'appareils émetteurs et transmetteurs. Je n'aurai aucun regret à laisser la ferme à mon frère. J'ai aussi une sœur, Soliès. Elle a un an de moins que moi et n'est pas mariée. Il est vrai que les distractions sont plutôt rares et les rencontres sans lendemain dans notre petite ville.

La ville ? Quelle prétention ! Greensborough est une bourgade endormie. Fondée par des calvinistes venus du Maine dans les années 1800, ils y ont construit l'église, l'école, la coopérative qui est devenue le grand magasin central. Le pub s'est ouvert plus tard avec l'arrivée d'autres migrants et pionniers. Nos sages puritains n'en voulaient pas, de ce pub ; un lieu de perdition, disaient-ils. Mais il fallait bien se mettre au goût du jour. De nouveaux commerces ont suivi. Greensborough me fait penser à l'une de ces villes de l'Ouest avec sa banque, son forgeron, son médecin, son saloon... l'ivrognerie et le tapage en moins. Chez nous, la plupart des gens sont presbytériens et la morale est stricte. Même le pub-saloon qui rassemble les ouvriers agricoles après la journée de travail ne connaît une activité délirante que pendant les trois jours fériés de l'année : le nouvel an, le 4 Juillet et la Saint-Andrew, patron des Écossais. Beaucoup à Greensborough sont d'origine écossaise comme mes arrière-grands-parents. La maladie de la pomme de terre et la grande famine de 1840 les ont chassés de chez eux.

Dans ce milieu de paysans à la vie austère, Soliès n'a trouvé personne à sa convenance. C'est vrai qu'elle est belle, intelligente, cultivée. Elle est allée jusqu'à la dernière année du lycée et a passé brillamment un diplôme qui ne lui sert à rien. Elle a sans doute estimé qu'elle valait mieux que ces malheureuses épouses de fermiers qui s'épuisent dans l'entretien d'une maison et l'éducation d'une ribambelle d'enfants. C'est ce qu'elle me disait quand elle voulait bien se confier à moi. Mes parents, conscients du temps qui passe, lui ont suggéré tel ou tel garçon qui ne pouvait manquer de faire un bon mari. Elle écoutait, promettait de réfléchir. Je ne l'ai jamais entendue protester contre eux ni rejeter une proposition, mais pendant toutes ces années, elle a fait preuve d'une obstination bien à elle. Puis la guerre est arrivée. En 1942, la région s'est vidée des jeunes et des moins jeunes. Soliès est restée seule, sans mari et toujours sous l'autorité des parents – et Dieu sait qu'ils en ont, de l'autorité –, à faire ce qu'elle avait toujours redouté, les tâches ménagères, les lessives et la préparation de ces énormes repas que requiert une vingtaine d'ouvriers agricoles affamés.

Pourquoi Douglas n'est-il pas parti sous les drapeaux ? En fait, je n'en sais rien. Je crois qu'il a été réformé à cause de son problème de vue, il distingue mal les couleurs ; à moins que ce soit à cause de sa colonne vertébrale. Toujours est-il qu'il est resté chez nous. Je suppose que Miranda s'en est trouvée soulagée. Ma belle-sœur est une petite brune aux joues rondes, creusées de deux fossettes quand elle rit. Est-elle jolie ? Je ne me suis jamais posé la question. « Tu ne convoiteras pas la femme de ton voisin ! » C'est écrit dans la Bible. Encore moins celle de ton frère. Chez les Wales, le père lit chaque jour une phrase du Livre Saint avant le petit déjeuner. Et sur toutes les tables de nuit il y a un exemplaire qu'on est censé ouvrir avant de s'endormir. Mère et Père y veillaient quand on était gosses. C'est dire si je connais la Bible.

Jolie ou pas, Miranda est une perle. Douglas n'aurait pas pu mieux tomber. Vaillante, efficace, discrète, bonne mère de famille avec son petit Thomas, mon neveu. On ne l'a jamais entendue se quereller avec Douglas ni même hausser le ton. Et mon frère ne s'est jamais permis de la morigéner. Il est vrai que dans notre vaste maison où tout le monde cohabite, où les cloisons n'ont que l'épaisseur d'une brique, les différends ne sont guère de mise. Il vaut mieux attendre d'être dehors dans la cour ou au jardin pour régler ses comptes. Miranda va rarement au jardin. Elle craint les piqûres d'insectes qui la rendent méconnaissable pendant des jours. Et Maman lui a dit que le soleil était mauvais pour sa peau. Miranda est une bru exemplaire. Elle obéit toujours à Maman.

La toile se soulève, c'est l'infirmier qui vient refaire mon pansement. Il a le grade de capitaine, comme moi. Peut-être en saura-t-il plus sur mon cas…

23 septembre 1944, entre Lyon et Dijon

Je sais à peu près où nous nous trouvons.

Depuis deux jours, je n'ai pas pu écrire. D'abord, j'avais de la fièvre, plus de quarante, on m'a gavé de médicaments qui m'ont achevé. Puis, hier matin, un lieutenant a ordonné aux infirmiers de lever le camp. La Croix-Rouge nous prenait en charge, deux soldats et moi. J'ai posé la question pour mon bras. Le médecin a haussé les épaules. Ce n'était plus à lui de décider désormais.

J'ai été transporté dans une ambulance militaire avec les deux gars et nous avons refait une partie du chemin en sens inverse. Comme je lui posais la question, le chauffeur m'a répondu d'une manière laconique : « Un hôpital dans un couvent au nord de Lyon. » J'ai revu le cours d'eau. Je sais maintenant que c'est la Saône. J'ai revu les coteaux plantés de vignobles. Il y avait du monde entre les rangs, partout les vendanges avaient débuté. Dans l'air flottait une odeur de vin frais, de fruits sucrés qui enivre le cerveau. C'était beau à voir et, malgré les secousses du véhicule qui réveillaient des douleurs, j'étais profondément ému. Était-ce un effet de la fièvre ou l'ivresse des vendanges ? Je ne sais, mais j'avais les larmes aux yeux. J'aime ce pays. Je voudrais y vivre.

On a croisé des files de camions, des Jeep, des chars qui montaient vers le nord. De lourdes forteresses volantes glissaient au-dessus de nos têtes. L'Amérique n'en finit pas de débarquer, la France se libère. Partout flottent des drapeaux tricolores. Rarement la bannière étoilée. Je concevais mal ce manque d'enthousiasme envers nous, mais un copain m'a dit : « Pourquoi veux-tu que les Français aient un drapeau américain dans leur placard ? Surtout après quatre ans d'occupation. » Évidemment, j'aurais dû comprendre. La liesse des villageois sur la route était suffisamment parlante. Moi aussi, j'aurais aimé qu'une fille monte sur mon char pour me tendre sa joue en même temps qu'un bouquet de fleurs.

Comment serons-nous accueillis en Allemagne ? Comment seront accueillis les Russes de l'autre côté, sur le front de l'Est ? Où sont-ils en ce moment ? Avancent-ils aussi vite que nous ?

La course sur Berlin a commencé.

Je ne suis pas dépaysé, il y a des crucifix dans chaque pièce, même dans les couloirs. Seule entorse à ma culture protestante, cette statue de la Madone sur un piédestal, longue robe bleue et voile blanc. Sous ses pieds nus, un serpent tente de redresser la tête. J'ai horreur de cette image. Moi, j'aime bien les serpents. Ils sont les auxiliaires indispensables dans nos plantations, ils nous débarrassent des rongeurs et des criquets qui dévorent tout. Près de la statue, trois flammes de bougies tremblotent dans des verres de couleur. Un jour, au lycée, un camarade catholique nous a reproché, à nous protestants, de nier la Vierge Marie. Quelle idiotie ! On n'a jamais nié la Vierge Marie ; simplement on ne lui rend pas de culte. Cela en ferait une idole, comme le veau d'or renversé par Moïse.

Mon lit est toujours un lit de fer, mais ce n'est pas celui de l'armée. Mon matelas est confortable. Nous sommes tous les trois dans la même chambre et je peux voir les copains dans des lits identiques au mien car les rideaux qui nous séparent ont été tirés. John Nelson a une grave blessure à la tête. Son casque a roulé au moment de l'attaque. Il ne l'avait pas attaché. De sa part, ce n'est pas étonnant. Avant la guerre, John était un vagabond sans aucune contrainte, un globe-trotter, incapable de se fixer, de tisser des liens. Quant à Steph Rivers, il a perdu une jambe. Dans le civil il était éleveur de chevaux, comme son père. Désormais il marchera toute sa vie avec une canne. J'espère qu'il supportera les nouvelles prothèses que l'on fait maintenant, plus légères et moins douloureuses qu'avant, paraît-il. Il n'y a que moi qui peux me déplacer dans la pièce. Mais comme il n'y a guère de place, et que j'ai toujours un peu de fièvre, je reste allongé sur mon lit. Ce soir, j'écrirai une lettre à mes parents. Je sais qu'ils se font du souci. Surtout Maman. Je suis son fils chéri, son préféré. J'ai toujours leur photo dans mon portefeuille. C'est elle qui l'y a mise. Maman a de longs cheveux bruns séparés en deux bandeaux au-dessus du front et roulés dans un chignon sur la nuque. Je ne les ai jamais vus déroulés sur ses épaules. Je devine leur longueur à l'épaisseur de son chignon. Maman ne se serait jamais permis de se coiffer devant ses enfants. Elle porte sa robe marron avec un tablier par-dessus. Même par les chaleurs les plus torrides, elle garde ses manches longues et son col fermé par un ruban. Pas plus que ses cheveux, je n'ai vu ses bras. Sur la photo, elle a un regard sévère, peut-être parce que Papa s'est autorisé à poser une main sur la sienne. Elle n'aime pas les démonstrations en public. Mais je sais que sous ses dehors d'austérité elle est capable de sourire.

Quand j'étais enfant, elle me souriait parfois et c'était merveilleux.

J'attends la visite du médecin et son verdict concernant ma blessure. Je voudrais guérir sans passer par l'amputation, mais je dois me soumettre à la volonté divine.

Elle vient de quitter la pièce.

Quand elle est entrée, j'ai eu un choc. J'ai levé mon stylo-bille, en arrêt au-dessus du cahier. Elle suivait le docteur avec un bloc-notes sur le bras. Il y avait un je-ne-sais-quoi d'irréel dans cette soudaine apparition. Était-ce le soleil qui sortait des nuages et éclairait la chambre d'une lumière trop vive ? Était-ce le port élégant de sa tête, la courte mèche de ses cheveux cuivrés s'échappant du voile réglementaire, la distinction de sa robe bleue aux manches courtes qui découvrait des poignets d'une incroyable finesse, presque fragiles ?

Une peur irraisonnée m'a aussitôt envahi. Pourvu qu'elle ne soit pas nonne ! J'aurais pu tout aussi bien dire : Pourvu que l'hôpital ne soit pas bombardé. Mais non, j'ai pensé : Pourvu qu'elle ne soit pas nonne ! Je me moquais éperdument qu'on soit bombardés et qu'on disparaisse sous les décombres. Ce que je voulais pardessus tout, c'est qu'elle ne soit pas religieuse ! C'eût été trop bête de gaspiller tant de beauté, de grâce, de fraîcheur, en les consacrant à Dieu.

Elle ne l'est pas. Pas plus qu'elle n'est infirmière, même si elle porte l'uniforme des dames de la Croix-Rouge. Elle donne parfois des soins, mais fait surtout des travaux d'écriture pour le secrétariat. Ses yeux ont croisé les miens. À ce moment-là et pendant quelques secondes, j'ai eu le sentiment qu'elle me regardait comme si j'étais la seule personne dans la chambre.

Toutes les tensions accumulées depuis le débarquement et qui m'empêchaient de raisonner correctement se sont évanouies, mes pensées sont redevenues claires et cette sensation a été si puissante que tout s'est effacé. Il n'y avait que nous deux, partageant une intimité dont était exclu le reste du monde. Instant magique d'un bonheur insoutenable. Si c'est ça le paradis, je veux bien mourir tout de suite. Bien sûr qu'elle est belle, divine, mais j'ai découvert quelque chose de plus profond, un lien, une communion, la sensation d'avoir trouvé un sens à ma vie.

Elle vient de quitter la pièce et le soleil s'est éteint.

Je me sens submergé d'une tristesse infinie, inexpliquée, comme lorsque, avant la guerre, j'écoutais les ouvriers noirs chantant le soir, autour d'un feu, leur mélopée mélancolique qu'ils appellent le blues.

Je ferme les yeux pour mieux revivre l'instant où elle était là, où sa présence meublait toute la pièce, je retrouve l'excitation de mon cœur, j'entends le son de sa voix, une voix mélodieuse, un accent plein de charme... Le docteur nous a interrogés, l'un après l'autre. Il parlait mal l'anglais. Elle était plus à l'aise et j'ai compris qu'elle allait servir d'interprète. Elle a rempli des fiches, avec nos nom, âge, grade... J'ai regardé ses mains. Elle ne porte pas d'alliance. Je lui ai demandé si c'était elle qui allait faire les soins et c'est là qu'elle m'a expliqué qu'elle n'était pas infirmière, que la Croix-Rouge l'avait envoyée ici parce qu'elle connaissait un peu d'anglais. Elle a souri quand je lui ai dit qu'elle se débrouillait plutôt bien dans notre langue, même si son anglais ressemble plus à celui de Shakespeare qu'à l'américain qu'on parle dans l'Illinois avec des mots truffés d'indien.

Elle s'appelle Céleste.

Le soleil s'est à nouveau levé quand elle est revenue pour les soins avec sœur Marie-Josèphe, une véritable infirmière, celle-là, je devrais dire un adjudant-chef. Elle surveille sa protégée comme un enfant surveille le dernier bonbon de la boîte : « Prenez garde, cette petite n'est pas à vous ! » semble-t-elle dire à tous. Pendant que le dragon s'occupait de Steph, j'ai pu échanger quelques mots avec elle. Je lui ai dit que je ne savais pas où était Saint-Étienne bien que je connaisse le nom à cause de la manufacture d'armes. Elle m'a répondu qu'elle tenterait de trouver un atlas ou un livre de géographie à la bibliothèque du couvent. Je suis heureux, elle va revenir. Cette jeune fille me trouble à un point que je ne saurais dire.

J'ai une autre raison de me réjouir. On ne va pas m'amputer. L'infection commence à se résorber, le bras désenfle petit à petit. J'ai vu pourtant le médecin froncer les sourcils en m'auscultant. La courbure du coude ne lui plaît pas. Il pense que l'articulation a été touchée. J'ai probablement une fracture et des ligaments arrachés. Il veut que je passe une radio. Mais il n'y a pas de matériel dans ce couvent.

25 septembre

Je n'écris pas. Je pense. Je pense à ce que je vais écrire quand j'irai mieux. J'ai mal partout et j'ai sans doute encore de la fièvre, mais je suis au paradis. Nous sommes dans l'ambulance qui nous ramène de l'hôpital où j'ai passé des radios de mon bras. Le médecin a décidé qu'il fallait m'opérer, sinon j'allais garder un bras tordu et je serais handicapé à vie. L'infirmier s'est installé à côté du chauffeur. Ils parlent en français et je ne comprends rien. Je suis allongé sur une civière, à l'arrière. La jeune fille de la Croix-Rouge qui veille sur moi, c'est Céleste. Elle a passé la journée à mes côtés pour m'expliquer tout ce qu'on allait me faire. On m'a demandé si je voulais être rapatrié en Angleterre pour y être soigné par les miens. J'ai refusé. J'ai signé les papiers. Non, j'ai gribouillé un truc illisible. Je ne veux pas m'éloigner d'elle. Maintenant elle est assise à mon chevet. Si j'avais osé, j'aurais posé ma tête sur ses genoux. Mais je pense que ça ne se fait pas, même si je suis un grand blessé de guerre. Je me suis contenté de lui prendre la main, elle a frissonné mais ne m'a pas repoussé.

2 octobre

J'émerge d'une sorte d'inconscience, saturé de médicaments, nauséeux depuis l'opération, le bras immobilisé encore pour de longues semaines, plus lourd que toutes les armes que j'ai pu porter. Je commence seulement à retrouver l'usage de ma main qui tient le stylo. On m'a isolé des copains en tirant les rideaux de chaque côté de mon lit, mais devant moi, je vois un portant métallique où quelqu'un a accroché ma tenue de combat, nettoyée de la boue et du sang ; sur l'étagère au-dessus, il y a mon casque et mon ceinturon ; les brodequins sont par terre, propres eux aussi. Il y a également l'autre tenue kaki et le calot. Si j'en crois le médecin, je ne suis pas près de les porter. Je n'ai pas revu Céleste. L'inquiétude me ronge. Je crains qu'elle ne soit repartie chez elle. Qu'elle n'ait été inquiétée à cause de moi. Sœur Marie-Josèphe nous attendait à la sortie de l'ambulance. Le dragon a bien vu que je lui tenais la main. Si elle ne revenait pas, j'en serais malade. J'en suis déjà malade. J'ai été stupide. Je n'ai ni adresse ni numéro de téléphone, pas même un nom de famille. En sa présence, j'étais sur un nuage qui altérait la réalité. J'aurais pu, j'aurais dû... J'en pleurerais. Je prie pour qu'elle n'ait pas été renvoyée de l'hôpital. Jamais prière ne fut plus fervente. « Demandez et l'on vous donnera. » Luc 11.9. Je vais parler au docteur ; je lui dirai que j'ai besoin de Céleste. J'ai un dictionnaire, j'arriverai bien à me faire comprendre. Je jure que si je la revois, je... Je ne sais pas ce que je ferai. Je crois que je perds la tête.

4

Automne 1944

Sœur Marie-Josèphe poussa la porte de la bibliothèque, la referma doucement derrière elle.

— Bonjour, Céleste. Je savais que je vous trouverais ici.

Céleste leva les yeux de son travail, croisa le regard de la religieuse et y lut une indéniable contrariété que renforçait la fermeté du ton. *Je ne sais pas pourquoi, mais j'ai comme l'impression que je vais avoir droit à des remontrances*, songea-t-elle.

— Non, restez assise, s'il vous plaît. Je dois vous parler.

La religieuse posa une liasse de périodiques en face d'elle, celui sur le haut de la pile datait de la veille et annonçait que la 7e armée américaine approchait de Strasbourg. Elle observa un silence, le temps de sortir un grand mouchoir blanc de sa poche avec ce geste de détermination qui la caractérisait, et essuya ses mains que les journaux avaient tachées de gris. Depuis la construction du couvent, cette petite pièce servait de bibliothèque et de bureau : des rayonnages remplis de livres anciens, au centre une petite table carrée et deux chaises à dossier droit, sans confort.

— Comment allez-vous, Céleste ? Avez-vous enfin tiré un trait sur la triste expérience de ce 22 août ?

— Je crois que oui, ma sœur.

Elle ne disait pas la vérité. Si ses cheveux repoussaient, la blessure était encore cuisante. Elle faisait des cauchemars, se réveillait en sueur pendant la nuit, cherchait longtemps le sommeil en ressassant cette terrible nuit en prison.

Sœur Marie-Josèphe désigna le quotidien.

— Les Américains progressent vers le nord. Nous gardons leurs blessés. Il est temps de reprendre votre service auprès d'eux, annonça-t-elle d'une voix qui se voulait détachée. Je ne suis pas d'accord, mais c'est un ordre du docteur et je ne vais pas m'opposer à lui.

Le cœur de Céleste s'accéléra.

— Ma sœur, vous m'aviez laissé entendre que ma présence auprès d'eux n'était plus indispensable.

Sœur Marie-Josèphe s'approcha de la fenêtre, comme pour chercher l'inspiration. Son regard se perdit au-delà des murs, sur le jardin, la haie de rosiers encore fleurie en ce début d'automne. Un soupir s'échappa de ses lèvres, son visage perdit tout d'un coup son air revêche.

— Je l'ai fait pour vous épargner. J'ai vu comment vous regardait ce jeune soldat. Et j'ai vu comment vous répondiez avec bonheur à ses regards.

— Il est difficile de lutter contre la compassion que nous inspirent les blessés, se défendit Céleste, consciente de la tension qui montait en elle.

— Je n'ai pas lu que de la compassion dans vos yeux. Il existe des sentiments plus forts provoqués par les circonstances : la guerre, le prestige de l'uniforme, l'aura du libérateur. Ces blessés sont de jeunes gens en quête de réconfort, coupés de leur famille, cherchant inconsciemment à tisser des liens. Ce sont aussi des soldats. Aujourd'hui, ils sont là ; demain, ils retourneront sur le champ de bataille, à risquer leur vie à nouveau. Quand tout sera fini, ils rentreront chez eux, de l'autre côté de l'Atlantique.

— Je n'ignore rien de tout cela, ma sœur.

— Je crains que vous ne vous laissiez emporter par vos sentiments de sympathie, que vous ne vous laissiez aller à un comportement que vous regretteriez plus tard quand vous vous retrouverez seule. Imaginez ce que pourraient supposer ceux au courant de cette… de cette aventure, si aventure il y avait. Avez-vous une idée de la grossièreté des hommes face à une jeune femme qu'ils estiment légère ?

— Oh, oui, ma sœur, je le peux. Je l'ai vécu il n'y a pas si longtemps.

La religieuse eut un geste las.

— Pardonnez-moi de vous rappeler cette douloureuse épreuve. Ce n'était pas mon intention.

Sœur Marie-Josèphe hésita une seconde, puis leva une main pour couper court à l'entretien.

— J'ai dit ce que j'avais à dire, mais il faut obéir au docteur. Prenez ces journaux, allez faire la lecture à celui qui vous réclame et restez prudente. Il n'est pas toujours bon d'écouter son cœur, ajouta-t-elle en se dirigeant vers la porte.

— Je vous remercie, ma sœur.

La religieuse quitta la pièce dans un froissement d'étoffe, espérant avoir prononcé les mots qu'il fallait.

Céleste porta ses mains à ses joues enflammées. Ne pas écouter son cœur ? Comment aurait-elle pu, alors qu'une joie délirante la submergeait ? Elle allait le revoir, lui parler, s'abandonner à son regard où brillait une émotion si intense qu'elle en frémissait encore. Si elle ne s'était trouvée dans un couvent, elle se serait mise à danser. La volonté de sœur Marie-Josèphe de la tenir éloignée des blessés l'avait plongée dans un abîme de chagrin qui annihilait toute réflexion. Elle n'avait cessé de se répéter que cette séparation était mieux pour elle, que la religieuse avait agi avec sagesse, que les sentiments qu'elle avait vus naître, s'épanouir, se renforcer à chacune de leurs rencontres étaient insensés. Mais était-elle encore capable de discernement? Elle n'avait pas cherché à le revoir, mais priait pour trouver le moyen de lui parler à nouveau. Elle avait profité de ces moments de triste solitude pour écrire à sa cousine Claire, raconter sa rencontre avec Alexander, le plaisir qu'elle éprouvait en sa présence et l'abattement douloureux d'en être éloignée. Ces confidences n'avaient fait qu'aviver son désir de le revoir. Et voilà que le docteur comblait son souhait le plus cher. Avec un geste fébrile, elle s'empara des journaux, préleva quelques livres sur les rayons et marcha vers le jardin. Elle aurait voulu courir.

***

Alexander Wales prit le couloir qui conduisait à l'extérieur. Il portait un pantalon de survêtement de l'armée et n'avait passé que le bras droit dans la manche de la veste, le gauche en écharpe appuyé sur sa poitrine. La fraîcheur de ce mois d'octobre n'avait pas encore investi le cloître protégé de hauts murs et le soleil qui jouait derrière les nuages apportait une douceur bienfaisante. Il s'assit sur le banc, face à la fontaine Saint-Benoît, et, après avoir laissé passer de longues minutes de réflexion, ouvrit son cahier.

Les dernières roses de l'automne s'effeuillaient au-dessus du bassin et leurs pétales dansaient à la surface de l'eau. Mais Alexander restait insensible à la beauté du jardin. Animés d'une volonté soudaine, ses doigts coururent sur le papier, effaçant d'un même coup la lassitude qui creusait son visage.

J'ai dit au docteur que j'avais besoin d'elle pour traduire les journaux. Le docteur a deviné mes intentions et s'est moqué de moi : « Alors, on est sous le charme des petites Françaises ? » m'a-t-il dit en riant. Puis, moitié par gestes moitié en anglais, il m'a fait comprendre que Céleste était sous la protection de l'infirmière-chef, mais qu'il allait faire le nécessaire. J'ai besoin d'elle. Je veux tout savoir sur elle, si elle a des parents, des frères, des sœurs, des amis, un petit ami peut-être. Elle n'est pas infirmière. Alors que fait-elle dans la vie? Pourrait-elle m'apprendre le français? Les pas sur les dalles le firent tressaillir. Il se retourna, se leva. L'apparition lumineuse, éclatante de jeunesse, se matérialisa devant lui, l'arrachant à la mélancolie qui le rongeait depuis des jours. Elle s'avança, si proche que sa jupe frôlait son vêtement. Il ne pouvait détacher ses yeux de son regard ni s'arracher à la fascination qu'elle exerçait sur lui. Ses sens se réveillèrent tout à coup et il recula, effrayé par le désir qu'il sentait monter en lui.

— Vous êtes venue, dit-il d'une voix rauque.

— Bonjour, monsieur Wales. Je vous ai apporté de la lecture, annonça-t-elle en posant livres et journaux sur le banc. Voulez-vous que je vous en fasse la traduction ?

Elle avait ce ton de l'infirmière, un mélange d'indifférence et de compassion, qui faillit le mettre en colère.

— J'ai bien cru que je ne vous reverrais jamais.

Elle se radoucit aussitôt.

— Est-ce si important pour vous que je sois là ?

— C'est important. J'écrivais sur vous, affirma-t-il en se baissant pour ramasser le cahier tombé sur le sol.

— Sur moi ? Puis-je voir ? Dites-moi si je suis indiscrète.

Il hésita un moment, puis lui tendit le cahier ouvert sur les derniers mots : « *Je veux tout savoir sur elle... que fait-elle dans la vie ? Pourrait-elle m'apprendre le français ?* » Il regarda son visage qui contemplait la feuille, la douce courbure de sa nuque en partie cachée par le voile, ses joues qui s'empourpraient tandis qu'elle lisait.

— Ça fait beaucoup de choses à la fois, vous ne trouvez pas ?

— Ne vous moquez pas. Je veux sincèrement vous connaître. Quittons cet endroit et toutes ces fenêtres curieuses. Sortons faire un tour.

— Vous ne pouvez pas quitter l'hôpital sans permission.

— Je dirai que j'avais besoin d'exercice.

— N'est-ce pas imprudent ? Vous sortez d'une opération.

— C'était il y a quinze jours et il s'agissait de mon bras. Mes jambes se portent à merveille.

Elle hésitait encore.

— Allons, venez ! ordonna-t-il. J'ai besoin de marcher.

Elle savait que ce n'était qu'un prétexte pour se retrouver seul avec elle. Les avertissements de sœur Marie-Josèphe lui revinrent à l'esprit. *C'est un soldat, un étranger, et il va bientôt partir.* Elle se promit de rester détachée et de contrôler les battements de son cœur.

Ils passèrent par la porte de service, prirent la rue qui conduisait à la Saône. Au loin, la surface de l'eau étincelait de reflets argentés. Une rangée de maisons aux façades élégantes dévalait vers une jetée où se balançaient quelques barques. Il ne fallait pas s'attendre à une foule de badauds, un jour de semaine : la chaussée était déserte. Le bruit de la ville semblait loin derrière eux. Ils marchèrent un moment sans mot dire, jouissant chacun de la présence de l'autre, de la sensation d'être seuls au monde. Il fut le premier à rompre le silence.

— Parlez-moi de vous.

Comme elle hésitait, c'est lui qui posa les questions. Elle y répondit de façon naturelle, sans détour. Ses études à Lyon, l'usine de tissage à Saint-Étienne, le château du Bois d'Avaize, la ferme de sa grand-mère sur les Hauts de Saint-Jean. Les vacances à la campagne avant la guerre, quand les travaux des champs se transformaient en fêtes ; les grandes tablées sous les granges après la fenaison, les réunions de famille au moment des récoltes, où jeunes et moins jeunes s'attelaient, courbés sur les rangs de légumes, la complicité partagée avec sa cousine Claire… Il ne s'étonna pas quand elle lui dit qu'elle avait deux pères, l'un qu'elle appelait Papa et l'autre Géraud. Il devina que ce sujet l'embarrassait et orienta la conversation sur une autre voie.

— Vous considérez Claire comme votre cousine. Mais en fait vous n'avez aucun lien de parenté.

Alors, Céleste parla de son oncle Mathias et de sa tante Lucille, deux orphelins confiés à Clémence, sa grand-mère, pour travailler à la ferme pendant la Grande Guerre et finalement adoptés. Elle raconta comment Dorian, le mari de Lucille, un blessé de la face, atrocement défiguré en 1917, se serait suicidé s'il ne l'avait pas connue. Éperdument amoureux l'un de l'autre, ils s'étaient mariés et, quelques mois après leur mariage, un bébé s'était annoncé. Ç'avait été un drame pour Dorian qui ne voulait pas de cet enfant, une joie pour elle qui avait tant envie d'être mère. Le seul moment dans leur vie où ils s'étaient affrontés. Dorian était habité par une peur irraisonnée d'avoir un enfant défiguré comme lui, hanté par l'idée de lui transmettre l'horreur de son visage, répétant qu'on n'avait pas le droit d'infliger cette souffrance à quelqu'un, encore moins à un enfant. Lucille avait beau lui expliquer qu'on ne transmet pas une blessure de guerre, il ne voulait pas en démordre. Il avait vécu la grossesse de Lucille comme un enfer.

— Et alors ?

— J'avais trois ans quand ma cousine est venue au monde. Ma grand-mère était là, avec la sage-femme et Maman. C'est elle qui m'a raconté. Après des heures d'interminables souffrances, Lucille a mis au monde une fille, un bébé magnifique, hurlant à la vie et serrant les poings de colère. Ma grand-mère Clémence l'a prise dans ses bras, lavée, emmaillotée de langes, a ouvert la porte à Dorian qui attendait, aussi décomposé que son épouse. Je ne sais pas si vous pouvez imaginer le bonheur de cet homme quand il a découvert le visage de cette petite chose qu'il tenait entre ses deux grosses mains de paysan. Sa fille. Il n'osait même pas l'approcher de sa poitrine de peur de l'étouffer. Il la portait comme on porte un plateau, la regardait, riant et pleurant tout à la fois. « Comme elle est belle ! Lucille, comme elle est belle ! Lumineuse comme un soleil… » Et des larmes de bonheur coulaient sur ses joues ravagées de cicatrices. « On l'appellera Claire, n'est-ce pas, ma chérie ? Claire comme l'eau de la source, là-bas. » Ma grand-mère me disait qu'avant la guerre Dorian était le plus beau garçon du village, d'une beauté sauvage dont il n'avait même pas conscience, des cheveux blonds toujours trop longs, encadrant un visage d'archange… Claire a hérité de la beauté de son père, avec, en plus, une féminité touchante.

Leur marche les avait conduits jusqu'à l'Abbatiale. La porte latérale était ouverte.

— Vous êtes fatigué ? Nous pouvons entrer nous asseoir un moment.

Alexander hésita.

— Je ne suis jamais entré dans une église catholique.

— Si cela vous dérange, on peut s'abstenir.

— Non, je suis curieux de voir l'intérieur. Cela doit être très différent d'un temple protestant.

Ils s'assirent quelques minutes au bas de la nef, le temps de respirer, de laisser leurs yeux s'habituer à la pénombre, puis Alexander se leva, fit quelques pas dans la travée. Céleste devina son étonnement, peut-être sa désapprobation, devant ce mélange de ferveur religieuse et de faste ostentatoire ; d'un côté, le Christ supplicié, Marie à ses pieds, ravagée de douleur, les statues glorifiées d'ex-voto gravés dans le marbre, la prière des bougies et des lumignons multicolores… De l'autre, les ors, les mosaïques, les vitraux, le marbre blanc de l'autel, l'encorbellement des arcs majestueux, l'envolée de la voûte au-delà des chapiteaux sculptés…

— Cela ressemble plus à un musée qu'à un lieu de prière, dit-il.

— Avouez que c'est d'une indéniable beauté.

— Et vous, Céleste, de qui tenez-vous la vôtre ?

— Pardon ?

— Il y a quelques instants, vous me disiez que Claire avait hérité de la beauté de son père. Je vous pose la question : de qui tenez-vous la vôtre ?

Comme elle ne répondait pas, il s'approcha, posa la main sur sa nuque et fit glisser le voile.

— Pourquoi cachez-vous ces cheveux ? Parce que vous n'aimez pas leur couleur de soleil couchant ?

— Parce qu'ils sont trop courts. Ils ont déjà bien repoussé. Si vous les aviez vus, il y a deux mois !

— Racontez-moi…

— Une autre fois.

Il présumait un secret, une honte.

— J'insiste. Je vous ai dit que je voulais tout connaître de vous.

Elle soupira. C'était peut-être le moment d'exorciser ce mal-être qui l'habitait depuis ce jour terrible, cette infamie qu'elle portait en elle comme un fardeau ou, pire, comme une maladie. Après, advienne que pourra ! Il pouvait la rejeter, la plaindre ou simplement la croire.

Céleste prit place sur le banc en face de la pietà. Elle ferma les yeux un instant, se concentrant sur les premiers mots :

— J'étais avec Claire quand ils sont arrivés…

Ils reprirent en silence le chemin de l'hôpital. De la Saône montait une brume qui les engloutissait peu à peu, les isolait du monde alentour. Des odeurs de feu de bois, d'herbe brûlée leur parvenaient d'un lointain jardin. Pendant son récit, elle ne lui avait pas jeté un seul regard, ne voulant rien savoir de l'effet que produisait sur lui cette tragique histoire. Puis elle s'était simplement levée, tête haute, débarrassée du poids que la tragédie avait posé sur ses épaules, et l'avait précédé jusqu'à la sortie de l'église.

Ce n'est qu'une fois devant l'hôpital qu'il reprit la parole.

— Votre oncle… Mathias Dieudonné, voilà un homme que j'aimerais connaître.

Elle comprit à ce moment-là qu'il ne la jugeait pas. Elle se sentit rassérénée.

— C'est une force de caractère.

— Et l'autre, ce contremaître, ils l'ont vraiment tondu ?

Elle esquissa un sourire.

— Bien sûr. Mais je n'ai pas voulu le revoir. Il s'en remettra. Plus vite que moi qui n'ose même pas retourner vivre à la maison.

— Vous y retournerez quand vous le jugerez bon. Et vos cheveux retrouveront leurs boucles que je devine magnifiques. J'ai hâte de les caresser.

— Alexander…

Il prit alors sa main, embrassa l'intérieur de son poignet, puis l'attira contre lui avec douceur.

— Je vous en prie…

— Je suis un soldat qui va devoir repartir, je suis là par hasard… Aucun homme avec un peu de raison n'irait s'éprendre d'une femme rencontrée dans un pays étranger. Comment dit-on en français ? Une folie, *un coup de foudre*. Je le sais, je suis insensé. Mais j'aime cette folie. Pouvez-vous me le reprocher ? Pouvez-vous m'assurer que vous y êtes insensible ?

Céleste sentit le sang affluer à son visage, il se pencha sur elle, posa ses lèvres sur sa bouche. Pendant quelques instants, elle eut l'impression que son cœur cessait de battre, alors que lui tremblait légèrement, emporté par le désir.

— S'il vous plaît, Céleste, apprenez-moi votre langue.

***

À partir de ce jour, ils se retrouvèrent chaque matin, soit à la bibliothèque, soit sur les bancs du cloître, travaillant l'un à côté de l'autre, répétant les mots, les écrivant, s'efforçant de bien jouer leur rôle : lui, l'écolier studieux ; elle, l'enseignante attentive. Jamais élève ne fut plus assidu, professeur plus consciencieux, tous deux jouissant de ces heures partagées, conscients de vivre quelque chose qui les dépassait. Ce fut aussi le temps des premiers émois quand les mains se frôlent, que les regards s'attardent sur l'autre, que les lèvres se cherchent. Extérieurement, elle était toujours la même, compétente, efficace. En réalité, elle ne savait plus où elle en était. L'hôpital avait perdu tout son sens, les couloirs n'avaient plus ni odeur ni couleur, les apparitions de sœur Marie-Josèphe se dissolvaient dans le brouillard, ses regards réprobateurs avisés ne l'atteignaient pas. Elle n'entendait rien de ce que lui téléphonait sa mère, inquiète pour elle, lui enjoignant de rentrer à Saint-Étienne. Claire lui écrivait. Leurs dimanches lui manquaient et elle prétendait avoir besoin d'aide pour préparer son baccalauréat. Ce qui n'était que prétexte. Claire, interne à Sévigné, obtenait d'excellents résultats et n'avait pas besoin de répétiteur. Céleste fermait les yeux et les oreilles aux conseils de son entourage, n'éprouvant rien d'autre que la joie d'être auprès d'Alexander, vivant au jour le jour, refusant de penser à l'avenir et à ses incertitudes. Jusqu'à ce matin de novembre où sœur Marie-Josèphe la convoqua dans son bureau.

— Céleste, j'ai appris que l'École supérieure de commerce venait de rouvrir ses portes. Avez-vous pris une décision ? Allez-vous nous quitter et reprendre les cours ?

— Oui, ma sœur, répondit-elle avec une fermeté dont elle ne se serait pas crue capable.

— Avez-vous prévenu Mr Wales ?

— Pas encore.

— Je ne porte aucun jugement, Céleste. Je pourrais même vous féliciter tous les deux pour votre comportement irréprochable. J'ai vu grandir entre vous une affection qui dépasse la simple amitié, mais vous savez pertinemment que cet attachement n'a aucune issue. À la fin du mois de janvier, peut-être en février, Alexander Wales aura terminé sa rééducation et il devra à nouveau revêtir l'uniforme. Simplement, je m'inquiète pour vous. Vous allez vous retrouver seule à attendre je ne sais quoi, une lettre, une permission, un retour improbable…

Ces mots, ces vérités, il y a des jours que la jeune fille se les prodiguait. Pourtant, elle redressa la tête, chassant les larmes qui montaient aux coins de ses paupières.

— J'ai réfléchi à tout cela, ma sœur. Je vais annoncer à Alexander que je reprends mes cours.

— C'est une sage décision, Céleste. Votre protégé va bientôt repartir au front. La guerre n'est pas terminée. C'est à vous de couper les liens et de vous montrer la plus forte, conclut la sœur.

Au fond d'elle-même, elle se sentait soulagée d'avoir à prendre l'initiative. C'était à elle de « couper les liens », d'être « la plus forte ». Les yeux brillants de larmes contenues, elle se leva et approuva de la tête.

Alexander l'attendait dans la bibliothèque. Il s'étonna quand, après seulement une heure de travail, elle rangea livres et carnets dans son sac.

— Dans quelques jours, on va vous enlever le plâtre et vous pourrez vous servir de votre bras. Par ailleurs, vous connaissez suffisamment notre langue pour vous débrouiller dans les situations les plus communes.

— Où voulez-vous en venir ?

Elle se leva, fit un pas en direction de la fenêtre, lui tournant le dos pour mieux dissimuler ses émotions.

— L'armée ne devrait pas tarder à vous rappeler. Et moi, je dois repartir à Lyon pour la reprise des cours.

— Quand ?

— Demain ou après-demain.

— Si vite ! Non, ce n'est pas possible. Pourquoi vous précipiter ?

— Parce que je ne peux pas rester. Je vous en prie, essayez de comprendre, supplia-t-elle en lui faisant face.

Il s'approcha d'elle, la prit dans ses bras, caressa ses cheveux, l'un comme l'autre oubliant toute réserve.

— Alors, vous me fuyez ?

— Mon Dieu, non, j'essaie seulement de mettre un peu d'ordre dans mes sentiments et de distance entre nous.

— Vous ne me faites pas confiance. Vous pensez que je cherche une aventure avec une belle Française, une anecdote à raconter pour épater les copains ?

— Alexander, rien n'est possible entre nous. Réfléchissez.

— Justement, j'ai bien réfléchi. Je ne voulais pas vous en parler tant que je n'avais pas de réponse. J'ai demandé la permission de quitter l'hôpital pour un jour ou deux. J'ai très envie de me rendre à Saint-Étienne. Ce n'est pas loin d'ici, n'est-ce pas ? Céleste, acceptez-vous de me présenter à vos parents ?

5

Ils prirent le train pour Saint-Étienne, dans la matinée de ce samedi de novembre. Il était convenu qu'au retour ils se sépareraient à Lyon, elle pour rejoindre l'École supérieure de commerce, lui pour regagner l'hôpital.

Le ciel était d'un rouge pâle et le soleil, bousculé par des nuages d'un blanc laiteux, éclairait un paysage de collines verdoyantes qui rappelait à Alexander le tableau accroché au mur de la salle à manger, une illustration des Highlands que les Wales avaient quittés au XIXe siècle. Absorbé dans la contemplation de ces pâturages herbeux, il se préparait à faire la connaissance de la famille de Céleste, une rencontre qu'il souhaitait et redoutait en même temps. À son côté, il sentait qu'elle était inquiète. Il y avait peu de monde dans le compartiment et ils auraient pu bavarder sans prendre le risque d'être entendus, mais ils gardaient le silence, n'échangeant que quelques phrases anodines murmurées d'une voix neutre, presque indifférente. Il glissa une main vers elle et emprisonna ses doigts entre les siens. Ils étaient glacés et tremblaient légèrement.

— Céleste ?

Elle soupira, évitant son regard.

— Que craignez-vous ? Ne m'avez-vous pas dit que vos parents nous attendaient avec impatience ?

— Oui, ils ont hâte de vous connaître.

— Avez-vous peur de leur opinion ?

Ses yeux se plissèrent dans un sourire embarrassé.

— Pas leur opinion. La vôtre.

Perline les attendait à la gare. Vêtue avec élégance, un adorable petit chapeau perché sur ses cheveux relevés en chignon, elle s'avança vers eux. Avec une exquise politesse, elle tendit la main à Alexander en inclinant la tête, mais ses yeux, quand ils se posèrent sur lui, étaient plus étonnés que chaleureux. Malgré le sourire de circonstance et les paroles de bienvenue, Alexander sentit tout de suite que son amabilité n'était que de façade. Cette froideur s'évanouit dès qu'elle se tourna vers Céleste et la serra contre elle, le regard embué. Mère et fille s'étreignirent avec une émotion qui surprit Alexander, étranger à ce genre de manifestation.

— Ma chérie, comment te sens-tu ?

— Bien, Maman. Je t'assure, je vais bien.

— Je me suis tellement inquiétée pour toi.

Avant de monter en voiture, Alexander insista pour acheter des fleurs, choisit le plus gros bouquet, qu'il garda sur ses genoux tout au long du trajet et que Perline feignit d'ignorer.

À la maison du Bois d'Avaize, l'accueil fut nettement plus chaleureux, à la fois amical et débonnaire. Pendant que Perline cherchait un vase à la taille du bouquet, Bérenger et Géraud reçurent l'Américain en héros, évoquant la guerre, les débarquements, la Libération, dans un anglais presque parfait. Ils se montrèrent attentionnés, l'interrogeant sur sa blessure, son opération. Alexander eut son compte de félicitations sur sa bonne mine, de bons vœux pour la suite de son séjour et son rétablissement. Surpris par ces amabilités auxquelles il était loin de s'attendre, il répondait aussi poliment que possible, avec la sensation étrange d'une sollicitude artificielle, de celle qu'on réserve à une victime sur le point d'être immolée.

L'apéritif fut servi au salon où on avait pris soin d'allumer la cheminée qui conférait à la maison une ambiance agréable. Jouant toujours la carte de l'affabilité, Bérenger Fougerolles porta des toasts à la gloire des libérateurs, des Alliés et de la France, se lançant dans un exposé sur le courage des combattants, manifestant une admiration appuyée pour l'Amérique. Perline devina l'embarras de sa fille au froncement de ses sourcils.

— Ne t'inquiète pas, ton père sait ce qu'il fait, chuchota-t-elle à son oreille.

Les yeux d'Alexander allaient de l'un à l'autre, cherchant à comprendre le pourquoi d'un tel débordement de louanges.

Enfin, au soulagement de Céleste, Perline donna le signal de passer à table. Alexander n'eut guère le temps d'apprécier la blancheur de la nappe, la brillance des cristaux et de l'argenterie, déjà Germain apportait les plats, simples – les restrictions étaient encore de rigueur – mais de bon goût.

Bérenger reprit la parole et, si l'amabilité et les sourires étaient toujours de mise, le ton se modifia sensiblement. Des congratulations, Bérenger, secondé efficacement par Géraud, passa à ce qu'Alexander perçut comme des mises en garde.

— Nous sommes sensibles à l'intérêt que vous portez à notre fille, lui dit Bérenger, mais vous ignorez qui nous sommes. Il y a des précautions à prendre. Un jeune homme qui fréquente une demoiselle doit aussi s'intéresser à sa famille. Et la nôtre est fort éloignée de la respectabilité qu'on lui prête.

Et comme Alexander ouvrait de grands yeux, Géraud renchérit :

— Je crains que vous ne soyez déçu. Nous ne sommes pas des gens très vertueux et notre manière de vivre est fort éloignée des principes moraux de notre société. Mais Céleste n'est pour rien dans cette situation. C'est nous, les adultes, les anciens, qui avons décidé de nos choix de vie. Et ils ont de quoi en surprendre plus d'un.

— Je ne vois pas en quoi je pourrais être déçu, j'avoue que j'ai du mal à vous suivre, fit remarquer Alexander, cherchant le regard de Céleste.

Mais elle se dérobait. Une fois cependant, elle se pencha vers lui et murmura à son oreille :

— Je vous avais prévenu que Papa et Géraud étaient des êtres à part.

Les deux hommes jouaient parfaitement leur rôle d'hôtes, attentifs au bon déroulement du repas, prenant tour à tour la parole, veillant à ne pas laisser tomber la conversation et dévoilant, entre la terrine de lapin et le poulet en sauce, les habitudes de vie des Fougerolles.

— Ce joli pavillon ? lança Bérenger. J'ai vu que vous le regardiez tout à l'heure. Vous avez remarqué comme il est discret sous ces murs couverts de vigne vierge. C'est là qu'habite Géraud. Géraud est non seulement l'ingénieur de nos usines, mais il est aussi l'amant de ma femme et le géniteur de Céleste. Je crois qu'elle vous l'a déjà révélé. Je me repose entièrement sur lui pour faire tourner nos machines et veiller sur Perline. En vivant tout près, il peut venir à sa guise, rendre visite à sa fille et à celle qu'il aurait dû épouser si je ne l'avais pas devancé. Comprenez, Alexander – vous permettez que je vous appelle par votre prénom, n'est-ce pas ? –,

Perline était enceinte de Céleste quand nous nous sommes mariés. Elle ne m'a pas caché que Géraud était son père, mais il n'était pas libre à ce moment-là…

Alexander ne put s'empêcher de tourner brièvement son visage vers la mère de Céleste, persuadé qu'elle allait s'effondrer de honte, quitter la table, disparaître sous terre. Mais elle restait parfaitement à l'aise, souriant avec indulgence à son mari, à Géraud qui lui prenait la main, la portait à ses lèvres tout en échangeant avec elle un regard plein de complicité et d'affection. Consterné, la fourchette en l'air, Alexander écoutait ces révélations, se souvenant que Céleste avait tenté de lui en parler sans qu'il y prête attention.

— Je vous en prie, que cela ne vous empêche pas de manger, intervint Géraud. Continue, Bérenger !

— Où en étais-je ? Ah, oui… Mon mariage avec Perline. Un mariage blanc, c'est évident. Pardonnez ma franchise, mais je suis incapable d'honorer une femme. Comme je le dis souvent, à ma naissance, mon âme s'est trompée de corps. J'aurais dû être une fille. J'ai dissimulé très longtemps ma véritable personnalité. Et je la dissimule encore pour le commun des mortels. Je crois que mes parents ont découvert ce que je suis longtemps après l'adolescence. Ils étaient désespérés et refusaient de l'accepter. C'est terrible pour des parents d'admettre que leur fils unique est homosexuel. J'ai fait des efforts pour le cacher. Mais j'avoue que je n'avais pas grand-chose de viril.

Bérenger parlait maintenant d'une voix calme, sans artifice. Il laissa passer une fraction de seconde, le temps de guetter les réactions d'Alexander qui parvint à dissimuler ses sentiments sous un sourire crispé. Puis il poursuivit, imperturbable, tout en remplissant son verre de vin, l'invitant à boire sans contrainte.

— Cette maison appartient à Perline. J'y viens rarement. Je possède un appartement en ville qui est aussi le pied-à-terre de Bradley, mon ami, mon compagnon depuis plus de vingt ans. La guerre nous a tenus éloignés l'un de l'autre, mais avec la Libération, il ne va pas tarder à venir me rejoindre. Bradley est anglais. Il possède une grosse usine métallurgique du côté de Birmingham. Perline et ma fille le connaissent bien. Il est souvent venu ici. Il apprécie la cuisine française. Vous ne vous êtes pas étonné que nous maniions tous assez bien votre langue? ajouta-t-il, retrouvant son humour.

Bérenger dévoila tout des secrets de famille : mariage de convenance, concubinage, adultère, homosexualité… tout, sans remords ni hypocrisie. Perline et Géraud le laissèrent dire, un sourire en coin. Céleste n'intervint pas non plus, elle paraissait se détendre peu à peu, au fil des secrets lâchés.

À la fin du dîner, Germain servit un café insipide, s'excusant d'y avoir ajouté de la chicorée. La pénurie était telle qu'on ne pouvait faire autrement. En portant sa tasse à ses lèvres, Alexander ne songeait pas aux restrictions. Il méditait en silence sur ce qu'il apprenait et réalisait que ces confidences honteuses, assénées avec aplomb, n'avaient d'autre objectif que de provoquer une réaction de sa part, peut-être de lui faire quitter la table. Peut-être ses hôtes s'attendaient-ils à ce que, horrifié par un tel irrespect des conventions sociales, il saute dans le premier train pour mettre le plus de distance possible entre cette déplorable famille et lui. Il n'en fit rien. Il les regardait les uns après les autres. Céleste souriait, Perline étouffait parfois un fou rire dans sa serviette. Bérenger et Géraud s'amusaient franchement. Tous paraissaient se divertir de la situation.

— Vous êtes protestant, n'est-ce pas, d'obédience presbytérienne ? Tout cela doit profondément vous choquer.

Alexander balbutia une réponse confuse où il était question de choix et de liberté de conscience. Pressé de revenir à une conversation plus prosaïque, il demanda à Bérenger Fougerolles quel était son rôle dans l'entreprise, puisque Géraud se chargeait de faire tourner les machines et que Perline était à la direction. Bérenger prit un air grave, s'appuya contre le dossier de sa chaise et déclara :

— Moi, jeune homme, je fais de la représentation. Avec Bradley, nous voyageons beaucoup. Nous démarchons. Import, export, dans tous les pays où nous pouvons vendre, lui, ses machines, moi, mes tissus. La guerre a mis notre commerce entre parenthèses, mais j'espère bientôt renouer avec nos clients. Je me ferai un plaisir d'aller vous voir dans l'Illinois, quand la guerre sera finie… Avec Bradley, bien entendu… Si vous acceptez de nous recevoir.

En fin d'après-midi, quand Céleste et Alexander prirent congé sur le quai de la gare, Bérenger serra longuement la jeune fille contre lui. Puis, les mains sur ses épaules, il la fixa avec bienveillance et lui parla en français, persuadé qu'Alexander ne le comprendrait pas.

— Pardonne-moi, Céleste. Je reconnais avoir tout fait pour le décourager. J'ai probablement exagéré, mais c'est pour ton bien. Maintenant, s'il veut encore de toi, c'est qu'il t'aime vraiment.

Dans le train qui les ramenait à Lyon, ils restèrent de longues minutes silencieux. Puis Alexander entoura les épaules de Céleste de son bras valide.

— J'apprécie vraiment la franchise de vos parents et je préfère connaître la vérité plutôt que de la découvrir plus tard au hasard d'une indiscrétion.

— Plus tard ? Vous pensez qu'il y aura un plus tard ? demanda-t-elle en tournant vers lui un regard rempli d'incertitude.

— Oui, quand vous viendrez me rendre visite le dimanche à l'hôpital ou quand je rencontrerai à nouveau votre famille. Que croyiez-vous, Céleste ? Que j'allais rompre notre relation ? Que j'allais pouvoir me défaire des sentiments que j'éprouve pour vous. Mais, Céleste, j'ai découvert trop de choses avec vous pour renoncer au bonheur de vous connaître.

Elle le regardait à la fois surprise et émerveillée.

— Céleste, acceptez-vous de devenir ma femme ?

6

Décembre 1944

Céleste, mon amour, un jour, tu liras ces lignes. Ce journal que je tiens, je te le dédie. Je ne peux que penser à toi, à ce que nous avons vécu...

Ces quelques heures passées dans ta famille n'auraient pas duré cinq minutes si mes parents avaient été là...

Et pourtant, c'est ce jour-là que toutes mes hésitations sont tombées.

Dans le train qui nous ramenait, j'ai osé te demander en mariage. Peut-être fais-je preuve d'égoïsme car je ne sais pas ce que nous réserve l'avenir. Ce que je sais, c'est que j'ai un immense besoin de me lier à toi par quelque chose d'officiel et de décisif. Ton amour pour moi me protégera et, la guerre finie, je t'emmènerai chez nous où personne ne pourra nous séparer.

Maintenant que ma décision est prise, que j'écoute enfin mon cœur plutôt que ma raison, je réalise le combat que je vais devoir mener pour affronter l'administration, l'armée et, surtout, mes parents, qui vont retrouver un fils différent de celui qu'ils ont confié à l'armée en 1942. J'ai combattu, j'ai mûri, je t'ai rencontrée...

Je ne suis plus le même.

Sans renier mon éducation stricte, dictée par la Bible, je vais leur imposer l'épouse que j'ai choisie seul, une étrangère, une Française, qui a vécu à l'opposé de nous, dans une complète liberté de conscience.

Céleste, mon amour, bientôt tu seras ma femme.

J'ai promis de m'exprimer en français quand je reverrai ta famille car j'ai fait d'énormes progrès dans cette langue qui est la tienne. J'arrive à lire les journaux. J'écoute aussi la radio. Je ne comprends pas encore tout, mais je perfectionne mon accent.

Steph Rivers, mon voisin de droite, va être rapatrié. Il n'a pas le moral. Il aurait préféré continuer à se battre avec ses deux jambes valides plutôt que de rentrer au pays avec des béquilles. On a échangé nos adresses tout en sachant qu'on ne se reverra pas. À quoi bon ? Il est du Montana, moi de l'Illinois. Une fois en Amérique, nous replongerons chacun dans nos vies d'autrefois. Quant à John Nelson, finalement, il s'en tire bien. Sa blessure à la tête ne lui a laissé aucune séquelle. Il sera opérationnel avant moi. Un officier nous a rendu visite. Il lui a dit qu'il recevrait bientôt sa feuille de route. Lui et moi sommes intégrés à la 6e armée de Patton, en route pour la Belgique. Je n'ai pas parlé à John de mes projets personnels qui vont à l'encontre de tout ce qu'on m'a enseigné depuis que je suis né. Cela aurait beaucoup amusé le vagabond qu'il est, si friand de sa liberté et de son indépendance d'esprit.

Je renverse toutes les barrières, je bouscule toutes les valeurs de notre famille au nom d'un amour pour lequel je me sens capable de tout sacrifier.

Ma décision va causer du chagrin à Maman qui envisageait pour moi une épouse semblable à Miranda, docile et soumise à nos traditions, qui me voyait rester à la ferme avec Douglas. Maman est comme un berger jaloux, qui ne souffre pas qu'une de ses brebis s'éloigne du troupeau. Je vais devoir lui avouer que j'ai d'autres objectifs avec toi, mon amour. J'écrirai à Soliès pour qu'elle défende ma cause et atténue sa déception. Je ne peux pas dire pour qu'elle soutienne ma mère. Maman n'a jamais eu besoin de soutien. Elle est tellement forte. J'espère qu'elle me pardonnera de te donner tout mon cœur.

Décembre 1944, Saint-Étienne

Emmitouflées dans leurs manteaux de laine, sur le sentier qui menait à la forêt de Saint-Jean, Claire et Céleste marchaient d'un pas vif. Il faisait un froid polaire et le sol couvert de givre craquait sous leurs pas.

— Je suis triste que tu aies choisi d'épouser un Américain, commença Claire en s'arrêtant pour souffler un peu. Cela signifie que tu vas partir au bout du monde. Ne pouvais-tu pas trouver un mari ici ?

Céleste se mit à rire.

— C'est Alexander que j'aime et pas un autre.

— Il est soldat, la guerre n'est pas terminée…

Céleste haussa les épaules. Ces remarques, il y a longtemps qu'elle les avait bannies de ses pensées. Elle avança de quelques pas sur le chemin. Une bogue de châtaignier s'ouvrit sous sa chaussure. Deux marrons luisants s'en échappèrent. Elle se baissa, les recueillit dans sa main, respira leur odeur un peu sucrée, l'odeur de la forêt.

— Je me demande s'il y a des châtaigniers, là-bas, souffla-t-elle, le regard perdu au loin vers un horizon irréel, imaginaire.

— Les plus beaux châtaigniers sont ici.

Céleste prit affectueusement le bras de sa cousine et se serra contre elle.

— Claire, j'ai déjà quitté ce village, cette ville. Ce qui s'est passé le 22 août m'empêche de revenir avant longtemps, plusieurs années sans doute, pour que les souvenirs s'estompent. Les rancœurs aussi. Vois-tu, rien que d'en parler je frémis. Mes cheveux sont encore très courts et je ne suis même pas allée en ville embrasser Grand-Mère tant je crains de croiser quelqu'un et d'être reconnue.

— Tu peux revenir.

— Alors disons que je ne veux plus revenir. Quelque chose s'est brisé ce jour-là. C'est comme si j'étais devenue adulte d'un seul coup. Cette blessure est encore douloureuse. Tu devrais me comprendre, Claire.

— Je comprends surtout que tu te sers de cette rencontre pour fuir.

— Non ! s'exclama Céleste. Je ne me sers pas de lui, je suis vraiment amoureuse.

— Jusqu'à vouloir le suivre au bout du monde ?

— Oui. Tu verras quand cela t'arrivera, tu te sentiras pousser des ailes.

— Oh, les miennes ne me porteront pas bien loin. Je sais que je resterai ici. J'aime trop notre campagne, nos collines, nos terres.

— C'est la campagne, là-bas. Alexander m'a raconté : les champs de maïs à perte de vue, le Mississippi, la ferme immense. Tout est immense en Amérique.

Céleste fit un grand geste du bras pour englober tout l'espace autour d'elle, s'enthousiasmant pour tenter de délivrer sa cousine de sa morosité.

— Justement, c'est tellement immense qu'on se perd. La ville est loin, les plus proches voisins à des kilomètres…

— Les moyens de locomotion ne manquent pas, les voitures, les vélos, le cheval.

— Et moi ? Tu as pensé à moi ?

Céleste eut une brève hésitation.

— Sincèrement, Claire, je crois que c'est toi qui vas le plus me manquer. Mais on n'en est pas encore là.

Céleste lui expliqua les difficultés que rencontrait Alexander pour obtenir les papiers nécessaires de l'administration américaine, qui repoussait, semaine après semaine, l'autorisation du mariage.

— Nous, les Françaises, nous n'avons pas bonne presse auprès des autorités américaines. Non seulement ils nous font une réputation de femmes légères, mais en plus ils s'imaginent que nous ne rêvons que de toucher une pension.

Claire ouvrit de grands yeux.

— Ce qui n'a pas empêché Alexander de vouloir m'épouser.

— Et quand vous serez mariés… ?

— Je continue mes études et lui reprendra bientôt la guerre. Tu vois, je ne suis pas encore partie. En attendant, on fait des projets. Dès qu'Alexander sera démobilisé, nous rejoindrons sa famille. J'essaierai de trouver un emploi et lui travaillera à la ferme jusqu'à ce qu'on ait suffisamment d'argent pour s'établir.

— J'ai cru comprendre que ses parents étaient assez rigides, respectueux de leurs traditions religieuses. Ce sont des presbytériens calvinistes. On ne fête pas carnaval, ni même le Jour de l'An. On ne chante pas souvent, à l'exception des cantiques. Ne vas-tu pas t'ennuyer avec des gens aussi austères ?

— Oh ! Je ne m'inquiète pas. Je trouverai bien une chorale et un piano pour chanter. Et puis, l'Amérique est le pays des libertés.

L'autorisation officielle parvint à Alexander en même temps que sa feuille de route pour l'armée.

La date du mariage fut fixée au samedi 27 janvier 1945, quelques jours avant le départ d'Alexander pour la Belgique. Ils ne s'étaient fréquentés que quatre mois.

Perline avait imaginé pour sa fille une cérémonie somptueuse avec un autel disparaissant sous les fleurs, des tapis recouverts de pétales, des demoiselles d'honneur en rose et bleu, un bouquet à la main, une foule d'amis et d'admirateurs habillés de neuf et, au bras de Bérenger, sa fille éblouissante sous son voile immaculé, ses longs cheveux retenus par un diadème de perles et de dentelle.

Il n'y eut pas de demoiselles d'honneur ni de profusion de roses, ce n'était pas la saison, ni de cheveux retenus par un diadème, ceux-ci étaient encore trop courts et ne pouvaient être que bouclés sur la nuque, mais en dépit de sa simplicité, ce fut un beau mariage et Céleste rayonnait de bonheur.

Dans la chapelle du couvent, sœur Marie-Josèphe s'affairait depuis l'aube, vérifiant ceci, contrôlant cela, donnant des ordres aux novices venues la seconder. Il y avait longtemps qu'elle ne s'était sentie aussi excitée et enthousiaste à la fois.

— Sœur Madeleine, avez-vous rapproché la table de la fenêtre dans la sacristie ? Il faut que les témoins puissent voir clairement le registre... Et vous, sœur Solange, faites un saut jusqu'aux cuisines et demandez-leur si tout est prêt pour l'accueil des invités... Ah, voici l'aumônier. Il faut que je m'entretienne un instant avec lui...

Si beaucoup des amis de Céleste s'étaient excusés, la famille était là au grand complet. Du côté d'Alexander, on remarqua quelques uniformes américains et même un officier affichant ses galons avec ostentation.

Clémence, la couturière aux doigts de fée, avait réussi l'exploit de confectionner une robe blanche magnifique, festonnée de dentelle et de satin brillant, sur laquelle elle posa une cape de velours blanc pour traverser le long couloir glacé du couvent qui menait à la chapelle.

En costume sombre et nœud papillon, Bérenger prit le bras de sa fille pour la conduire à l'autel.

— Ma chérie, murmura-t-il en posant sa main sur la sienne. Comment te sens-tu ?

— Papa, c'est le plus beau jour de ma vie.

— Je le souhaite pour toi.

Au pied de l'autel, Alexander l'attendait. Son visage paraissait plus pâle dans la pénombre et il la regarda s'avancer vers lui avec une telle émotion dans les yeux qu'elle se sentit bouleversée jusqu'au plus profond de son cœur.

Le soir de leur mariage, alors que les invités et la famille poursuivaient la fête dans l'auberge réservée pour l'occasion, Céleste et Alexander se retirèrent dans un hôtel discret le long de la Saône. Cette nuit-là, leur nuit de noces, ils dormirent peu. Ils firent l'amour avec ferveur, échangeant des mots passionnés, des promesses sur un avenir qu'ils espéraient prochain. La guerre n'était pas terminée. Elle ne lui dit pas ses craintes. Il lui en sut gré.

Ils passèrent ainsi quelques jours isolés, ignorant le monde, ne pensant qu'à eux, à leur corps en attente de caresses, à leur cœur débordant d'amour.

Le dernier jour les plongea en enfer. Sur le quai de la gare, ils attendirent ensemble, main dans la main, silencieux. Ils se séparèrent sur un ultime baiser, lui déjà dans le futur, le voyage, l'armée, elle dans la solitude.

Elle regarda le train s'éloigner, la brume engloutir le dernier wagon et se retrouva perdue, noyée dans le chagrin. Les voyageurs qui étaient descendus la bousculaient, des valises la heurtaient, elle ne sentait rien, immobile au milieu des appels et des cris. Un porteur lui dit quelque chose qu'elle n'entendit pas. Elle ferma les yeux tandis que les larmes roulaient sur ses joues. Elle serait restée là, à se répéter inlassablement : *Je suis mariée et il est déjà parti*, si une main ne s'était posée sur son bras.

— Allons, mon petit ! Ne restez pas là !

Elle se retourna. Le quai était maintenant désert. Elles n'étaient plus que deux : sœur Marie-Josèphe et elle.

Alors, sans fausse honte, elle tomba dans ses bras et sanglota jusqu'à en perdre le souffle.

7

Juin 1945

Le bateau avançait lentement, contrarié par une forte houle, chevauchant les vagues avec des craquements lugubres. Dehors, le ciel, d'un gris plombé, montait et descendait derrière le hublot criblé de gouttes. La pluie ruisselait à l'horizontale, poussée par le vent, avant de tomber dans la mer. Sur la vitre, des formes apparaissaient, évoluaient, se modifiaient indéfiniment. Là un arbre, ici un oiseau. L'arbre et l'oiseau s'échappèrent, un visage les remplaça avant de disparaître à son tour dans une gerbe d'eau. Un pas dans la coursive. Céleste tourna les yeux vers la porte qui s'ouvrait sur une frêle silhouette emmitouflée dans une grosse veste de laine.

— On se gèle sur ce bateau, et avec cette mer déchaînée elles sont toutes malades. Pas toi ?

— Non. Je crois que je suis insensible au mal de mer. Toi aussi à ce que je vois.

— Ça va pour l'instant. On se croirait à la fête foraine. Ce que je supporte mal, c'est ce froid.

— Viens t'asseoir ici, il y a de l'air chaud qui passe dans les canalisations.

Céleste se poussa sur le banc solidement arrimé au mur et tourna à nouveau son regard vers le hublot : tantôt la mer, tantôt le ciel. La mer… Le ciel… Entre les deux un horizon sans fin.

— J'ai croisé la caporale dans le couloir. Elle m'a dit que, compte tenu du mauvais temps, la réunion du matin était supprimée. Elle-même était verte comme ton écharpe.

Elles étaient douze femmes, jeunes mariées, à voguer vers l'Amérique. Lucky Strike leur avait ouvert ses portes pour une formation avant leur départ. Lucky Strike était un des camps de repos pour les soldats. Il y avait aussi Pall Mall, Philip Morris, Wings, Chesterfield, appelés aussi camps de cigarettes, mais c'était Lucky Strike qui prenait en charge les épouses françaises des GI.

À son arrivée en Normandie, Céleste avait dû se débrouiller seule pour trouver un autocar qui la conduise au camp. Après un accueil en fanfare par un groupe de fantassins rigolards, elle avait été reçue par les autorités américaines et avait rejoint la tente des épouses de soldats, une douzaine de jeunes femmes dont deux étaient enceintes. La caporale Randell, une rondelette à la tête de bouledogue, portait l'uniforme avec la fierté d'un général de division. Elle parlait un français saccadé, sans intonation, comme récitant une leçon bien apprise, et ses propos tenaient plus de l'injonction que de l'explication.

— Vous avez la chance d'avoir épousé un fils de l'Amérique et j'ai la mission de faire de vous de bonnes épouses américaines, obéissantes et dévouées à votre nouvelle patrie, avait-elle annoncé lors de la première réunion.

Les leçons avaient commencé dès le premier jour : l'hymne américain, le drapeau, la Constitution, les lois, les amendements, le civisme et bien entendu la langue.

— Madame Wales, même si vous parlez assez bien l'anglais, vous n'êtes pas dispensée d'assister aux leçons d'américain. Ce n'est pas la même langue et votre accent est déplorable.

« Le vôtre aussi », aurait voulu répliquer Céleste, mais elle s'était contentée de l'observer sans même hocher la tête.

La caporale avait alors fait le tour de la salle, les fustigeant du regard.

— J'estime que vous êtes toutes sur un pied d'égalité et il n'y aura pas d'étrenne ni pour les unes ni pour les autres.

— Il n'y aura pas de cadeau, avait corrigé une voix au deuxième rang.

C'était Estelle Séguin, une effrontée, fille de commerçants aisés, qui n'avait pas sa langue dans sa poche. Et comme toutes, y compris la caporale, avaient gardé un silence impressionnant, elle avait cru bon d'insister :

— On ne dit pas étrenne, on dit cadeau. Il n'y aura pas de cadeau, ni pour l'une ni pour l'autre.

La réaction avait été immédiate. La caporale avait hurlé son indignation, les invectivant toutes à la fois, leur promettant un avenir catastrophique si elles se comportaient avec une telle insolence dans leur future famille. Certaines avaient eu l'impression de se retrouver à l'école sous la férule de l'institutrice ; d'autres, tête baissée, riaient sous cape. Céleste n'était pas loin de partager leur hilarité. Mais, comme elle était à l'origine de l'incident, elle avait préféré rester de marbre.

Leur dortoir sous tente comportait une trentaine de lits, inoccupés pour la plupart. Estelle Séguin était sa voisine et elles avaient très vite lié connaissance.

— Toi, tu as la chance d'avoir fait un mariage d'amour, lui avait-elle dit dès le premier jour. Moi, je me suis mariée pour m'échapper. J'en avais marre de perdre mon temps dans cette épicerie à moitié vide, à vendre des topinambours et des pommes flétries, avec les parents sur le dos à longueur de journée, toujours à réclamer le moindre sou à de pauvres bougres qui n'avaient que la peau sur les os. Plus avares qu'eux, tu meurs ! Ils auraient vendu de la viande avariée s'il y avait eu assez de viande pour la laisser pourrir. Mais tu le sais aussi bien que moi, pendant les restrictions, on ne risquait pas de laisser traîner un bout de pain. Alors la viande ! Tu n'as pas connu la faim, toi, avec la campagne, la ferme de ta grand-mère. Moi non plus d'ailleurs. Mais j'ai vu la misère et j'ai surtout vu ceux qui profitaient du système et de la misère des autres. Alors quand j'ai rencontré Jimmy, que j'ai compris que je lui plaisais, je n'ai pas refusé de sortir avec lui. Il n'est pas particulièrement beau, mais il est gentil, et puis, tu vois, c'est un Américain. Ça compte, n'est-ce pas ? Et pour mes parents aussi. Si tu avais vu leurs minauderies chaque fois que Jimmy venait me chercher. Je les aurais giflés si j'avais osé, tellement j'avais honte. Ma mère surtout. Et mon petit Jimmy par-ci… Et mon petit Jimmy par-là… Mon père en faisait un peu moins, surtout quand il a senti venir la demande en mariage et a réalisé qu'il allait me perdre, moi, une vendeuse qu'il n'avait pas à payer. Enfin, il a fini par céder quand ma mère lui a fait comprendre que je serais une bouche de moins à nourrir. Voilà. Un mariage tout bête.

— Ça ne veut pas dire que tu seras malheureuse.

— Non, mais j'aurais aimé vivre le grand amour, comme toi. Tu souris. Est-ce que je me trompe ?

— Tu ne te trompes pas. Nous sommes amoureux l'un de l'autre et c'est un vrai bonheur. Sauf que je ne vais pas le retrouver. Il est encore en Allemagne. Je ne sais pas quand il sera démobilisé. On s'écrit, tous les jours. Parfois plusieurs lettres arrivent ensemble, souvent dans le désordre. Cela n'a pas d'importance. Les mots d'amour n'ont pas de date.

— Pourquoi tu ne l'as pas attendu en France ?

— Sa famille souhaitait me rencontrer au plus vite. Sa belle-sœur attend un bébé. Je crois pouvoir me rendre utile.

Après le départ d'Alexander, noyée de chagrin, elle avait partagé son temps entre les cours et l'hôpital, attendant des nouvelles, lisant tous les articles qui parlaient de la guerre et de la progression des Alliés. Si elle se rendait à Saint-Étienne, c'était pour passer le dimanche chez sa grand-mère, sur les Hauts de Saint-Jean, descendant rarement en ville de peur de croiser quelqu'un qui la reconnaîtrait.

Enfin, les premières lettres étaient arrivées en mars, trois d'un seul coup, qui avaient mis fin à son anxiété et à son désespoir. Puis il y en eut d'autres qu'elle lisait et relisait, riant et pleurant à la fois. Ils apprirent plus à se connaître par l'écriture qu'ils ne l'avaient fait en bavardant. L'écriture a quelque chose de magique ; les sentiments s'y expriment sans fausse pudeur, les anecdotes révèlent les passions et les désirs, le mot ne se cache pas derrière un geste qui pourrait l'affaiblir.

Le 8 mai 1945, l'Allemagne capitula. La France, déjà libérée de l'occupant, salua l'événement avec enthousiasme, mais moins de bonheur que l'armistice de 1918. Il y avait trop de soupçons, trop d'amertume contre ceux qui avaient collaboré, trop de règlements de comptes pas toujours justifiés. Les expulsés de Lorraine qui rentraient chez eux trouvaient leurs maisons pillées par ceux qui étaient restés. Untel qui venait rendre hommage à un voisin décédé, découvrait ses chaises dans la chambre mortuaire. Une autre apercevait son buffet en passant devant une fenêtre donnant sur la rue. Cinq ans s'étaient écoulés. On n'allait pas réclamer. Alors on laissait faire. On feignait d'ignorer, mais on ne s'adressait plus la parole et les rancunes s'accumulaient.

Contrairement à ce que Céleste avait espéré, la capitulation ne signifia pas la démobilisation d'Alexander. Après la guerre vinrent l'occupation et la réorganisation de l'Allemagne ravagée par les bombardements. Au moins le savait-elle à l'abri des combats. Son inquiétude ne cessa pas pour autant. Elle se déplaça. Car, à partir de ce moment-là, le ton de ses lettres se modifia. Si les émotions étaient toujours exprimées, les mots d'amour aussi intenses, l'écriture se faisait plus hâtive, les anecdotes plus rares et, derrière les lignes, Céleste décelait la lassitude, le découragement, parfois la colère. Elle pressentait quelque chose de grave qui le minait. C'est pourquoi, à sa demande, elle avait accepté de partir en Amérique avant lui, croyant apaiser son angoisse. La ferme des Wales avait besoin de bras pour les moissons. Il le lui avait écrit. Ainsi allait-elle vers eux pleine d'espoir, d'appréhension aussi, persuadée qu'Alexander lui en saurait gré.

Le bateau avait ralenti sa course. Néanmoins, il continuait d'être chahuté par le vent et les vagues.

— On n'avance plus, soupira Estelle Séguin. Quand je pense que mon Jimmy m'attend à New York. Et toi ? Quelqu'un t'attend à l'arrivée ?

— Non, j'ai un train à prendre. Une voiture de l'armée doit nous emmener jusqu'à la gare principale. Après, chacune d'entre nous devra se débrouiller.

— Ça ne t'effraie pas de te retrouver toute seule ?

Céleste eut un léger rire en même temps qu'une vague la projetait contre sa compagne.

— C'est épouvantable, je n'en dors plus. En même temps, c'est terriblement excitant.

Elle ne mentait pas. Depuis qu'elle était gamine, elle rêvait de voyager. Géraud possédait des livres de Marco Polo, de Daniel Defoe, de Jules Verne et d'autres aventuriers qui l'avaient enthousiasmée. Elle avait feuilleté les atlas, imaginé le monde à travers les cartes et de rares photos. Elle s'était vue découvrant le monde dans son authenticité.

Aujourd'hui, elle n'était plus dans le rêve. Elle était mariée, une autre réalité l'attendait, une nouvelle famille, de nouvelles activités, un nouveau style de vie dont elle ignorait tout. En l'absence d'Alexander, elle n'était sûre de rien sinon d'une chose : elle l'aimait passionnément.

8

Juin 1945, Saint-Étienne

Le chagrin s'abattit sur Perline aussi brutal et dévastateur qu'un nuage de criquets dans un champ de blé. Après l'arrestation de sa fille avait suivi une période de tension pendant laquelle elle s'était inquiétée de la colère populaire qui cherchait dans la bourgeoisie un exutoire à sa soif de vengeance. Les restrictions, les insultes, les exécutions d'otages, les emprisonnements et les tortures avaient suscité chez les hommes un désir de justice qu'ils se croyaient en droit de faire respecter avec ou sans le concours des tribunaux. Le patronat était teinté de collaborationnisme et Perline n'échappa pas aux soupçons. Elle dut montrer ses livres de comptes, heureusement bien tenus, la liste des fournitures qu'elle avait dû céder sans compensation au titre des réquisitions. Elle fit témoigner certaines de ses ouvrières et deux de ses directeurs. Mathias, bien connu des maquisards, se rendit un matin au comité d'épuration de la ville et tapa du poing sur la table, irrité par cette effervescence révolutionnaire qui confondait la haine contre les collaborateurs et la lutte sociale. Ces mois d'angoisse marquèrent toutefois moins son cœur que la séparation d'avec sa fille qui, voguant vers le nouveau continent, la laissait seule, épuisée, anéantie. Bérenger Fougerolles, incapable d'apporter un quelconque soutien à son épouse, ne trouva rien de mieux que de partir dans les Cévennes où le patron d'une magnanerie vendait plusieurs qualités d'une soie nouvelle.

Bérenger n'avait jamais été un dirigeant d'entreprise. C'était un négociant. Il voyageait partout, en France, en Europe et même en Amérique du Sud où il avait découvert la laine de lama et, plus fine encore, celle de l'alpaga. Il sélectionnait pour ses filatures les meilleures toisons, les fibres les plus fines. Il aimait traiter directement avec les producteurs, marchandait sans concession la matière première avant de l'expédier vers Saint-Étienne où il l'abandonnait sans regret entre les mains de Perline. Ce n'était plus sa marchandise, c'était celle de sa femme. À elle de faire tourner bobines et canettes, de fabriquer des kilomètres de draps, de rubans, d'étoffes exceptionnelles, recherchées par les maisons de confection les mieux cotées du pays.

Depuis le départ de sa fille, Perline était plongée dans une véritable dépression. Redoutant la solitude de la maison, elle quittait son bureau longtemps après la fermeture de l'usine, cherchait encore un papier à signer, une commande à exécuter, rangeait ses tiroirs, classait des dossiers. Quand elle ne trouvait plus aucune tâche à faire, la mort dans l'âme, elle se résolvait à rentrer chez elle. C'est là qu'un soir, rentrant d'un déplacement, Géraud la découvrit, effondrée dans le canapé du salon, une tasse de tisane froide sur le bord de la table. Le soir tombait, mais elle n'avait pas allumé la lumière et baignait dans une pénombre qui n'avait d'autre but que d'anesthésier ses facultés de penser.

— Perline !

— Géraud, tu es enfin rentré.

Il alluma la lampe, s'aperçut qu'elle pleurait. Il s'assit auprès d'elle, l'enlaça. La tête contre son épaule, elle se blottit contre lui, lui abandonnant le poids de son fardeau.

— Géraud, nous n'aurions jamais dû la laisser partir.

Il attendit un long moment, devinant les larmes qui coulaient silencieusement, conscient qu'il n'avait aucun remède contre sa souffrance.

— Elle est si jeune, si impulsive..., murmura-t-elle d'une voix désespérée.

— Elle est intelligente.

— Elle n'a choisi cette solution que pour mettre plus de distance entre elle et Saint-Étienne.

— Je ne crois pas.

— Si. La blessure de son arrestation n'est pas cicatrisée. Alexander est arrivé au bon moment. Il est américain, il a le prestige de l'uniforme, l'aura du libérateur. En plus, il est beau garçon. Et elle ne pensait qu'à fuir le plus loin possible.

— Je pense que tu fais erreur. Elle nous parlait de l'Amérique avec un tel enthousiasme.

— Mais elle ne sait rien de ce pays. Oh, Géraud, nous aurions dû nous interposer.

Il lui prit le poignet avec beaucoup de délicatesse et le porta à ses lèvres.

— Ma chérie, notre fille est majeure. Elle a le droit de faire ce qui lui plaît et je nous vois mal en train d'exiger qu'elle reste auprès de nous. Nous ne sommes pas de ceux qui font des enfants pour leur tenir compagnie dans leurs vieux jours, n'est-ce pas ? Je crois qu'elle aime sincèrement son mari. Laisse-la tracer son chemin dans la vie. Laisse-lui faire ses expériences comme nous avons fait les nôtres.

— J'ai tellement peur qu'elle ne soit déçue, qu'elle ne réalise qu'elle a fait le mauvais choix.

— Si elle a fait une erreur, elle reviendra.

— J'ai honte de dire cela, mais je voudrais que ce soit le cas.

***

Ce même soir, à la pension, Claire se tournait et se retournait dans son lit, incapable de trouver le sommeil, maudissant la surveillante qui l'avait empêchée de prendre l'air.

Quand il pleuvait ou neigeait, elle était la seule élève de l'établissement à sortir en récréation, le visage levé vers le ciel, respirant à pleins poumons l'humidité et le froid, insouciante de sa coiffure ou des semonces qui ne manquaient pas de l'accueillir à son retour en classe. « Avez-vous vu dans quel état vous êtes, mademoiselle Guillaumet ? Allez vous sécher au plus vite. Votre conduite est indigne d'une jeune fille ! »

Ce jour-là, après le repas, la surveillante se tenait devant le porche, bras croisés, regard sévère :

— Non, mademoiselle Guillaumet, vous ne sortirez pas aujourd'hui ! À quelques jours du baccalauréat, vous ne pouvez vous permettre d'attraper froid. Pensez à votre examen dont dépend votre avenir.

L'avenir de Claire Guillaumet était tout tracé. À l'instar de Céleste, elle n'avait redoublé aucune classe, remportait régulièrement les prix d'excellence et ne rechignait pas à se plonger dans des ouvrages techniques qui en auraient découragé plus d'un. Après l'école communale, Sévigné l'avait accueillie dans son internat, lui avait fourni l'uniforme exigé par l'institution et permis de côtoyer les enfants des plus riches familles de Saint-Étienne. Elle en avait pris l'accent, les bonnes manières et bien entendu le vocabulaire. Le *garagna* de son enfance était devenu un chenapan et le *babet* une pomme de pin. Elle aimait l'étude, la pension, les amitiés que celle-ci lui avait permis de nouer, mais elle reconnaissait avoir difficilement supporté la rigueur de la discipline et l'enfermement entre des murs qui l'oppressaient.

Fille de Lucille, petite-fille de Clémence et nièce de Perline, elle serait une femme adulte, émancipée comme ses parentes, dotée d'une solide instruction et par conséquent bien placée sur l'échelle sociale. Le poste de directrice dans les usines Fougerolles, vacant depuis le départ de Céleste, ne pouvait que lui échoir, à moins qu'elle ne préférât devenir ingénieur, comme Géraud, après avoir passé trois années à l'École des Mines de Saint-Étienne ouverte aux candidates depuis 1919. L'entrée dans cette grande école, peu prisée par les jeunes filles, restait difficile mais accessible si Claire voulait s'en donner la peine.

Cet avenir-là, c'était celui envisagé par la famille. Pas le sien.

D'un geste nerveux, elle repoussa draps et couvertures et tira le rideau qui fermait son alcôve. Le couloir était désert, le dortoir silencieux. Un filet de lumière filtrait sous la porte du fond, trahissant la présence de la surveillante. La clarté de la nuit éclaira son espace, couvrit son lit d'une lueur bleutée qui contribua à l'apaiser. À chaque rentrée des classes, elle demandait à choisir le lit le plus proche de la fenêtre pour voir chaque matin le jour se lever sur la ville. Elle fut tentée d'ouvrir la croisée, toutefois elle craignit de réveiller ses compagnes qui ne manqueraient pas de protester. Elle se recoucha, laissant l'alcôve ouverte.

— Qu'as-tu à remuer comme ça ? chuchota une voix tout près.

— Je n'arrive pas à dormir.

— Moi non plus. Tu veux qu'on parle ?

Marie-Ange Boissiac était sa meilleure amie. Elles s'étaient retrouvées dans la même classe quand Marie-Ange avait redoublé sa seconde. Depuis, les deux jeunes filles ne se quittaient plus. Sans attendre la réponse, Marie-Ange tira le second rideau et rapprocha son lit. Elles avaient l'habitude. Combien de fois avaient-elles joué aux cartes à la lumière d'une lampe de poche ou bavardé en sourdine après l'extinction des lampes ?

— C'est le bac qui te tracasse ? demanda Marie-Ange avec un petit rire. Si j'étais toi, je ne m'inquiéterais pas.

— Ce n'est pas l'examen, mais le départ de ma cousine.

— Quand est-elle partie ?

— Il y a quelques jours. En ce moment, elle vogue vers l'Amérique.

— Tu voudrais être à sa place.

— Non, mais elle va me manquer. Je comprends qu'on soit amoureux, mais pas au point de tout quitter. Maman pense que ce mariage avec un Américain est une pure folie. Je ne suis pas loin de penser comme elle.

Elles se turent un moment, l'une et l'autre allongées sur le côté, la tête appuyée contre le bras.

— Tu dis ça parce que tu ne sais pas ce que c'est que d'être amoureuse, chuchota Marie-Ange. Moi, je comprends ta cousine. Et je crois que je serais capable de faire comme elle, me marier et fuir au bout du monde.

— Tu es amoureuse ? s'étonna Claire.

— Oui. Et c'est rudement bon d'être amoureux.

— Qui est-ce ? Je le connais ?

— Il s'appelle Michel. On s'est rencontrés sur la plage de Saint-Victor.

— Raconte…

Elles se rapprochèrent, baissant encore le ton. Des confidences entrecoupées d'exclamations assourdies, de rires silencieux, des murmures qui faisaient pétiller les yeux.

— Et toi ? s'enquit Marie-Ange.

— Rien. Pas d'amoureux. Seulement les copains de notre groupe et quelques-uns aussi à la campagne. Mais rien de sérieux. Tu as des projets de vacances avec Michel ?

— Oui, si la menace du rattrapage en septembre m'est épargnée… N'oublie pas que tu as promis de venir réviser avec moi. Florian est en stage, on sera tranquilles. Tu ne connais pas encore mon frère. Un jour, je te le présenterai. La porte du fond s'ouvrit, le rayon d'une lampe de poche avança dans le couloir. Elles tirèrent doucement leur rideau, se réfugièrent sous les couvertures, écoutant les pas qui se rapprochaient, s'arrêtaient quelques secondes devant l'alcôve de Claire restée ouverte, puis s'en retournaient sans intervenir. Marie-Ange attendit encore quelques minutes avant de murmurer :

— Promets-moi de venir réviser à la maison.

— Promis.

9

Début juillet 1945, Illinois

De son arrivée à Greensborough, Céleste ne devait retenir que des impressions fugaces : la petite gare poussiéreuse, écrasée de soleil, la file des voyageurs marchant vers la sortie, l'odeur de paille chaude remplaçant celle des fumées du train, la voiture noire le long du trottoir où se tenait un jeune homme repliant son journal. Sa ressemblance avec Alexander était si frappante qu'elle marcha naturellement vers lui, s'efforçant de chasser l'anxiété qui lui nouait la gorge. Ils échangèrent une simple poignée de main ainsi que les banalités qu'exigeait ce premier contact entre deux inconnus désormais parents. Puis Douglas s'installa derrière le volant et ils prirent la route. Une route droite, déserte, traversant un paysage sans horizon, barré de chaque côté par les champs de maïs hérissés d'épis déjà jaunis par l'impitoyable soleil de juillet. C'était comme s'ils roulaient entre deux murs de végétation, traînant derrière eux un nuage de poussière grise.

Il devina sa déconvenue et crut bon d'expliquer :

— La route vous semble monotone, mais après la récolte, quand les champs sont mis à nu, on peut voir le fleuve à notre gauche.

— Le fleuve ? Vous voulez parler du Mississippi ?

— Mississippi River, bien entendu. Alex ne manquera pas de vous emmener sur un de ces bateaux qui remplacent si aisément les autobus ici. Parlez-moi de lui. Quand l'avez-vous vu pour la dernière fois ?

— Le 3 février, pour être précise. Ça fait cinq mois. Nous nous écrivons.

Elle dut admettre que le courrier n'était pas régulier, mais depuis la capitulation de l'Allemagne et la fin de la guerre, elle était soulagée.

— Je ne sais si le stress des combats lui manque, fit observer Douglas, le regard fixé sur la route, mais le ton de ses dernières lettres a changé.

— Vous avez remarqué, vous aussi. Je pense qu'il se fait du souci pour la ferme.

Douglas eut un rire amusé.

— Alex ? Se faire du souci pour la ferme ? J'en serais surpris. Non, je pense qu'il y a autre chose.

Elle ne voulait pas s'engager sur ce terrain, aussi enchaîna-t-elle rapidement.

— Comment va Miranda ?

— Le médecin lui a ordonné de rester couchée, sinon elle risque de perdre notre bébé.

— C'est ce que m'a écrit Alexander.

— Elle ne se lève quasiment pas. C'est Soliès ou moi qui lui montons ses repas. Mes beaux-parents ont pris l'initiative de garder notre fils en attendant la naissance. À part ça, elle va bien. Elle lit, écoute la radio, tricote une layette qui va bientôt nécessiter l'installation d'une nouvelle armoire dans notre chambre, ajouta-t-il, soulignant cette dernière remarque d'un large sourire.

— Je pense que ma présence lui permettra de garder Tommy auprès d'elle. Je pourrai aussi m'occuper de ses repas.

Douglas fronça les sourcils.

— Que vous a dit exactement Alex dans sa lettre ?

— Ce que vous venez de me dire : que Miranda attendait un bébé, que sa santé l'obligeait à un repos complet et que ce serait un soulagement pour vous et votre famille si je pouvais m'occuper d'elle. Ce qui est normal, après tout je suis sa belle-sœur. Bien sûr, j'aurais aimé être présentée à votre famille au bras d'Alexander, mais puisque je pouvais rendre service en avançant mon voyage de quelques mois, je n'y ai vu aucun problème.

Même si la conduite ne nécessitait pas une concentration maximale, Douglas ralentit, lui jetant un bref coup d'œil.

— Céleste, je dois vous faire un aveu : Miranda n'a pas besoin d'une dame de compagnie et Tommy est très heureux avec ses grands-parents qui le gâtent outrageusement.

Céleste hésita une fraction de seconde.

— Ah, pourtant Alexander a insisté pour que je vienne.

Douglas arrêta la voiture sur le bas-côté et lui fit face, ses yeux noirs et perçants fixant sur elle un regard irrité. Mais elle devinait que sa colère n'était pas dirigée contre elle.

— Il vaut mieux que j'éclaircisse un malentendu avant que vous ne tombiez des nues et croyiez à un piège.

— Un malentendu ?

— Quand on a su que la grossesse de Miranda serait difficile, nous nous sommes réunis, Père et Mère, Oncle James et Soliès, pour savoir ce qu'on allait faire. Son immobilisation tombe au plus mauvais moment : la moisson, les grands travaux, le peeling…

— Le peeling ?

— L'épluchage des épis qui nécessite beaucoup de main-d'œuvre. C'est Maman qui a eu l'idée de vous faire venir. Elle disait que vous faisiez partie de la famille au même titre que Miranda et que vous pourriez très bien la remplacer. Je n'étais pas d'accord. Je lui ai fait valoir que vous étiez une intellectuelle, une commerciale, que vous ne connaissiez rien à la ferme, à la culture du maïs, à la préparation d'un repas pour plus de vingt personnes chaque jour, à nos coutumes familiales et religieuses, des traditions que seule la présence d'Alex pouvait vous permettre d'intégrer. Elle m'a répondu que si je pouvais trouver quelqu'un capable de travailler quinze heures par jour en cette période de l'année, elle était prête à payer. Mais voilà, je n'ai trouvé personne. Partout dans l'Illinois et l'Ohio, les récoltes ont commencé. Des millions d'hommes sont encore sous les drapeaux, en Europe ou dans le Pacifique. Tous les exploitants manquent de main-d'œuvre. Les femmes sont dans les champs ou les usines. Les États-Unis sont devenus une machine de guerre et nous travaillons tous pour entretenir, nourrir cette machine. Alors ma mère a écrit à Alex. C'était à lui de vous demander de venir ici. C'est ce qu'il a fait. Pas pour tenir compagnie à Miranda. Pour la remplacer.

Il marqua une pause, chercha l'indignation ou l'incrédulité sur son visage, ne lut qu'un paisible détachement. Il redémarra la voiture, concluant d'une voix amère :

— Vous savez tout, madame Wales. Soyez la bienvenue en Amérique et retroussez vos manches !

Céleste tripota son sac, bien décidée à ne pas montrer que ses mains tremblaient. Elle fut la première à rompre un long silence chargé de tension.

— Je ne comprends pas pourquoi vous semblez si…

Elle cherchait dans sa mémoire l'adjectif le plus approprié et ne trouva que le mot :

— … affecté.

— Affecté ? Mais je suis beaucoup plus qu'affecté. Je suis désolé pour vous et honteux pour les miens. Ils n'auraient pas dû.

— Il ne faut pas. Je ne suis pas qu'une citadine assise derrière un bureau à aligner des chiffres sous prétexte que j'ai fait des études pour cela. Je suis aussi une paysanne. Ma grand-mère dirige une ferme avec mes oncles ; je participe aux travaux des champs chaque fois que l'occasion m'en est donnée. Et je ne m'en plains pas, je pourrais même dire que j'aime le contact avec la terre.

— Je ne connais pas grand-chose de la France, mais je suppose que c'est très différent. Avez-vous une idée de la superficie que nous exploitons à Wales' Farm ? Près de deux mille cinq cents acres.

— Je sais. Ça fait plus de mille hectares.

— Dans quelques jours, des tonnes de maïs tomberont dans les silos. Notre hangar à machines est aussi grand qu'une de vos cathédrales. Nous avons des chevaux, une porcherie, une laiterie. Avant la mobilisation une trentaine de salariés travaillaient pour nous. Nous avons pu en garder dix-sept. C'est vous dire la somme de travail que nous nous partageons. On est loin du sentiment d'aimer ou non la terre.

— Ne soyez pas inquiet, je saurai m'adapter, dit-elle d'une voix tranquille.

— Il s'agit plus d'une embauche que d'une adaptation. Courage, madame Wales, nous arrivons !

Elle voulut ajouter quelque chose, mais l'apparition soudaine de Wales' Farm lui imposa silence.

Construite dans le style Louisiane, la maison lui parut immense. Trois niveaux en bois gris posés sur une large terrasse composaient le corps central. L'entrée principale était flanquée de quatre portes-fenêtres surmontées d'un auvent. La peinture blanche de la balustrade avait été refaite à neuf et rayonnait sous les rayons du soleil. Au milieu de la cour, quelques malheureux arbustes achevaient de se dépouiller de leurs dernières floraisons, acceptant de n'être que les parents pauvres d'une exploitation qui n'avait que faire d'un jardin d'ornement.

De part et d'autre de cette façade ostentatoire s'étirait un train de plusieurs constructions de plain-pied dont l'architecture ne laissait aucun doute sur leur usage professionnel : écuries, garages, appentis, abri de machines… Les habitations des ouvriers, maisonnettes plus basses, plus modestes, se tenaient à distance comme pour marquer leur déférence vis-à-vis de la maison du maître.

Le bruit du moteur réveilla une ribambelle de chiens endormis. Aussitôt, des silhouettes surgirent des divers bâtiments, palefreniers, ouvriers agricoles, mécaniciens aux mains noircies de cambouis, que la curiosité poussait dehors, mais que le respect interdisait d'aller au-delà. Céleste n'eut guère le loisir de s'étonner de l'émoi que suscitait son arrivée. Déjà, quatre personnages endimanchés se rassemblaient sur le perron.

— Laissez vos valises, dit Douglas, je m'en chargerai plus tard. Venez, je vais vous présenter à la famille.

Céleste n'eut aucun mal à identifier la première personne du groupe. Soliès était une jeune femme à la peau pâle et délicate, aux longs cheveux tressés et ramenés sur la nuque en un lourd chignon, dont la robe au tissu épais malgré la chaleur ne parvenait pas à dissimuler la minceur, pour ne pas dire la maigreur. Le regard exprimait une confiance hésitante et le sourire un appel à l'amitié.

— Je suis heureuse de faire la connaissance de l'épouse de mon frère, affirma-t-elle en lui tendant les deux mains à la fois.

Céleste murmura quelques mots de remerciement tout en la pressant doucement contre elle avec le sentiment qu'elle allait se briser en morceaux si elle la serrait trop fort.

— Mon père, Samuel, et son frère, James, descendants d'une longue lignée de Wales venus d'Écosse au siècle dernier, poursuivit Douglas.

Le premier lui tendit une grosse main calleuse à la peau burinée comme celle de son visage, en partie caché par un chapeau à large bord qu'il ôta pour la saluer, découvrant une masse de cheveux grisonnants et ébouriffés. Ses yeux, deux fentes brillantes gênées par la clarté du soleil rasant, la dévisagèrent longuement tandis que ses lèvres prononçaient les paroles de bienvenue sans esquisser le moindre sourire. À côté, James Wales lui parut plus avenant et sa poignée de main plus douce.

— Désolé de vous quitter si vite, déclara-t-il, mais j'ai un travail urgent à terminer sur une des moissonneuses. On n'a plus de pièces détachées depuis des années. McCormick fabrique des tanks et, quand nos machines tombent en panne, il faut réparer nous-mêmes. Mon frère et ma belle-sœur n'ont pas besoin de moi pour vous faire visiter la maison, conclut-il avec un léger rire.

L'oncle James remit son couvre-chef sur ses cheveux et se dirigea d'un pas pressé vers l'atelier de mécanique.

Douglas marqua une pause avant de s'avancer vers la dernière personne du groupe.

— Et voici ma mère.

Joan Wales se tenait droite devant la barrière sans s'y appuyer, le front haut, les cheveux bruns séparés en leur milieu par une raie parfaite et serrés dans une résille noire, la bouche mince, dépourvue de la courbure des lèvres, les yeux sombres figés dans une expression d'étonnement sans douceur. Ses mains étaient croisées devant une robe grise à manches longues, froncée à la taille et au cou, qui tombait sur des bas épais jusqu'en dessous des mollets. La lourde croix d'argent attachée au cou par un mince ruban de velours noir renforçait encore l'impression de dignité et de sérieux de toute sa personne. Céleste se vit alors avec son regard à elle, comme dans un miroir, dans son tailleur à la jupe courte, la veste cintrée qui soulignait sa taille fine et rehaussait sa poitrine, le chemisier ouvert dévoilant un décolleté à la peau dorée. Elle se sentit pesée, jugée. Condamnée. Sous l'œil inquisiteur de sa belle-mère, elle pensa défaillir, pourtant avec un courage dont elle ne se serait pas crue capable, elle secoua la chape d'intimidation qui menaçait de l'engloutir et s'avança vers sa belle-mère la main tendue et le sourire aux lèvres.

— Madame Wales, merci de m'accueillir sous votre toit. Je suis tellement heureuse d'avoir épousé votre fils.

La femme maîtrisa un sursaut. Manifestement elle s'attendait à quelques banalités murmurées avec modestie, mais certainement pas à l'affirmation de ce bonheur conjugal annoncé d'une voix claire comme une provocation. Il y eut une seconde de silence, puis son front parut s'incliner de quelques millimètres, trop peu pour briser la raideur de sa nuque. La bouche se força à dessiner un sourire sans que celui-ci atteigne les yeux.

— Que Dieu vous bénisse, ma fille.

Suivit une accolade dépourvue de chaleur, où Céleste eut l'impression d'embrasser la mère abbesse d'un couvent obligée de céder aux effusions d'une novice.

Quand elle se retourna, elle vit que les spectateurs de la scène s'étaient rapidement éclipsés, moins pour se réfugier à l'abri des ateliers que pour se délecter à l'avance des effets de leurs commérages.

***

Soliès vérifia que tous étaient installés pour le souper : Père et Mère à chaque extrémité de la table, Douglas et Oncle James respectivement à droite et à gauche du maître de maison et Céleste en face d'elle.

— Le repas du soir est pris à dix-huit heures, expliqua Mrs Wales après avoir fait faire le tour de la maison à Céleste. L'été, nous mangeons tôt car nous nous couchons tôt. À cinq heures du matin, les ouvriers se rassemblent dans le réfectoire avant d'aller travailler. C'est Miranda, ma fille et moi qui préparons le premier café de la journée. Sauf que Miranda est maintenant indisponible.

— Permettez-moi de la remplacer, demain matin, proposa Céleste.

— Vous aurez sans doute besoin de vous remettre de la fatigue du voyage. Ne vous sentez pas obligée de vous lever de bonne heure pour ce premier jour. Prenez le temps de vous adapter à nos horaires.

— Si je suis réveillée, je viendrai. Soliès m'indiquera ce que je dois faire.

Soliès approuva d'un sourire. La jeune fille posa sur la table l'énorme soupière en fonte et acquiesça d'un signe de tête à l'interrogation muette de sa mère, qui joignit les mains. Tout le monde l'imita en baissant les yeux.

— Seigneur, bénis le repas que nous allons prendre. Bénis les personnes réunies autour de cette table ainsi que celles qui sont absentes. Que ton amour les protège.

— Amen, répondirent-ils en chœur.

Samuel prit la grosse boule de pain placée devant lui et la rompit en plusieurs gros morceaux qu'il distribua à la tablée tandis que Joan soulevait le couvercle de la soupière, prenait la louche et commençait le service. Une bonne odeur de légumes envahit la pièce et des volutes de vapeur s'envolèrent. Dans le silence habituel d'un début de repas, chacun se mit à manger avec cette lenteur calculée qui faisait apprécier une nourriture gagnée par le travail. Soliès observait discrètement sa belle-sœur. Elle la trouvait belle avec son visage d'un ovale parfait auréolé de boucles de la couleur d'un pelage de renard. Alex ne lui avait jamais présenté une de ses conquêtes, mais elle avait réussi à en connaître quelques-unes par le passé et elle les avait toutes trouvées insipides et sans intérêt. Céleste était tout sauf insipide. Son frère avait découvert en France une espèce d'oiseau rare.

À la fierté qu'avait suscitée le départ d'Alex sous les drapeaux avait succédé l'inquiétude. Les nouvelles des débarquements en Afrique du Nord et en Europe avaient plongé la famille dans une attente angoissée, confirmée par sa blessure. Ce n'était pas faute d'avoir prié le Ciel pour sa vie et remercié pour sa guérison.

Mais son mariage imprévisible avec une Française les avait précipités dans un étonnement teinté de suspicion. Qui était donc cette femme qui s'était approprié un Wales ? Comment était-elle parvenue à se faire passer la bague au doigt ? Car ce ne pouvait être qu'une manipulatrice. Alex ne se serait jamais fourvoyé dans un mariage sans l'avis de la famille. Diplômé d'une grande école, il était promis à une belle carrière. Certes, il avait des idées très arrêtées, comme son engagement pour le respect des minorités et l'égalité des salaires qui menaçait de lui attirer l'hostilité de ses semblables. Mais il avait de l'autorité et, appuyé par une bonne épouse, il saurait se faire respecter. Qu'était-il allé chercher une étrangère ? Avait-il songé un instant qu'elle ne comprendrait rien aux problèmes des Américains et encore moins à leurs contradictions ?

— Comment avez-vous trouvé la chambre d'Alex, la vôtre maintenant ? s'enquit Joan Wales sur le ton d'une personne qui se veut attentive aux besoins de ses invités.

— Elle est très belle !

— À l'annonce de votre mariage, Miranda et ma fille ont refait les rideaux et les coussins.

— C'est très aimable à elles. La pièce est très grande et confortable. Comme je le disais à Soliès qui m'a aidée à défaire mes valises, il y a trop d'armoires et je n'ai pas assez de vêtements pour les remplir toutes, répondit Céleste, tentant une note d'humour qui tomba à plat.

Déjà, Oncle James intervenait en ronchonnant :

— Des générations de Wales ont entassé dans cette maison meubles, linge de maison, coffres et babioles inutiles. En réalité, nous n'avons pas le temps de trier ce dont il faudrait se débarrasser.

— Pourquoi, James, voudrais-tu t'en débarrasser? répliqua Joan Wales que la simple idée de jeter mettait en fureur. Il y a assez de place ici pour tout garder. Une chaise bancale peut toujours servir, un vieux coffre aussi et il vaut mieux les reléguer au grenier en attendant de les remettre en état si le besoin s'en fait sentir.

— Joan a raison, approuva son mari. Ces années de dépression et de guerre nous montrent à quel point on peut manquer de tout. Et, comme tu le dis, on n'a pas le temps de faire le tri. Priorité à la moisson. Au fait, as-tu vérifié l'affûtage des lames de la moissonneuse?

— Je m'en suis occupé avec John. Demain on contrôlera l'huile. J'espère qu'on en trouvera suffisamment pour nos machines.

Alors que les deux frères se lançaient dans une discussion sur les retards causés par la guerre, Mrs Wales orienta la conversation vers les événements de France, le droit de vote enfin accordé aux femmes, l'installation du général de Gaulle à la tête d'un gouvernement provisoire, les premières mesures pour mettre fin aux luttes intestines. Bientôt, les hommes se mêlèrent à la conversation. Céleste répondait d'une voix posée, hésitant parfois sur un mot de vocabulaire, la façon de le prononcer, guettant la réaction sur le visage de son interlocuteur. La lampe au-dessus d'elle allumait des reflets dans ses cheveux ambrés. Elle les portait mi-longs, sans attache, repoussait parfois une mèche derrière son oreille d'une main où seule brillait son alliance. Son accent n'était pas le seul élément de son charme, remarqua Soliès ce soir-là. Sa nouvelle belle-sœur avait un visage intelligent où brillaient des yeux d'un vert profond, incroyablement expressifs. Elle se disait paysanne, mais sa façon de porter la cuillère à ses lèvres, de tendre la main vers son pain, d'essuyer sa bouche avant de répondre, n'avait rien de rustre. Elle parlait maintenant de sa famille, de sa mère, Perline, qui dirigeait les Filatures et Tissages Fougerolles, de sa grand-mère, Clémence, veuve de la première guerre, qui ne s'était pas laissé abattre par les difficultés et avait ouvert un magasin de mode en centre-ville, suscitant chez beaucoup une profonde admiration.

— Alex nous a dit dans une de ses lettres que votre grand-mère maternelle possédait des terres sur un plateau, releva Samuel, que seules l'agriculture et la propriété foncière intéressaient.

— Oui, la ferme des Bonnefont, sur les Hauts de Saint-Jean. Ce sont mes oncles qui l'exploitent. Entre les deux guerres, ma grand-mère a laissé le maraîchage entre leurs mains pour devenir couturière.

— La terre est sans doute plus sûre que la couture, fit remarquer l'oncle James.

— Quand un pays est en guerre, c'est le meilleur moyen de survivre. Mais en temps de paix, le travail des couturiers est fort apprécié chez nous, expliqua Céleste. Les femmes aiment s'habiller chic. Les hommes aussi, ajouta-t-elle avec un léger rire.

— Dans notre petite ville, vous constaterez que l'élégance n'a guère sa place, objecta Mrs Wales avec une moue de mépris.

— Peut-être parce que personne encore n'a donné l'exemple.

Soliès s'étonnait de ne pas trouver en sa belle-sœur plus de faiblesse et de timidité face à l'impressionnante personnalité de sa mère. Loin d'être déstabilisée, elle s'exprimait avec assurance, affichant son alliance comme un bouclier et ses idées comme de possibles projets.

— Soliès ? Tu n'oublies pas quelque chose ?

Rappelée à l'ordre, la jeune fille se leva précipitamment, rassembla les assiettes, emporta la soupière à la cuisine, consciente du regard de sa belle-sœur sur elle.

Il était à peine vingt heures quand Céleste se retrouva seule dans la chambre. SA chambre.

Le soleil n'était pas encore couché, mais il faisait déjà sombre. L'auvent au-dessus des balcons, les larges poutres de bois teinté, la tapisserie sans couleur contribuaient à faire descendre la nuit avant l'heure. Le mobilier composé d'armoires, de chevets, de tables et de chaises à haut dossier, était d'une robustesse à toute épreuve, mais sans élégance ni confort. Une large bibliothèque fermée par deux portes vitrées obturait la cheminée d'autrefois, devenue inutile avec l'installation d'un chauffage plus moderne. On devinait encore dans le plafond quelques traces de fumée hâtivement nettoyées. Les deux portes-fenêtres encadraient le lit, imposant, posé sur d'énormes pieds et recouvert de coussins brun-roux assortis aux rideaux, cadeau de mariage de ses deux belles-sœurs et seule note de couleur dans cette triste pénombre. Conséquence de la fatigue ou de la tension accumulée ces dernières heures, une immense tristesse l'envahit soudain. Les yeux noyés de brouillard, elle se laissa tomber sur la courtepointe, s'abandonnant à la nostalgie, au regret de son petit sanctuaire chaleureux du Bois d'Avaize ; elle revoyait le nid douillet meublé d'un lit à une place couvert de velours clair, d'une table basse pour son poste de radio, d'une armoire sur laquelle elle alignait ses chapeaux. La fenêtre donnait sur le jardin. Un vrai jardin avec des rosiers et des dahlias, une clématite qui grimpait jusqu'au volet. Une porte s'ouvrait sur une salle de bains avec miroirs, brosses, flacons de couleurs, pots de crème… Un vieux pyjama pendu au crochet…

Les larmes roulaient maintenant sur ses joues. Des pleurs silencieux qu'elle laissait couler, la gorge nouée d'une émotion intense. Dans la pièce en dessous, elle entendait des bruits et des chuchotements. C'était la chambre de ses beaux-parents et ils s'installaient pour la nuit, dans la quiétude de leur maison. Elle se sentit plus seule que jamais. Alors elle enfouit son visage dans les coussins, s'abandonna aux sanglots longtemps retenus, se soumit à son chagrin avec la certitude qu'il laisserait la place à l'apaisement quand il aurait donné tout son content.

Plus tard, elle se redressa, chercha un mouchoir dans sa poche, essuya ses paupières, indifférente au maquillage soigneusement appliqué le matin, ouvrit les yeux.

C'est alors qu'elle le vit, le crucifix, en face de son lit. Que ce fût dans les couvents, les églises ou à la croisée des chemins, Céleste en avait vu des centaines. Mais aucun ne ressemblait à celui-là. Elle en resta bouche bée. La croix de bois supportait un supplicié au corps cadavérique, flagellé, les os saillants, la peau collée aux muscles où affleuraient tendons et veines, la couronne d'épines s'enfonçant sur un front perlé de sang. Les clous énormes trouaient des mains et des pieds sanguinolents. Il avait la tête levée, légèrement tournée sur le côté, et sa bouche ouverte semblait proférer menaces et accusations contre ce monde de pécheurs pour lequel il donnait sa vie. Un bronze d'un réalisme déchirant.

Grand Dieu ! Je ne vais pas pouvoir ouvrir les yeux chaque matin sur ce... sur ce... ce triomphe de la torture.

C'était comme si l'objet religieux venait brusquement de tirer un trait sur sa tristesse. Elle sécha ses joues, se leva, s'approcha du mur. Seul un clou le maintenait. Elle n'eut aucun mal à le retirer. La statuette pesait lourd entre ses mains. Elle ne pouvait assurément pas la ranger dans un placard ou un tiroir. N'importe quel Wales pouvait entrer ici et constater son absence. Elle fouilla la pièce du regard, cherchant un endroit où l'accrocher sans heurter sa nouvelle famille. Le cadre au-dessus de son lit représentait une scène bucolique et charmante où quelques poneys paissaient dans une prairie ensoleillée bordée par la mer. Probablement un tableau des Shetlands rapporté par un ancêtre écossais. Elle n'eut aucune difficulté à faire l'échange, chaque clou trouvant aisément sa place dans le trou du précédent. Elle dut néanmoins donner quelques coups à l'aide d'une chaussure pour affermir une bonne prise, réalisant trop tard que, peut-être, à l'étage en dessous dormaient déjà ses beaux-parents.

Elle fit quelques pas en arrière, observa la transformation, hocha la tête de satisfaction. Le Christ au-dessus de son lit rassurerait ses proches et, chaque matin, elle ouvrirait les yeux sur une île d'Écosse.

Elle n'avait pas plus tôt reposé la chaussure qu'on frappa à la porte.

— Céleste ? murmura une voix.

La porte s'ouvrit. Une jeune femme entra.

— Miranda ? Vous êtes Miranda, n'est-ce pas ?

Celle-ci posa un doigt sur ses lèvres avec un sourire mystérieux.

— Chut. Ils dorment tous. Douglas aussi. On les comprend quand on sait qu'ils sont levés depuis l'aube. Et, en cette saison, l'aube, c'est quatre heures du matin. Je peux entrer ?

Céleste était tellement étonnée qu'elle n'avait même pas songé à l'inviter à s'asseoir.

— Oh, pardonnez-moi. Voulez-vous vous allonger sur le lit ?

— Non, ce fauteuil ira très bien, avec le tabouret. L'important est que j'aie les pieds en l'air. Ah, cette fille, elle m'aura donné du souci, ajouta-t-elle en posant une main protectrice sur son ventre.

— Vous êtes sûre que ce sera une fille ?

— C'est une intuition que je m'efforce de cultiver. Mais si c'est un garçon et qu'il est aussi diable que Tommy, ça m'ira aussi, dit-elle en riant.

Miranda était une jeune femme de petite taille, plutôt jolie. Son visage, encadré de cheveux noirs partagés par une raie au milieu et ramenés sur les épaules en deux tresses épaisses, paraissait être celui d'une adolescente. Ses joues rebondies se creusaient de deux fossettes et son sourire montait jusqu'à ses yeux. Ses chaussons de toile surmontés de pompons fanés s'accommodaient mal avec l'élégance de la chemise de nuit, tunique longue à col de dentelle et rubans de soie, coquetterie estimable pour une future maman.

— Parlons doucement. Doug m'a dit que vous étiez venue me voir cet après-midi. Mais je devais dormir à ce moment-là. C'est affreux de ne rien faire. Il m'arrive de m'assoupir des heures entières dans la journée et de garder les yeux ouverts toute la nuit. Quand j'ai entendu que vous n'étiez pas couchée, je me suis permis de frapper à votre porte. Que vous est-il arrivé ? J'ai cru entendre des coups de marteau… Ah, je vois, vous avez changé le crucifix de place. Vous n'avez pas la foi ?

— Je suis catholique et croyante. Je peux même vous assurer que ce crucifix fait des miracles. Grâce à lui, je me suis sortie d'une profonde mélancolie qui menaçait de tourner à la dépression.

— Ça va mieux ?

— Beaucoup mieux et encore plus depuis que vous êtes là. Je crois que j'aurais du mal à m'endormir si tôt.

— Comment trouvez-vous Maman ?

— Maman ?

— Joan, notre belle-mère.

— Vous l'appelez Maman !

— Parfois. Pour lui faire plaisir. Plutôt Mère, ou Joan, cela dépend.

— Je ne m'imagine pas l'appeler Mère, encore moins Maman. Et je n'en suis pas encore à m'entendre dire Joan. Pour le moment, elle restera Mrs Wales.

— Nous sommes toutes des Mrs Wales.

— Oui, mais elle, c'est Mrs Wales en majuscules.

Elles rirent ensemble. Et pour la première fois depuis son arrivée, Céleste se sentit à l'aise.

— Ne soyez pas inquiète. Elle est exigeante, mais pas tyrannique. Elle est surtout beaucoup trop portée sur la religion. Ce qui se fait et ce qui ne se fait pas. Elle vous aimera comme elle a fini par m'aimer. Mais elle ne vous le dira jamais, ne fera jamais la démonstration de ses sentiments ou de ses émotions. Avoir un geste d'amitié ou un mot de compassion est un signe de faiblesse. C'est pareil pour la colère. Je ne l'ai jamais vue s'emporter contre quelqu'un. Ce serait s'abaisser à son niveau et elle est bien trop fière et orgueilleuse pour cela.

— Et Samuel ?

— Oh, lui ! Vous ne le croiserez pas souvent, quelquefois au souper ou à l'office du dimanche et encore pas toujours. Il fait souvent sauter les prières pour commander de nouveaux engrais ou des sacs de ciment au magasin général. Sa vie, c'est la terre. Son pire ennemi, le fleuve.

— Vous voulez parler du Mississippi ?

— C'est le véritable maître ici. L'étiage est une calamité. Les crues, un fléau. D'où les digues, le ciment. Imaginez ce géant de près de quatre mille kilomètres de long qui descend d'une petite colline ! Il n'y a pas de pente. Alors il s'étale, il s'étale. Au moindre orage en amont, c'est la catastrophe.

Céleste voulut l'interroger encore, mais un bruit furtif derrière la porte l'en empêcha. Deux coups légers furent frappés, puis la porte s'ouvrit sur Douglas. Le visage de Miranda s'illumina.

— Doug, toujours inquiet.

— Pardonnez-moi, Céleste, mais ma femme n'est pas raisonnable. Elle devrait déjà dormir à l'heure qu'il est. De plus, elle vous prive vous-même de sommeil.

— Je ne me couche jamais de bonne heure et c'est bon de faire connaissance.

Il s'approcha du fauteuil où était allongée Miranda, posa une main sur son ventre, geste qu'apprécia Céleste, persuadée qu'il ne l'aurait jamais osé en présence d'autres personnes.

— Comment va le bébé ?

— Il va bien.

— Tu ne crois pas qu'il serait temps d'aller au lit tous les trois ?

— Puisque tu le dis… Céleste, je reviendrai vous voir si vous le voulez bien ; nous avons tant de choses à nous raconter.

Douglas glissa un bras sous ses épaules, l'autre derrière ses genoux, et la souleva aussi facilement qu'il l'eût fait d'un coussin de plumes. Miranda murmura un bonsoir tranquille. Puis elle ferma les yeux, se lova contre lui, tandis qu'il embrassait ses cheveux. Banale image d'un couple heureux qui réveilla le manque d'Alexander. Elle fut prise d'une envie si intense d'être à ses côtés, dans ses bras, dans son lit, qu'elle sentit le rouge affluer à son visage. Les moments qu'ils avaient passés ensemble avaient été trop courts, mais ils avaient été merveilleux.

L'esprit submergé de souvenirs, elle se coula dans le lit.

10

Juillet 1945, Buchenwald

Le soleil se leva au-dessus d'une brume rose d'une grande pureté. Puis le brouillard se dissipa et chaque arbre de la forêt se teinta de mauve, puis de rouge orangé. Après une semaine de pluies continuelles, la journée promettait d'être belle. Mais dans ce monde de fous, la beauté d'un ciel incandescent était une incongruité, un spectacle de roi offert à des aveugles.

Dans la chambrée flottait une odeur lourde de corps endormis. Les respirations pesantes, régulières, montaient dans l'air accompagnées de ronflements bruyants. La section avait patrouillé toute la nuit dans la ville pour faire respecter le couvre-feu ou débusquer les pillards. Ils n'avaient trouvé qu'un vieillard et son chien au cours d'une promenade insolite, deux êtres inattendus dans ce quartier que les bombardements n'avaient pas épargné. Ils l'avaient arrêté et lui avaient ordonné de regagner son toit au plus vite. Avait-il encore un toit ?

Sur les huit lits de fer séparés par des chaises bancales, un seul était inoccupé. L'homme ne s'était pas couché après la ronde. Il avait pris le temps de se doucher, de changer d'uniforme, de s'installer devant la seule table de la pièce, un hangar au milieu d'autres hangars dressés dans la cour du camp américain dans la banlieue de Weimar.

Hier, j'ai repris mon cahier. Pourquoi ai-je éprouvé le besoin d'écrire à nouveau sur ces pages froissées, déchirées, maintes fois sorties avant d'être rangées aussi vite ? Je ne sais pas. La spirale est tordue, certaines feuilles sont noircies de fumée, d'autres sentent la poudre. Mais elles sont là pour me rappeler qu'un jour Céleste est entrée dans ma vie.

Céleste, mon amour !

Ton image me fuit. D'autres images se superposent à la tienne, insupportables. Il me faut sortir ta photo pour m'assurer que je ne t'ai pas oubliée. Je passe un doigt sur tes yeux, tes cheveux, tes lèvres... Je me concentre sur les souvenirs, m'efforçant de chasser ces visions d'horreur qui me séparent de toi. J'y parviens parfois, réveillant des sensations, la chaleur de ton corps, ma main se tendant vers toi, caressant ta peau, ma bouche sur la tienne, tremblant d'un désir si intense que j'en frémis encore aujourd'hui. Je te voudrais comme ce premier matin pour t'embrasser, t'enlacer. Instants trop courts, trop rares dont il ne me reste que des émotions fugitives, embrumées, noyées dans ce présent insoutenable.

Céleste, qu'ont-ils fait de moi ?

Je croyais la guerre finie. Pour moi, elle ne fait que commencer. Les combats dans l'est de la France, l'avancée de nos troupes de l'autre côté du Rhin repoussant une Allemagne déjà vaincue, mais qui se bat encore, qui n'en finit plus d'agoniser, qui envoie des gosses contre nos chars, qui refuse l'inéluctable... tout cela n'était rien.

Rien. Face à ce qu'on a trouvé, ce 11 avril 1945.

Céleste, qu'ont-ils fait de moi ? Qu'ont-ils fait d'eux ? Dieu leur avait donné une âme. Ils se sont essuyé les pieds dessus.

C'est ma guerre qui commence. L'ennemi est invisible, il est derrière mes yeux qui ont vu la barbarie, dans mes poumons qui ont respiré l'odeur des cadavres, dans ma bouche qui garde encore le goût acide de tout ce que j'ai rejeté depuis le plus profond de mes entrailles. C'est maintenant que je me bats, sans armes, impuissant, submergé d'un dégoût incommensurable... La honte de savoir que les hommes, mes semblables, ont été capables de ça. L'ennemi, c'est le doute. Comment Dieu a-t-il pu permettre ça ?

Ce que j'ai vu, ce jour-là, n'est-ce pas la preuve que Dieu n'existe pas ?

L'homme avec son chien, cette nuit, il ne savait rien, paraît-il, de ce qui se passait ici.

Parmi ceux qu'on a fait défiler dans le camp, certains avaient l'air surpris, d'autres embarrassés. Des femmes ont pleuré. Tous disaient qu'ils ne savaient pas ce qui se passait ici. Comment pouvaient-ils ne pas savoir ?

Seigneur, rendez-moi mes armes, mon fusil, mes grenades. Je veux me battre contre un ennemi réel, de chair et d'os. Je ne peux pas me battre en revanche contre l'homme que je suis devenu et qui ne croit plus en rien.

Céleste, à nouveau ton image fuit devant l'insupportable... Céleste, mon amour, ne t'éloigne pas. Je te veux dans ma vie.

Je veux que tu m'épaules, me guides, me guérisses. Je veux discuter avec toi comme on l'a fait si souvent. Je veux me délivrer de ce que j'ai vu.

***

La porte du hangar s'ouvrit brutalement, la lumière aveuglante du soleil éclaira soudain la pièce et la silhouette d'un soldat se découpa dans le ciel à contre-jour. Sans franchir le seuil, il claqua les talons, salua main au front.

— Sergent Wales ! beugla-t-il, indifférent au sommeil des soldats.

Il y eut quelques protestations, des corps se retournèrent, des lits grincèrent.

— Inutile de crier. Je suis debout.

— Le commandant veut vous voir immédiatement, ajouta-t-il d'une voix plus basse.

Alexander s'attendait à la convocation, mais il ne pensait pas qu'elle arriverait au petit matin, après une patrouille de nuit. Il rangea cahier et stylo dans son sac, prit le temps de rectifier l'ensemble de sa tenue, d'un revers de manche lustra ses récents galons.

— Allons-y !

Escorté de l'aide de camp, Alexander traversa l'esplanade séparant les bâtiments des officiers des hangars de la troupe ; toutes ses pensées étaient tendues vers l'entretien qu'il avait sollicité quelques jours auparavant. Il était conscient de l'énormité de sa demande, mais n'en espérait pas moins une réponse favorable. Et pour sa satisfaction personnelle, il se disait qu'il aurait au moins essayé.

— Sergent Wales, asseyez-vous ! ordonna le commandant, tandis que le soldat s'esquivait.

Le bureau était meublé avec sobriété, quelques étagères entre les fenêtres, des cartes et des tableaux de service épinglés aux murs, des chaises inconfortables devant une table encombrée de papiers et de deux gros appareils de téléphone dont il avait fait lui-même les branchements.

Il avait déjà rencontré son supérieur en mars, après sa convalescence et son retour dans le régiment. Rasé de frais, les cheveux coupés court, il lui sembla encore plus corpulent que la dernière fois. Son uniforme craquait de toute part et son visage rubicond aurait pu paraître jovial sans l'expression intransigeante du regard qui jaugeait ses interlocuteurs sans aménité ni concession. En contradiction avec la puissance qui émanait de tout son corps, ses mains étaient incroyablement fines, avec de longs doigts presque féminins qu'il croisait et décroisait inlassablement au-dessus des papiers déployés devant lui.

— Alors, sergent Wales, comme ça vous sollicitez une mutation ! commença-t-il d'une voix teintée d'acrimonie, mais suffisamment calme pour dérouter l'homme assis en face de lui. Si je ne connaissais pas vos états de service, je ne vous aurais même pas accordé une minute. J'ai d'autres choses à faire que de jouer les nurses auprès de soldats insatisfaits de leur sort. De quoi vous plaignez-vous ? La guerre est finie, vos nouveaux galons font des envieux, vous êtes un jeune marié comblé et votre épouse française est déjà en Amérique. Que voulez-vous de plus ?

— J'ai demandé une mutation pour quitter l'Allemagne, mon commandant.

— Une aberration ! C'est justement cette demande qui m'a alerté et je me pose des questions sur vos facultés mentales. Alors vous voulez rejoindre MacArthur dans le Pacifique ? Mais vous êtes malade !

Le commandant se leva brusquement. Lui intimant l'ordre de rester assis, il se mit à arpenter la pièce d'un mur à l'autre, en proie à l'exaspération, tel un lion en cage, lui jetant à chaque passage un regard tantôt furibond tantôt méprisant, ses mains s'agitant nerveusement au rythme de son énergie dépensée.

— Vous ne savez pas ce qui se passe dans le Pacifique ?

— Si, mon commandant, je le sais.

— Non, vous ne le savez pas ! cria-t-il en frappant la table du plat de la main. Si vous le saviez, vous n'auriez jamais osé écrire ne serait-ce que le premier mot de votre requête. Nos marines n'en ont pas fini là-bas. Débarquement après débarquement, île après île, combats au corps à corps, pour occuper une plage, une colline, pour planter un drapeau. Des Japonais qui préfèrent se faire tuer sur place plutôt que de céder un pouce de terrain. Notre flotte chargée de renforts, bombardée par des kamikazes. Les hommes tombés à la mer, bouffés par les requins. C'est ça que vous voulez ? Mais notre progression à travers la France, c'était du gâteau à côté. Une promenade touristique. Et savez-vous comment les Jap's traitent leurs prisonniers ? Non. Eh bien, tant mieux. Car c'est pire que ce que vous pouvez imaginer.

Le commandant se rassit soudain, commença à bousculer les papiers qu'il avait devant lui.

— Maintenant, dites-moi pourquoi vous voulez continuer à vous battre. C'est l'adrénaline des combats qui vous manque ? Vous êtes un de ces cinglés des armes à feu et des explosifs ?

— Je ne peux plus rester ici. En cas de refus, j'ai demandé à être démobilisé.

— Alors ça, sergent Wales, c'est impossible. Votre démobilisation vous pouvez vous la carrer là où je pense. L'Allemagne a besoin de nous, de vous. Ce qui s'est passé ici, j'en conviens, est insupportable. La misère humaine et les atrocités découvertes sont d'une ampleur jamais connue. Mais vous devez l'admettre et tenter d'oublier. Un énorme travail nous attend ici. Il va falloir tout remettre en ordre, tout rebâtir. Et pas seulement avec des pierres et du béton. On abandonne la France à son sort ; elle a trouvé son chef. De Gaulle nous a presque jetés dehors, nous, notre monnaie et notre administration, alors que tout était prêt. Tant pis pour eux. Qu'ils se débrouillent ! Il n'en est pas de même pour l'Allemagne où tout est à refaire. Alors, vous allez rester ici et exécuter les ordres !

Le commandant dévisagea à nouveau Alexander, les sourcils froncés.

— J'ai entendu dire que vos compagnons de chambrée se plaignaient de vos cris, la nuit. Vous faites des cauchemars ? Tout le monde fait des cauchemars dans sa vie. Ce n'est pas nouveau. Avant de retourner à vos quartiers, passez voir le médecin. Il a pour ordre de vous examiner. Il vous donnera quelque chose pour dormir.

Sur ce, l'officier sortit la demande de mutation d'un dossier, la déchira en plusieurs morceaux qu'il jeta ostensiblement à la corbeille.

— Maintenant allez-vous-en et je ne veux plus entendre parler de vous sinon pour réparer mes téléphones.

L'hôpital de campagne occupait un ensemble de bâtiments au centre du camp. Des Jeep, des ambulances, des camions bâchés de toile kaki, tous marqués de la croix rouge, stationnaient dans la cour. Des membres du personnel, en blouse blanche, s'activaient entre les véhicules, chargeant les uns, déchargeant les autres dans une sorte de ballet bien organisé. Un soldat en combinaison intégrale, le visage barré d'un masque de chirurgien, une bonbonne attachée aux épaules, aspergeait les murs d'une poudre blanche. Le médecin responsable des services sanitaires avait une peur bleue d'une épidémie de typhus ; l'air empestait la Javel et le Crésyl auxquels se mêlait maintenant la forte odeur du DDT.

Le cabinet médical ressemblait à tout point de vue à ce qu'il connaissait déjà : lit de fer recouvert de draps blancs, table pliante, armoires de toile, étagères démontables où s'alignaient flacons, stérilisateurs, instruments et quelques gros ouvrages de médecine. Alexander Wales subit sans un mot l'examen médical d'un jeune docteur taciturne et maussade mais consciencieux. Tout y passa : les yeux, la gorge, les oreilles, la respiration, la tension, les réflexes…

— Vous êtes en parfaite santé, sergent Wales, conclut le médecin presque à regret, tout en griffonnant quelques mots sur un papier qu'il parapha d'un geste rageur. Juste un peu de fatigue à cause des insomnies.

Il ouvrit un flacon, compta huit pilules qu'il glissa dans un cornet de papier.

— Voilà qui vous permettra de dormir. Vous verrez, vous vous sentirez tout de suite beaucoup mieux.

Il parut réfléchir une seconde.

— Une dernière chose, sergent Wales : votre souhait de partir d'ici sera bientôt exaucé. Je viens d'apprendre du haut commandement que la Thuringe que nous venons de libérer passerait sous administration soviétique dans les mois qui viennent. Ce n'est pas encore officiel, mais ce n'est plus un secret. Vous n'aurez plus sous les yeux les baraquements de ce camp infernal.

Une fois dehors, Alexander promena son regard sur les alentours. Rien n'avait changé, on s'activait toujours autour des camions et l'homme en kaki continuait d'asperger les murs de DDT. Ses épaules se redressèrent et, passant devant une poubelle, il jeta le sachet et son contenu. Il allait quitter Buchenwald. Mais les souvenirs de l'enfer resteraient gravés à jamais en lui.

11

Juillet 1945

À Wales' Farm, l'organisation des travaux s'empara de Céleste comme une pieuvre s'empare de sa proie. Quand elle croyait se libérer d'une charge, une autre survenait qui l'accaparait de plus belle. Toutefois elle fut moins étonnée par la multiplicité des tâches que par la démesure du matériel. Fourneaux, éviers, casseroles, tout était plus grand, plus gros, plus lourd que tout ce qu'elle avait connu jusqu'ici ; même le panier à œufs avait la taille d'un berceau.

À cinq heures du matin, Samuel et James arrivaient les premiers au réfectoire, suivis des ouvriers agricoles et des valets de ferme. Soliès et Céleste avaient déjà préparé des litres de café dans d'énormes pots que Mrs Wales disposait sur la table. Les cerveaux étant encore embrumés de sommeil, ce premier café du matin se déroulait généralement dans un morne silence entrecoupé par le bruit des tasses et les ordres du maître. L'attention dont elle avait fait l'objet les premiers jours l'avait amusée et elle avait répondu aimablement à leurs questions, persuadée qu'ils s'intéressaient plus à son accent qu'à ses réponses.

Un froncement de sourcils de Samuel Wales avait empêché toute familiarité. Et Joan avait ajouté d'un ton sévère :

— Céleste remplace Miranda. Elle est là pour aider au service, non pas pour satisfaire votre curiosité.

Après quatre heures de travail, les ouvriers revenaient pour le *breakfast*, le repas le plus important de la journée. Le plus animé aussi. Entre-temps, la cuisinière était arrivée. Âgée d'environ quarante ans, Mrs Kate était l'épouse d'un des salariés de la ferme. De taille moyenne mais d'aspect vigoureux, elle passait son tablier sur ses hanches solides et, avant même d'avoir fini de le nouer, elle avait pris les commandes des poêles et des casseroles. Il fallait prévoir d'impressionnantes quantités de charcuteries, d'omelettes, de tourtes à la viande, de pains farcis au fromage, de fruits et de gâteaux pour nourrir les travailleurs affamés qui s'attablaient vers neuf heures. À peine installés, ceux-ci coupaient le pain, remplissaient bols et assiettes. Rien de comparable avec le silence du matin. Les conversations les plus variées volaient au-dessus des plats. On s'interpellait d'un bout à l'autre de la table et il fallait toute l'autorité d'un Wales, que ce fût James ou Samuel, pour, de quelques coups de fourchette contre un verre, faire baisser le ton et ramener un peu de calme.

En bout de table, dernier arrivé, premier parti, se tassait Séverin, l'homme à tout faire, un Noir craintif à la grosse tête ronde, aux cheveux courts, crépus, qui avalait sa soupe rapidement sans parler, parce qu'il n'avait rien à dire et que personne ne lui adressait la parole. La tête enfoncée dans les épaules, il était l'image de l'homme accablé par sa différence, sentant peser sur lui les années d'esclavage de ses aïeux. Chacun de ses mouvements trahissait une volonté de se tenir à l'écart, de ne pas déranger. Céleste avait pris l'habitude de remettre une ou deux louches de soupe dans son bol ou de pousser vers lui le plat de saucisses, attendant patiemment qu'il lève les yeux sur elle pour la remercier en remuant ses grosses lèvres roses.

Entre belle-mère et belle-fille, les relations n'étaient ni bonnes ni mauvaises. Elles apprenaient à se connaître, s'étudiaient. Les quelques tentatives de Céleste pour mettre un peu de chaleur humaine dans leurs échanges avaient rapidement avorté devant la froideur hautaine de Mrs Wales. Désormais, la jeune fille gardait ses distances, n'hésitant pas à répliquer quand il le fallait. Mrs Wales l'avait très vite compris et évitait de lui adresser ses admonestations directement, préférant s'en prendre à sa fille plutôt qu'à Céleste.

— Soliès, je t'ai dit vingt fois de fermer le col de ton chemisier quand tu passais les plats. C'est indécent de te montrer ainsi aux ouvriers… Soliès, fais-moi disparaître ce balai tout de suite. Quelqu'un qui n'est pas habitué peut s'entraver les pieds et provoquer des catastrophes… Et ne laisse pas traîner le produit pour la vaisselle, on pourrait confondre…

Céleste n'avait pas à s'interroger longtemps pour savoir que ces remarques lui étaient destinées. Tout en continuant à pétrir stoïquement une pâte à pain ou à éplucher une montagne de légumes, elle répliquait sur le ton de l'ironie.

— Me prenez-vous pour une attardée, madame Wales ? Je suis capable d'enjamber un manche à balai, même en portant une de vos marmites à peine moins grosses qu'une lessiveuse… Pardonnez-moi, madame Wales, mais je sais faire la différence entre un bidon de lessive et une bouteille d'huile.

Elle se délectait de voir sa belle-mère pincer les lèvres tandis que le visage de Soliès s'enflammait comme si c'était elle qui faisait preuve d'insubordination. Quant à l'encolure de son chemisier, elle la jugeait parfaitement décente et n'avait aucune envie de s'étrangler le cou en fermant tous les boutons.

Le premier dimanche la surprit par son rituel. Elle remarqua que tous faisaient un effort vestimentaire pour se rendre au temple et elle suivit leur exemple en revêtant une robe de couleur claire, agrémentée de liserés noirs, une tenue élégante que ne manqua pas de critiquer Joan Wales :

— C'est le jour du Seigneur, pas un défilé de mode !

Céleste ne dit rien, mais sortit de son sac une paire de gants blancs qu'elle enfila tranquillement. Joan Wales se détourna en levant les yeux au ciel.

Samuel, James et Douglas prirent chacun leur propre voiture, où s'installèrent les dames. Les Wales serrèrent quelques mains avant de rentrer dans l'édifice religieux retrouver leur banc.

Durant ce premier office, Céleste manqua probablement de ferveur chrétienne, trop occupée à observer le déroulement de la célébration, à écouter les psaumes, à s'étonner de la présence constante de Polly Austin dans le chœur auprès de son mari, le révérend George Austin.

— Polly Austin est beaucoup plus qu'une simple épouse, lui avait dit Soliès. Elle est à la fois la secrétaire, l'associée, la rédactrice des sermons et l'enseignante de l'école du dimanche.

Favorisée par une diction exemplaire, Polly Austin lut lentement un texte de la Bible, debout devant le pupitre, et, quand le révérend monta en chaire, elle alla s'asseoir dans le chœur, le dos très droit, les yeux baissés sur ses mains croisées, dans l'attente d'une montée de dévotion que les exhortations rédigées par ses soins n'allaient pas manquer de soulever.

À la fin de la cérémonie, George et Polly Austin se tinrent sous le porche pour saluer les uns et les autres, s'enquérant des nouveautés, s'inquiétant des absents, malades ou soldats, avec un visage adapté aux circonstances.

La famille Wales s'avança et Céleste fut présentée au révérend. Il eut pour elle un regard consterné et pour les Wales quelques phrases encourageantes. Puis il prit le coude de son épouse et la poussa doucement en avant, lui reléguant le délicat fardeau d'une catholique au sein de son église, une papiste probablement dévergondée – il n'y avait qu'à voir sa façon de s'habiller –, un loup dans sa bergerie. Joan Wales grimaça un sourire, murmura quelques mots, laissant entendre que la communauté presbytérienne devait adopter sa belle-fille comme elle-même l'adoptait en dépit de ses mauvaises manières. Céleste se moquait éperdument d'être adoptée ou non. Un jour, elle finirait par être acceptée parce qu'elle était une Wales, épouse d'un combattant de l'Amérique.

Après le repas dominical, plus recherché qu'en semaine, chacun se retirait dans son espace privé. Soliès et Céleste prirent l'habitude de faire une promenade à cheval. C'était le moment des bavardages sans contrainte, des confidences aussi.

Ce jour-là, un mois après l'arrivée de Céleste, les chevaux les menèrent jusqu'au fleuve. Céleste n'avait encore jamais vu le Mississippi. Elle imaginait un large cours d'eau puissant comme le grand Rhône à Lyon. Mais l'image qu'elle s'était forgée dans son esprit n'avait rien de comparable avec ce qui lui apparut dans un miroitement tacheté par le soleil : une immense étendue d'eau telle une mer en mouvement, plus vaste que ce qu'elle avait jamais vu.

— C'est magnifique ! Tu sais quelle est sa largeur ?

— Personne n'a jamais mesuré. C'est juste un grand fleuve.

L'indifférence du ton la choqua. Elle se tourna vers sa belle-sœur qui parcourait l'horizon du regard sans trouver un endroit où se poser. Son visage avait perdu sa belle couleur rosée et elle semblait terriblement affectée.

— Quelque chose ne va pas ?

La jeune fille ne répondit pas tout de suite. Un oiseau passa dans le ciel, elle le suivit des yeux jusqu'à ce qu'il disparût.

— Je n'étais pas venue ici depuis longtemps, dit-elle enfin.

Sa voix était empreinte d'une grande mélancolie et deux larmes brillaient au coin de ses paupières.

— Pardonne-moi, je ne voudrais pas me montrer indiscrète…

— Oh, ne t'excuse pas, tout le monde est au courant. J'ai rompu. Ce que les gens ne savent pas, c'est que c'est ici que ça s'est passé. À cet endroit précis.

— Tu avais un… un fiancé… un amoureux ?

Soliès haussa les épaules pour minimiser l'importance de sa relation.

— Juste un flirt.

Elle se voulait détachée, mais Céleste devinait qu'il s'agissait plus que d'un simple flirt.

— Je suis ridicule de me laisser emporter par les souvenirs. Ils éveillent des sentiments que j'éprouve encore. Des regrets et de la honte.

— De la honte ?

— Je ne suis pas comme toi, Céleste. Je n'ai pas ta volonté. Malgré toutes mes idées féministes, j'ai préféré céder plutôt que d'entrer en conflit avec ma famille. Tous se sont montrés satisfaits de ma rupture. On m'a même félicitée. Je devrais être contente. Nicolas n'était pas un garçon pour moi. On me l'a tellement répété. C'était un bon travailleur, certes, mais c'était un mécréant. Ses parents avaient émigré au Canada pour échapper à la grande dépression des années trente et l'avaient confié à un couple d'enseignants athées, libres penseurs, qui lui faisaient lire Jonathan Swift et Thomas Paine et même des traductions de vos philosophes, Voltaire ou Montesquieu, je ne sais plus. Il était nourri d'idées progressistes. Ce qu'il connaissait de la Bible n'était que sujet à critique. Il ne comprenait pas que nous, presbytériens, soyons autant assujettis à des principes religieux. Il n'allait pas aux offices, ne savait même pas à quelle confession ses parents appartenaient avant de l'abandonner.

— Et c'est pour cette raison que tu as rompu ? Pour une question de religion ?

Soliès posa son regard sur le fleuve, comme pour y puiser la force d'évoquer ses souvenirs. Et elle raconta.

À vingt-quatre ans, Soliès s'était résignée à rester célibataire, consciente d'être seule responsable de ce choix. Dotée d'une admirable chevelure d'un blond cuivré et d'un teint de lis, elle n'avait pas manqué de soupirants durant ses années d'études. Si elle avait vaguement flirté avec quelques-uns, cela n'avait été que des amours platoniques sans lendemain, agrémentées de chastes baisers sur le coin des lèvres ou de promenades main dans la main le long des berges du fleuve, rares relations que tolérait la communauté puritaine dans laquelle elle vivait. Ses années d'internat à Springfield, et surtout l'enseignement d'une de ses professeures, avaient profondément modifié sa façon de penser. Mrs Anton, vieille demoiselle irascible, fille de suffragette, enseignait la littérature anglaise et, à travers les lectures qu'elle sélectionnait avec soin, elle ne manquait jamais de fustiger par ses propos féministes les religions, la politique, les médias et la société américaine en général. Elle leur faisait lire Thomas Becket, saint Augustin et autres penseurs avant de conclure avec autorité :

— Les lois, les religions, quelles qu'elles soient, ont été faites par des hommes et pour les hommes. Depuis des siècles, les femmes n'ont qu'un seul et unique rôle à jouer : tenir la maison de celui qui vit à leur côté. Vos droits, on les reconnaîtra. Mais vos valeurs, vos compétences, qui les reconnaîtra si vous restez derrière les fourneaux ?

Soliès avait quitté l'école imprégnée de cet enseignement et assoiffée d'indépendance. De retour à Wales' Farm, elle avait tenté de montrer à ses parents qu'elle était désormais une adulte, affichant une liberté raisonnable et résolue à leur imposer Nicolas comme son futur fiancé. Nicolas Warty travaillait à la plantation. Il se disait libre penseur, partageait ses idées progressistes et la regardait comme son égale. Ils étaient très vite tombés amoureux l'un de l'autre. Mais c'était compter sans la rigueur des principes religieux et la fermeté de ses parents. La pression familiale avait été la plus forte : elle avait dû renoncer à lui. De cet épisode malheureux, elle ressortait anéantie et elle se haïssait pour cette abdication.

— Tu sais ce qu'il me disait ? « Aucune religion, aucun texte de la Bible ne parviendront à me séparer de toi. » Et c'est pourtant ce qui est arrivé.

— Il travaillait chez vous ?

— Oui, il avait un diplôme de chimie et s'était spécialisé dans les produits phytosanitaires. Mon père l'avait embauché quand on a subi de grosses pertes lors de la maladie du maïs en 1940. Tant qu'il travaillait ici, il échappait à la mobilisation. On s'est connus, on s'est aimés passionnément. Mais notre relation a soulevé la colère de mes parents. Mon père menaçait de le renvoyer si je persistais à sortir avec lui. On était encore en guerre. Il risquait de se retrouver dans les marines. Alors, j'ai rompu, pour lui épargner la guerre et pour ne plus subir les reproches de ma famille qui me harcelait. Je ne sais pas laquelle de ces raisons fut la plus déterminante. Voilà pourquoi j'ai honte. Honte d'avoir renoncé à mes convictions. Quand je suis rentrée après mon internat, je me croyais suffisamment aguerrie, ancrée dans mes certitudes. J'allais enfin diriger ma vie, choisir mes relations et mes divertissements, comme d'écouter de la musique. Maman ne veut pas de musique à Wales' Farm. Elle dit que c'est une perversion. Et puis, petit à petit, j'ai capitulé sur un détail, puis sur un autre et un autre encore. Au début, je me disais : « Ce n'est pas grave, si ça leur fait plaisir que je demande la permission de sortir ou que j'éteigne la radio. » Mais j'ai fini par comprendre que je cédais sur tout, parce que c'était comme ça depuis notre plus tendre enfance. La seule chose sur laquelle je tiens bon, c'est sur leur choix à eux. Je préfère rester célibataire plutôt que d'accepter l'homme qu'ils veulent m'imposer : un *farmer* comme eux, qui fait du colza.

— Et Nicolas ?

— Il n'a pas été renvoyé, c'est lui qui est parti de son plein gré. Quelques mois plus tard, j'ai appris d'un ami qu'il se battait contre les Japonais dans les îles de Guadalcanal. Depuis, je n'ai plus eu de nouvelles… Et toi ? As-tu des nouvelles ? enchaîna-t-elle rapidement, désireuse de passer à autre chose.

— Une lettre de ma cousine Claire qui vient de passer son bac et qui attend les résultats. Et une d'Alexander. Sa compagnie a quitté Buchenwald… Il a hâte de revenir au pays. Je vais lui répondre dès ce soir.

— Et que lui diras-tu ?

— Soliès, tu es trop curieuse. Ce sont des lettres d'amour.

— D'accord, mais à part les sentiments ?

— Je vais écrire que le pays me plaît, que la nostalgie de la France s'estompe, que Miranda et toi êtes devenues des amies et que ses lettres me comblent de joie.

— Vas-tu parler de Maman ?

— Non.

Céleste hésita avant de poursuivre.

— Joan ne fait pas partie de mes lettres.

— Tu crois qu'elle ne t'aime pas ?

Nouvelle pause, plus longue que la précédente.

— Je ne suis pas l'épouse qu'elle aurait voulu pour son fils. Pas plus que Nicolas n'était le gendre souhaité.

12

Juillet 1945, les Hauts de Saint-Jean

Claire quitta définitivement l'internat après sa réussite au baccalauréat avec mention.

En dépit de quelques vicissitudes, Sévigné lui laissait de bons souvenirs. L'année précédente, elle avait passé son premier baccalauréat sans difficulté et jugé le moment favorable pour placer les premiers jalons de sa vie d'adulte. Mais ni ses parents, ni ses oncles et tantes, ni même sa grand-mère Clémence n'avaient voulu entendre le moindre mot de ses projets. « Nous écouterons tes doléances quand tu auras ton second baccalauréat en poche. »

Elle n'avait pas dix-sept ans. Elle aimait suffisamment Sévigné pour y passer une année de plus. Elle obéit sans rechigner. Perline et Lucille multiplièrent conseils et encouragements ; Dorian, son père, laissa faire, sans dire un mot comme à son habitude, et, quand elle rentrait à la maison, à la fin de la semaine, son regard s'illuminait de joie et de fierté. Seul Oncle Mathias comprit que sa nièce ourdissait quelque chose depuis longtemps et devinait que la petite allait devoir bagarrer fort pour aller au bout de ses intentions.

Sa réussite à l'examen final réjouit tout le monde, mais ne surprit personne. Claire avait toujours eu des facilités et son succès était le remerciement naturel d'une fille à des parents qui avaient beaucoup donné pour son éducation. Ce jour-là, ils étaient tous réunis dans la maison de Clémence pour fêter l'événement. Il ne manquait que Céleste, partie au bout du monde, et Bérenger encore en voyage pour ses affaires. On sablait le champagne. Lucille et Julie avaient cuisiné depuis la veille pâtés, chapons, tartes, et une belle table était dressée dans la grande salle : nappe brodée, verres fins, vaisselle de porcelaine sortis pour l'occasion. Perline, qui se remettait difficilement du départ de sa fille, se disait prête à la prendre en stage pour l'été et Géraud à l'aider à préparer son examen d'entrée à l'École des Mines. Mais Claire ne souhaitait pas poursuivre ses études, pas plus à Lyon qu'à Saint-Étienne

— Je n'aime pas les villes. On y manque d'air et il y a trop de bruit, déclara-t-elle en jetant un regard à la ronde, bien décidée à leur tenir tête.

— Tu n'aimes pas la ville, mais comment faire autrement ? lui lança Lucille. Je ne vois pas les universités s'installer à la campagne pour faire plaisir à ma fille.

— Je ne veux pas entrer dans une grande école, ni à l'université, ni ailleurs.

— Mais que veux-tu faire ?

— Je veux être paysanne.

L'aveu tomba comme un pavé dans la mare. « Paysanne ». Le mot parut se répercuter d'un mur à l'autre et résonner longuement. Elle aurait pu dire « cultivatrice » ou « exploitant agricole ». Non, elle avait dit « paysanne ». Une grossièreté sortie de sa bouche n'aurait pas soulevé plus de stupeur et d'incrédulité. Après plusieurs secondes d'un silence embarrassé, le rire de Mathias s'éleva doucement, progressivement, provoquant des regards consternés et réprobateurs.

— Et ça te fait rire, le gourmanda Lucille, offusquée.

— Je ne vais tout de même pas pleurer parce que ma nièce émet le vœu de s'intégrer dans la famille ! Je suis un paysan, Dorian et toi êtes des paysans et les Bonnefont étaient des paysans avant que Perline ne prenne la direction des usines Fougerolles.

— Mais elle a le bac !

— Et alors ? Est-ce une raison pour l'empêcher de faire ce qu'elle a toujours eu envie de faire ? Vous ne l'avez pas vue vivre, votre fille ? Dorian ? Dis quelque chose ! Tu ne l'as pas vue courir les champs avec toi ? Chaque dimanche, chaque jour de vacances, elle était avec nous ; elle prenait une bêche, une faux, un râteau, elle posait des questions : « Et qu'est-ce que ça veut dire butter les pommes de terre ? Et pourquoi tu mets les rames si tôt ? » Et que je me préoccupe de ci, et que je m'intéresse à ça. À la fin, c'est elle qui donnait les conseils : « Tu mets trop de fumier, ça grille les semis. Tu ne devrais pas tailler si court, les arbres souffrent. » Non mais, il n'y a que moi qui l'aie vue grandir ?

— Ton fils fait pareil.

— Jamais de la vie ! Vincent va sur ses douze ans et il est loin d'en savoir autant sur les cultures que Claire au même âge. S'il me suit aux champs, c'est uniquement pour grappiller les framboisiers ou chaparder le raisin. La terre ne l'intéresse pas. Il joue au Meccano et construit des machines et des grues. C'est sur lui que tu devrais compter, Perline, si tu veux que ton usine reste dans la famille. Il se tourna vers Claire. La jeune fille, rouge de confusion, le regardait, heureuse de trouver en lui un soutien.

— Claire, j'ai pris ta défense. Tu dois maintenant donner tes raisons.

Mais elle n'eut pas le temps d'ouvrir la bouche. Un concert de protestations s'élevait dans la salle à manger. On avait laissé parler Mathias, un adulte raisonnable. En revanche, on ne voulait pas entendre une gamine réfractaire à la volonté de la famille et qui, même titulaire d'un baccalauréat, ne pourrait débiter que des sornettes. Tous voulurent faire connaître leur opinion, les femmes plus que les hommes, les unes pour la contredire, les autres pour la décourager, tous pour la réprimander et suggérer une autre solution. Cette avalanche de questions et de réponses lui traversa la tête, la déstabilisa, ne put lui faire produire que des balbutiements indistincts et des haussements d'épaules qui n'engageaient à rien. Géraud fronçait les sourcils. Mathias levait les yeux au ciel – *ah, ces femmes qui se battent bec et ongles dès que l'une d'elles semble en danger !*

— Essaie au moins de travailler avec Perline cet été, suggéra Dorian.

— Cet été ! Mais tu plaisantes, Papa ! C'est le moment où il y a le plus de travail aux champs. Non, je n'ai pas l'intention d'aller à l'usine. Pas plus sur les machines que dans un bureau. Je veux vivre dehors, respirer le brouillard ou fondre au soleil, mais être à l'air libre.

— Tu sais, petite, lui dit Clémence d'une voix douce, j'étais moi-même une paysanne avant d'ouvrir mon atelier de couture. C'est un travail très pénible. Je vais même te dire que c'est plus un travail d'homme qu'un travail de femme.

— Grand-mère, il faut cesser de séparer travail d'homme et travail de femme. Seules les compétences font la différence. C'est un travail pénible quand on n'a pas les machines. Je n'ai pas l'intention de guider une charrue avec un attelage de bœufs. Si un jour je possède ma propre exploitation…

— Mais tu l'entends ? Elle parle d'avoir sa propre exploitation !

— Si, un jour, je possède ma propre exploitation, reprit-elle, ignorant l'interruption, j'achèterai un tracteur et des machines.

— Mais on n'a jamais vu une femme diriger une exploitation, objecta Julie qui concevait mal que son mari ait d'emblée soutenu sa nièce.

— Si, Tante Julie. Pendant la guerre, la première comme la seconde, ce sont les femmes qui dirigeaient la ferme.

— Et comment feras-tu pour te payer les machines qui feront le travail à ta place ?

— D'abord, Maman, je n'ai jamais dit que les machines feraient le travail à ma place. J'ai dit qu'elles évitaient les travaux les plus pénibles. Quant à les payer, il y a des banques pour cela. Je sais ce que vous pensez. Un crédit signifie des traites à payer et il suffit d'une mauvaise récolte pour se retrouver dans l'incapacité de rembourser. Mais il y a moyen de faire face au gel, à la grêle ou à la burle. Il suffit de protéger les plantes fragiles en les mettant sous serres et de sélectionner les autres qui résistent le mieux aux conditions climatiques. Il existe des livres d'agronomie qui expliquent tout cela. Il serait stupide de faire pousser des oliviers chez nous, mais des pommiers, des poiriers, des framboisiers…

Claire ignora le regard perplexe de son père et les réprobations des uns et des autres. Elle continua sur sa lancée, s'exprimant longuement sur la nécessité de faire appel à un laboratoire pour analyser le sol. On ne cultivait pas la même chose sur une terre argileuse que sur une terre calcaire. Elle affirma, parlant peut-être un peu fort, pour se rassurer elle-même, qu'il faudrait adapter les plantations non seulement au climat et au terrain, mais aussi à la demande, aux nouveaux modes de consommation, au budget des familles. Tout ce qu'on récoltait jusqu'à présent, c'était des choux, des carottes et des pommes de terre, pourtant il y avait d'autres besoins à contenter, surtout maintenant que la paix était revenue. Les gens voulaient oublier les topinambours et les rutabagas. Il existait d'autres légumes, des courgettes, des tomates, des poivrons, qu'il fallait apprendre à cultiver.

Claire se tut, promena son regard sur les adultes qui l'entouraient, espérant lire dans leurs yeux la compréhension ou la sympathie. Mais, dans le silence qui saluait son discours, elle ne trouva que surprise et effarement.

— Mais où es-tu allée chercher tout ça ?

— Je lis, Maman. Et pas seulement des livres pour l'école.

Pour la première fois depuis longtemps, Perline éprouva un sentiment de fierté et de joie en regardant sa nièce. Pourtant, elle crut bon d'entamer ce bel enthousiasme.

— Tu as beaucoup réfléchi à ton avenir et je pense que ce n'est pas une simple lubie de ta part. Mais as-tu songé qu'un jour tu tomberas amoureuse d'un homme qui deviendra ton mari ? Qu'adviendra-t-il de tes belles idées sur l'agriculture s'il a horreur de la campagne ?

— Pourquoi tomberais-je amoureuse d'un homme qui a horreur de la campagne ? C'est tout simplement impossible. Si un jour je me marie, ce sera avec quelqu'un qui aime la terre, les animaux de la ferme. Quelqu'un qui ne se bouche pas le nez quand l'étable est ouverte, qui ne grimace pas de dégoût en passant devant un tas de fumier, qui n'appelle pas à l'aide si un bélier traverse le chemin. Quelqu'un qui, même s'il habite la ville, ne répugne pas à enfiler des bottes, pour patauger dans la boue…

Elle vit Perline et Clémence échanger un bref coup d'œil. Avaient-elles remarqué l'infime rougeur de ses joues, deviné le trouble qui lui avait fait battre des paupières quand elle parlait de son idéal ? Elle pria pour que ce ne fût qu'un effet de son imagination et poursuivit avec assurance :

— De toute façon, il n'est pas question de mari ni même de fiancé pour le moment, trancha-t-elle. Voilà, je vous ai exposé mes idées. Papa, Maman, vous pouvez m'obliger à poursuivre mes études, mais franchement, je crois que ce serait de l'argent perdu. Je n'ai aucune envie de perdre mon temps sur les bancs d'un amphithéâtre, alors que je serais beaucoup plus utile à travailler aux champs avec vous.

Un silence consterné retomba sur la pièce.

— Dorian, dis quelque chose ! intima Lucille. C'est de notre fille qu'il s'agit.

Il laissa passer de longues secondes avant de se tourner vers son beau-frère.

— Mathias, il y a quelque temps on avait parlé de prendre un ouvrier à deux. Vois-tu un inconvénient à ce qu'on embauche une fille ?

Mathias lui envoya un clin d'œil.

— Ça va jaser dans les chaumières…

13

Illinois

Le lundi 6 août 1945, la première bombe atomique tombait sur Hiroshima. Quelques jours plus tard, le 14 août, l'empereur Hirohito annonçait à son peuple son intention de capituler.

Réunis autour de la radio, les Wales écoutèrent dans un silence religieux le discours du président Truman. Rien ne fut plus éloquent, plus chargé de fierté, de soulagement et de compassion que cette allocution. La voix était solennelle ; chaque intonation reflétait la gravité de ce moment tant attendu ; les mots arrivaient lentement, laissant à chacun le temps de réfléchir à ce que cette reddition sous-entendait pour l'avenir. Quand l'hymne national retentit, les Wales se levèrent, immobiles jusqu'à la dernière note. Puis Samuel éteignit le poste et se tourna vers la famille.

— C'est fini ! L'Amérique va enfin retrouver la paix.

Il y eut un moment d'attente, comme si la nouvelle était impossible ou trop énorme pour être absorbée, digérée, acceptée. Et soudain, tout le monde se mit à parler en même temps. Dans un concert de rires et de félicitations, ils se serrèrent dans les bras les uns des autres. Ces quatre dernières années avaient été difficiles, douloureuses. Elles avaient transformé l'Amérique en la plus grande machine de guerre de tous les temps. Hommes et femmes avaient travaillé pour la victoire. Les Wales, avec un fils sous les drapeaux et une exploitation au service de la population, n'avaient pas été les derniers à y contribuer. Dehors retentirent des cris et des tirs. Ouvriers, palefreniers, mécaniciens, tous étaient sortis et hurlaient leur joie. Douglas monta chercher Miranda, tandis que son père débouchait une bouteille.

— Ce fut long et pénible, mais c'est terminé.

— Que vont devenir toutes ces femmes employées dans les usines d'armement ? demanda Soliès.

— Elles retourneront dans leur foyer et assumeront leur devoir de mère et d'épouse. Désormais, que chacun retrouve sa place !

— Je propose que demain nous donnions congé à nos ouvriers, suggéra Samuel en levant son verre. Le maïs attendra.

Joan Wales était trop versée dans la religion pour oublier de rendre grâce à Dieu. Elle joignit les mains, attendit que tous fassent de même et baissent les yeux pour invoquer le Ciel et remercier d'avoir été épargnés pendant toutes ces années. James fit cependant remarquer que si la mort ne s'était pas abattue sur la famille, la ferme avait grandement souffert du manque de matériel, étant donné que les McCormick n'avaient pas sorti une machine agricole depuis des années.

— Nous avons tout de même été épargnés, gronda Joan, fustigeant son beau-frère du regard.

Elle récita de mémoire un psaume de la Bible où il était question d'un Dieu vengeur qui armait le bras d'Israël pour vaincre l'ennemi. Tous répétèrent l'invocation et ponctuèrent par un « amen » retentissant.

Céleste se contenta de marmonner entre ses lèvres. Elle n'appréciait guère cette propension à invoquer le Ciel à chaque événement de la vie et se demandait si ce Dieu vengeur qui avait armé le bras d'Israël ne se lamentait pas devant les guerres perpétuelles et ne regrettait pas sa création.

— Je suis sûre que le révérend père Austin célébrera un office. Soliès, renseigne-toi quand nous irons en ville demain.

En effet, le révérend Austin ne pouvait manquer une telle occasion de réunir ses ouailles et montrer qu'on pouvait être patriote tout en servant la gloire de Dieu. Le temple avait ouvert grand ses portes et la bannière étoilée flottait au-dessus du parvis. Polly Austin choisit plusieurs prières adaptées aux circonstances et rédigea à l'intention de son époux un sermon où se mêlaient tout à la fois les louanges à Dieu, à la mère patrie, aux citoyens américains. Elle portait ce jour-là une robe grise qui aurait pu paraître sévère si elle ne l'avait agrémentée d'une écharpe aux couleurs du drapeau. Elle se tint en retrait quand son époux monta en chaire. Le révérend, animé d'une éloquence peu commune, suivit son texte à la lettre et termina en exhortant chacun à fêter dignement la victoire sans toutefois tomber dans la débauche ou l'ivrognerie. Il eut la sagesse de ne pas prolonger l'homélie au-delà du raisonnable, conscient que tous avaient hâte de se mêler à la liesse populaire.

Une fois dehors, les Wales se séparèrent. Samuel, Joan et Douglas allèrent rendre visite aux parents de Miranda tandis que Soliès et Céleste se mêlaient à la foule. Partout aux fenêtres, sur les voitures, aux vitrines des magasins, se déployait la bannière étoilée. Sous les guirlandes de papier suspendues en travers des rues, elles se laissèrent entraîner par un cortège improvisé derrière une vieille Jeep de l'armée décorée d'épis de maïs et de fleurs de soja. De jeunes gens qui venaient sans doute d'échapper à la conscription, perchés sur les toits des maisons, tiraient des coups de feu en l'air. D'autres, drapés dans des étoffes bleu et rouge, et coiffés du haut-de-forme yankee, couraient le long de l'avenue, les escortaient un moment avant de transporter leur danse frénétique vers d'autres fêtards. Des gamins surexcités poursuivaient les badauds en criant, enchantés de cette soudaine liberté et de ce déchaînement de folie.

Trop souvent confinée dans l'atmosphère austère et laborieuse de Wales' Farm, Céleste se sentit envahie d'un enthousiasme presque puéril. Les yeux pétillants, elle regardait la ville s'amuser, avide de participer elle aussi à la joie collective. Elle regrettait de ne pas venir plus souvent goûter la rassurante présence de ces gens ordinaires pour qui le travail et la piété n'étaient pas les seules valeurs. Submergée par l'allégresse communicative de la ville, elle riait de tout, serrait le bras de Soliès contre elle, saluait les vétérans qui défilaient dans leur vieil uniforme de 1917.

— Il y a de la musique au pub. On y va ?

Déjà, elle l'entraînait sans attendre la réponse.

— Tu es sûre ?

— Tu n'es jamais allée au pub ?

— Si, mais jamais seule.

— Tu n'es pas seule puisque tu es avec moi.

Portes et fenêtres largement ouvertes, le pub débordait sur la rue. On se bousculait entre le bar et le trottoir. La bière coulait à flots. Le patron avait sorti tables et chaises, mais beaucoup préféraient rester debout, le bock à la main. On buvait, on chantait. Le piano avait été poussé près de l'entrée. Un petit blond d'une vingtaine d'années, en tee-shirt à la gloire de l'équipe locale, s'efforçait de donner le ton et la cadence en mêlant sa voix à celles des choristes. Indifférents aux fausses notes, tous reprenaient les paroles des dernières chansons à la mode, frappant du pied ou balançant leur verre au risque de provoquer quelque catastrophe. Si les consommateurs étaient essentiellement des hommes, la proportion de femmes n'était pas négligeable et leurs voix de sopranos se mêlaient allègrement à celles plus graves de leurs compagnons dans une joyeuse cacophonie.

Céleste repéra une table libre, tira Soliès par la main. Tout en se faufilant à travers la presse, elle reconnut quelques visages de Wales' Farm : « La Française ! » entendit-elle murmurer sur son passage. Elle se sentit observée, détaillée, mais ne se formalisa pas de ces regards inquisiteurs. Animée d'un sentiment de fierté, elle répondait aux bonjours par un sourire, alors que Soliès baissait les yeux, étrangement mal à l'aise. Elles s'assirent un peu à l'écart, côte à côte sur la banquette de moleskine noire. D'autorité, le serveur apporta deux bières, plaisanta en leur demandant si elles souhaitaient quelque chose de plus fort, un whisky par exemple ou du champagne français qu'il n'avait sûrement pas en cave. Soliès se récria toute rougissante.

— Si Maman nous voyait là, toutes les deux, à boire de la bière dans un pub…

— On lui dirait qu'on fête la victoire, répondit Céleste en levant son verre.

Elle était littéralement transportée de joie, non seulement par l'ambiance du pub, mais aussi par ce bouleversement dans la routine de sa vie.

— À la victoire ! lança-t-elle.

— À la victoire ! répondirent en chœur les plus proches voisins.

Soliès but une gorgée et enchaîna :

— Tu es tellement différente de nous.

— Je sais. Pourtant, en France, Alexander n'était pas différent de nous.

Hormis la langue et l'uniforme, Alexander avait vécu ses mois de convalescence comme n'importe quel jeune homme de son époque, sans se soucier de l'opinion des gens, ni citer la Bible, ni invoquer le Ciel à la moindre occasion. Il ne s'était jamais montré choqué par ses robes légères ondoyant autour de ses jambes ni, plus tard, dans l'hiver, par ses petites bottines à talons hauts frappant le sol avec assurance. Quand ils étaient encore fiancés, ils sortaient souvent ensemble. Il l'invitait au cinéma, au restaurant. Ils se promenaient main dans la main, ne voyant dans la foule des passants qu'un ensemble de silhouettes sans regard. Un soir, au crépuscule, étroitement enlacés, ils s'étaient embrassés sous un porche ; lui, tremblant d'émotion et de désir ; elle, les yeux fermés pour mieux retenir les larmes de bonheur qui menaçaient de rouler sur ses joues. Elle frémissait encore à ce souvenir. Il ne lui avait pas caché que les Wales étaient presbytériens, mais jamais il n'avait laissé supposer que la religion guidait leur vie, autorisait telle chose et interdisait telle autre.

— Tu sais, c'est surtout Maman qui impose les règles de vie, dit Soliès.

Elle laissa passer un silence avant de poursuivre sur son idée.

— Alex n'est pas comme moi. Il ne se laissera pas imposer quoi que ce soit. En plus, il est parti depuis cinq ans. Ce n'est plus un adolescent, c'est un homme maintenant.

Quelqu'un planta un bock de bière sur le piano et un cahier sur le pupitre, réclamant *Loch Lomond*, le chant populaire écossais.

— Je ne l'ai connu que quelques mois, admit Céleste, un œil sur son verre, l'autre sur le pianiste, mais je peux te dire qu'il n'avait rien d'un adolescent soumis. Au contraire, il avait des idées précises sur la guerre, le monde, l'armée. Sur notre avenir aussi. Sais-tu qu'il a l'intention de quitter Wales' Farm à son retour ?... C'est un *si* bémol...

Soliès ouvrit de grands yeux.

— C'est un *si* bémol, répéta Céleste plus fort, consciente d'attirer l'attention.

Le piano se tut ; le petit blond se tourna vers elle, fronça les sourcils.

— Qu'est-ce que vous dites ?

— C'est un arrangement de Beethoven. Je connais. Après *sol*, *la*, *do*, chantonna-t-elle, c'est un *si* bémol.

— Je ne comprends pas. Vous pensez que je joue faux ? Prenez ma place ! ordonna-t-il en abandonnant le tabouret.

Il était plus amusé que fâché, espérant un refus qui aurait pu passer pour une excuse, mais, à sa vive surprise, Céleste se leva. Tout en se frayant un passage, elle enregistra l'effarement de Soliès, les sourires compassés des uns, les clins d'œil moqueurs des autres.

— Ça fait longtemps que je n'ai pas joué, prévint-elle en secouant ses mains. Par bonheur, le peeling entretient l'agilité des doigts, n'est-ce pas ? Voilà ! *Sol*, *la*, *do*, *si* bémol, *ré*, *ré*...

— Ah ! *B-flat minor.*

— *B-flat minor*, si vous voulez. Pour moi, c'est un *si* bémol.

— Continuez !

— Avec plaisir, dit-elle en enchaînant la mélodie.

Elle se concentra sur la partition, jetant rarement un coup d'œil à son auditoire, fredonnant à mi-voix. Après *Loch Lomond*, l'un d'eux entonna *Bonnie Lady*, puis *Loch Najar*. Le jeune pianiste, sourire aux lèvres, faisait maintenant ami-ami avec la Française, tournait les pages des partitions. La patronne s'activait derrière le bar. Les consommateurs, entre deux gorgées, murmuraient les couplets qu'ils connaissaient mal, mais hurlaient dès qu'il s'agissait du refrain. Attirés par le bruit, les gens s'agglutinaient sur le trottoir, manifestant un soudain intérêt pour le spectacle incongru de la belle-fille des Wales jouant le répertoire du folklore écossais à la terrasse du pub. Céleste ne se faisait pas prier. Elle aimait jouer, elle aimait la fête, la fin de la guerre, le retour à la paix et bientôt le retour d'Alexander. Jamais elle ne s'était sentie aussi détendue depuis qu'elle avait mis les pieds en Amérique.

Soudain, Soliès lui toucha le bras.

— Papa et Maman sont sur le trottoir en face. Ils nous attendent.

La voix était si ténue, si chevrotante que Céleste se demanda comment elle avait pu percer le vacarme.

Elle n'aimait pas ce qui allait suivre. Mais, par défi, elle mit encore plus de cœur à jouer, à prolonger le morceau, à terminer sur de multiples accords, avant de céder la place au pianiste. Des applaudissements saluèrent son départ tandis qu'elle traversait la rue pour rejoindre les Wales, immobiles dans un mutisme sévère. Sans prendre la peine de sourire, elle murmura quelques mots, attentive à ne pas transgresser les règles de la bienséance qui voulaient qu'elle s'excusât pour les avoir fait attendre. Mais, figés dans une tension extrême, ni les uns ni les autres ne daignèrent répondre. Puis, sans que personne eût ouvert la bouche, Samuel donna le signal du départ.

Le trajet du retour se fit dans un silence glacé. Le visage impénétrable, Douglas conduisait. À sa droite, son père, lèvres pincées, s'absorbait dans la contemplation du paysage. Sur la banquette arrière, chacune des trois femmes évitait le regard des autres. Soliès, livide, assise entre sa mère et Céleste comme pour séparer deux combattantes, ne cessait de triturer la mousseline de son foulard, au point de le réduire à la taille d'un mouchoir de poche. Appuyée contre le dossier, la tête haute et les mâchoires serrées, Mrs Wales mûrissait sa semonce. Céleste, elle, se demandait si elle n'avait pas commis un forfait d'une indicible obscénité.

Ce n'est qu'une fois descendue de la voiture arrêtée au milieu de la cour que Mrs Wales laissa éclater sa colère.

— Vos agissements sont absolument inqualifiables, lança-t-elle d'une voix chargée d'acrimonie. Vous avez entraîné ma fille dans un pub. Vous vous êtes conduite comme un vulgaire garçon de ferme, à glapir des chansons au milieu d'ivrognes imbibés de bière, à jouer du piano pour vous faire bien voir et nous mettre dans l'embarras.

Elle poursuivit sa diatribe, le visage déformé par le mépris, convaincue que les principes fondamentaux des Wales étaient bafoués depuis sa venue. Elle l'accusa de semer la discorde parmi les siens, attaqua avec mépris le mauvais exemple qu'elle donnait des femmes, critiqua sa façon de parler, de s'habiller et même de marcher, avant de conclure, affectant une répugnance extrême :

— Je ne puis envisager qu'un membre de ma propre famille soit capable de se comporter de la sorte.

Pétrifiée par la violence du ton et ce déluge d'insultes, Céleste crut exploser. Frustration, injustice, hostilité la submergèrent. Mais un sentiment de fierté l'en empêcha. Les répliques malicieuses dont elle usait habituellement pour faire baisser la tension n'étaient plus de mise. Elle redressa la tête, consciente des visages autour d'elle, du regard étincelant de sa belle-mère, drapée dans sa vertueuse indignation, le corps raidi sous l'effet d'une rage contenue, escomptant repentance et soumission de sa part.

Rompant alors le silence pénible qui s'était instauré, elle articula d'une voix parfaitement calme :

— Madame Wales, je ne suis pas de votre famille. Je suis l'épouse d'Alexander et une femme libre. Vous m'accusez d'avoir joué pour des ivrognes imbibés de bière. Ils ne chantaient que le folklore de leurs ancêtres écossais, les vôtres, me semble-t-il. Les chants, la musique font partie de leurs gènes. Si vous pensez que les chansons adaptées par Beethoven sont des glapissements, je ne peux que me désoler de votre ignorance.

Mrs Wales sursauta sous l'affront. Elle hésita un instant avant d'attaquer à nouveau.

— La musique conduit trop souvent à la perversion. Il faut savoir l'écarter de notre vie.

— C'est votre opinion, madame Wales, mais « sans la musique, le monde serait une erreur », cita-t-elle. Je remercie mes parents de m'avoir fait aimer la musique. Dommage que vous ne l'appréciiez pas. Je suis venue, à la demande de mon mari, pour remplacer Miranda, pas pour renoncer à ce que j'aime.

Avant que quiconque ait pu répliquer, elle leur tourna le dos, les abandonnant au milieu de la cour, Joan, les joues rouges, prête à suffoquer, Soliès, les yeux embués de larmes, Samuel, paralysé par la brutalité des reparties. Seul Douglas se désintéressait de la scène, la tête sous le capot de la voiture, apparemment préoccupé par un problème de moteur.

Une fois dans sa chambre, elle se laissa tomber sur le lit, pantelante, anéantie. L'idée de préparer sa valise et de quitter la maison la traversa. Mais une fraction de seconde seulement. Sa place était ici, où devait la retrouver Alexander. La tête sur l'oreiller, le poignet sur le front, elle tentait de calmer les battements de son cœur. La pièce était plongée dans l'obscurité, les volets croisés, les lampes éteintes. Elle ferma les yeux, chercha au fond de ses souvenirs l'image de son mari. Mais son visage la fuyait, se dissolvait dans un flou nébuleux. Chaque fois qu'elle croyait le tenir, il s'évaporait dans les brumes de son inconscient. La main glissée sous l'oreiller rencontra sa dernière lettre. Elle ne l'ouvrit pas. Elle savait qu'elle n'y puiserait pas le soulagement attendu ; au contraire, elle ne ferait que rajouter une inquiétude à une autre. Le récit de ses missions, qu'il aimait auparavant raconter avec plaisir, s'était transformé en une énumération sans âme d'activités exercées par un homme résigné et qui ne trouvait plus aucun sens à la vie : contrôle du couvre-feu, organisation des transports sanitaires, approvisionnement de nourriture… Il ne parlait jamais de l'Allemagne ni des Allemands et à peine de leur couple.

Elle sortit la lettre sans la lire, se leva pour la glisser au milieu des autres dans le coffret de son tiroir. Dans la salle de bains, elle passa son visage sous l'eau fraîche, retoucha son maquillage et se prépara à rejoindre les autres pour le *lunch*, se demandant comment elle allait affronter les Wales sans risquer de mettre à nouveau le feu aux poudres.

***

S'ouvrit alors une période de transition où belle-mère et belle-fille firent l'effort de se supporter, n'échangeant que les paroles indispensables, respectant entre elles une distance de politesse plutôt que d'indifférence. Quant à Soliès, dissimulant son inquiétude, elle feignait de se montrer détendue, souriait à l'une comme à l'autre, lançait quelques mots au hasard, tentait une plaisanterie qui tombait le plus souvent à plat. Ses efforts pour rapprocher les deux femmes étaient si évidents qu'ils auraient pu paraître risibles si la situation avait été moins dramatique. Elle croyait pouvoir renouer les liens entre elles, liens qui n'avaient en réalité jamais existé, mais qu'elle croyait ressusciter par son sourire forcé. Les hommes agissaient comme s'il ne s'était rien passé et se plongeaient volontiers dans d'interminables discussions sur les projets de la nouvelle digue ou le choix des semences. Par bonheur, l'épluchage des épis était terminé et Céleste profitait de ses heures de liberté pour se rendre à la bibliothèque de Greensborough ou faire des promenades à cheval le long des champs qui n'offraient plus que le spectacle des chaumes jaunis.

Un événement inattendu finit pourtant par ébranler ce climat de tension.

L'après-midi était calme, les hommes au travail sur les berges du fleuve, Joan penchée sur les cahiers de comptes et Soliès lisant dans sa chambre. Céleste venait de seller son cheval, un bel animal à la robe fauve qu'elle avait pris l'habitude de monter pour l'allure paisible de son pas et la vitesse de son galop. Soudain, elle vit la femme de Séverin sortir en courant de chez elle, regarder autour d'elle d'un air affolé et, ne voyant que Céleste dans la cour, s'élancer vers elle en criant.

— Connie, que se passe-t-il ?

Autant Séverin était filiforme, autant Connie était ronde et toutes ses rondeurs bondissaient sous son long tablier tandis qu'elle courait, ses cheveux crépus cachés sous un foulard coloré noué au-dessus de la tête, la peau noire luisant de sueur, les yeux épouvantés roulant dans leurs orbites.

— Madame Wales, c'est le shérif. Y va venir. Y… Y…

La peur la faisait bégayer, ses grosses mains se tordaient d'impuissance.

— Connie, que se passe-t-il ?

— Y va dire des mensonges sur mon Séverin. Y faut pas le croire.

— Quels mensonges ?

— Y a eu un grand malheur à la ville, mais mon Séverin y est pour rien. Y est resté ici tout le matin…

Céleste n'eut pas le temps de poser les questions qui lui venaient aux lèvres, la voiture du shérif s'engouffrait dans la cour, freinait brutalement. Le cheval fit un saut de côté, tandis que s'élevait un nuage de poussière que Céleste chassa devant ses yeux avec une grimace de déplaisir.

— Monsieur Chardet, voilà une arrivée plutôt brutale, dit-elle à l'homme qui sortait de la voiture escorté de son acolyte.

Ils portaient tous les deux un gilet de cuir sans manches et un chapeau de fermier à large bord qu'ils ne prirent pas la peine d'ôter.

— Madame Wales, nous venons arrêter un homme qui travaille ici, nommé Séverin…

— Non… non ! hurla Connie en portant ses mains à ses joues.

— Toi, la ferme, sale négresse ! File chez toi !

— Connie n'obéit qu'aux Wales. Vous n'avez pas à lui donner des ordres. Qu'est-ce qui ne va pas avec Séverin ?

Comme s'il avait entendu son nom, l'ouvrier noir sortit de la grange, un sac d'engrais sur l'épaule. Dès qu'il vit le groupe, il se figea, tétanisé par la peur de l'homme blanc que ses ancêtres esclaves lui avaient transmise, laissa tomber son fardeau qui s'ouvrit et se répandit sur le sol.

— Le voilà, dit le shérif. C'est bien lui.

Puis se tournant vers son collègue :

— Vas-y, passe-lui les menottes !

— Holà ! Pas si vite, je veux savoir de quoi vous l'accusez.

— Il y a eu un cambriolage ce matin en ville, dans le quartier des Oldhouses. Le propriétaire a été agressé par-derrière et n'a rien vu. Mais un témoin affirme avoir reconnu Séverin qui s'enfuyait par le fleuve.

Connie ouvrit la bouche pour le défendre, mais, d'un geste, Céleste lui intima l'ordre de se taire.

— C'est impossible, monsieur Chardet, Séverin n'a pas quitté la ferme de la matinée.

— En êtes-vous sûre, madame Wales ? interrogea le shérif, qui n'appréciait pas qu'on oublie son titre de shérif quand il était en fonction. Ces gens-là sont des fourbes, capables de se dissimuler et de se faufiler partout sans qu'on s'en aperçoive.

— Comme n'importe quel homme, blanc ou noir, quand il veut commettre un forfait. Séverin n'a rien à voir avec ce genre de personne.

Elle connaissait Chardet de renommée. C'était un administrateur sévère qui faisait régner la loi dans le comté. Mais elle savait aussi que si un Noir était arrêté, il ne manquerait pas de témoins pour l'accuser, le faire passer en justice et le condamner à mort même sans preuve tangible. Le racisme et la discrimination n'étaient pas des paroles en l'air ; c'était une réalité. Jusqu'à ce jour, Céleste n'y avait jamais été confrontée.

— Pourtant, le témoin qui s'est spontanément présenté au bureau est tout à fait fiable.

— Il se sera trompé. Le quartier des Oldhouses est plutôt sombre et la brume de ce matin était tenace.

— J'insiste, cet homme doit nous suivre au poste pour y être interrogé.

Quand l'adjoint s'avança vers Séverin, Céleste se mit en travers de son chemin.

— Il n'est pas question d'interroger Séverin, monsieur Chardet. Je suis moi aussi un témoin fiable, et si je vous affirme que Séverin n'a pas quitté la ferme de la matinée, c'est que c'est la vérité, asséna-t-elle.

— Ma belle-fille a raison, shérif, Séverin n'a pas quitté la ferme.

Céleste maîtrisa un sursaut de surprise. Joan se tenait derrière elle, très droite, la croix au bout de son ruban de velours étincelant sur son tablier impeccablement repassé. Elle vit les deux hommes ôter leur couvre-chef, esquisser un bref salut de la tête.

— Madame Wales, nous avons un témoin qui…

— J'ai entendu et je confirme ce que Céleste, ma belle-fille, vous a dit : Séverin n'a pas quitté la ferme. Votre témoin a confondu mon employé avec quelqu'un d'autre.

— Seriez-vous prête à le jurer ?

Joan se raidit.

— Une Wales n'a pas besoin de jurer pour être crédible, répliqua-t-elle avec cette arrogance que Céleste lui connaissait si bien et à laquelle aujourd'hui elle rendait grâce. N'importe qui dans cette maison vous dira que Séverin a travaillé toute la matinée à nettoyer la grange. Regardez-le ! Maigre comme il est, il est tout juste capable d'égorger une poule. Comment voulez-vous qu'il s'en prenne à un homme ? C'est à vous de trouver le véritable coupable. Et il n'est pas ici. Vous avez du travail, shérif Chardet. Nous aussi. Nous ne vous retenons pas. Bonne journée.

Le shérif fut sur le point d'ajouter quelque chose, mais il serra les dents et fit signe à son adjoint de monter en voiture.

Elles les regardèrent faire demi-tour et s'éloigner de la ferme. La poussière du chemin n'était pas encore retombée que Connie s'élançait vers Céleste, lui prenait la main, la couvrait de baisers et de larmes, se confondant en remerciements et en bénédictions.

— Ça suffit, Connie, tout va bien, protesta Céleste en retirant son bras.

— Retourne chez toi, Connie. Ton petit dernier doit hurler plus que de coutume, ordonna Joan Wales. Et toi, Séverin, va te chercher un verre de vin à la cuisine. Si tu n'étais pas aussi noir, je croirais voir un moribond.

Quand elles furent seules, Joan Wales se tourna vers sa belle-fille.

— Nous avons le devoir de protéger nos employés, n'est-ce pas ?

— Oui, madame Wales.

— Et de veiller à ce qu'ils nous fassent confiance.

— Oui, madame Wales.

Aucune des deux ne souriait, mais le mur d'hostilité qui les séparait commençait à se fissurer.

***

Quelques jours plus tard, Joan Wales, si ancrée dans ses convictions, fut encore plus déstabilisée par le revirement du révérend Austin.

Comme elle l'apprit par la suite, l'initiative était venue de Polly Austin.

Par qui celle-ci avait-elle su que Céleste jouait du piano ? Peu importe. Toujours est-il qu'elle s'arrangea pour retenir la jeune Mrs Wales, un matin après l'office, et l'entraîner vers la sacristie.

— Venez, je voudrais vous montrer quelque chose…

La petite pièce était sombre, éclairée seulement par une lucarne sans rideau. Une odeur de cire et de désinfectant flottait dans l'air. Sous l'unique fenêtre se dressait une penderie avec une robe pastorale suspendue à un cintre. Tout était parfaitement propre, sans un grain de poussière.

— Il est là, dit-elle en s'approchant d'un bahut recouvert d'une nappe de satin noir que Céleste n'avait pas remarqué en entrant.

Polly retira l'étoffe et se retourna avec un sourire, cherchant la surprise dans le regard de Céleste.

— Vous ne saviez pas qu'on avait un piano, n'est-ce pas ?

— Ce n'est pas un piano, c'est un harmonium, murmura Céleste, fort étonnée.

Polly Austin eut l'air déçu.

— Ah, bon ! Quelle différence ?

— Écoutez !

Céleste ouvrit l'instrument, appuya plusieurs fois le pied sur le plateau, fit courir ses doigts sur les touches. Aussitôt les murs se mirent à vibrer, la pièce parut s'enfler, augmenter de volume, gonflée tel un ballon par les notes retentissantes qui résonnèrent longtemps avant de s'évanouir.

— Seigneur ! Quelle force ! Mais c'est… c'est magnifique ! C'est surprenant mais magnifique. On dirait… je ne sais pas…

— De l'orgue, peut-être.

— C'est ça. On dirait de l'orgue. Voulez-vous poursuivre, s'il vous plaît ? dit-elle en approchant une chaise.

Céleste ne se fit pas prier. Elle avait quelquefois remplacé le joueur d'harmonium de l'église de Saint-Jean et, chaque fois, elle avait été subjuguée par l'extraordinaire sonorité de l'instrument.

— Il est en très bon état, fit-elle observer en refermant l'instrument, mais il aurait besoin d'être accordé.

— J'y ai pensé. Le révérend de Saint-Patrick, qui est un ami de mon mari, nous enverra un spécialiste. Mais je voulais avoir votre opinion. Vous sentiriez-vous capable de jouer quelque chose pour la fête des enfants en octobre… Vous n'êtes pas au courant? Je vous explique. Chaque année, l'école du dimanche organise une cérémonie pour offrir aux plus jeunes leur première bible. Nos élèves se rassemblent sur le parvis avec leurs parents et entrent en rang, un cierge allumé à la main. Ce serait merveilleux si un morceau de musique pouvait les accompagner pendant la procession, ne trouvez-vous pas? Cela donnerait à leur intronisation quelque chose de… comment dire… de grave et de solennel.

— C'est une bonne idée. Mais en avez-vous parlé au révérend? J'avais cru comprendre qu'il était réfractaire à toute forme de musique.

— C'est ce qu'il dit parce qu'il chante affreusement faux et ne veut surtout pas entonner une hymne en public. Mais je lui ai fait remarquer que celui de nos prédécesseurs qui avait acquis cet instrument devait savoir en jouer et que la musique faisait alors partie de la prière.

— A-t-il reconnu cela? Est-il d'accord pour qu'on joue de la musique dans l'église?

— Il n'a rien objecté, m'a dit que, si je trouvais quelqu'un capable de s'y intéresser, il voulait bien faire un essai. J'ai pensé à vous.

Céleste fut immédiatement séduite. Au début, elle songea à ce que l'expérience allait produire sur sa belle-mère, moins par esprit de vengeance que par la volonté d'ébranler ses préjugés. Puis, peu à peu, elle prit goût au jeu, oublia Joan et ne pensa plus qu'au plaisir de la musique.

Une fois l'instrument accordé, Polly Austin encouragea le révérend à venir écouter les répétitions. Ensemble, ils mirent au point le déroulement de la cérémonie. Céleste proposa plusieurs morceaux dont elle trouva les partitions à la bibliothèque. Le révérend hésitait, hochait la tête, en repoussa quelques-uns trop ennuyeux ou d'autres trop enlevés, pour ne conserver finalement que l'*Aria* de Bach pendant la procession et la *Toccata et fugue* en final.

— Ne soyons pas trop gourmands. N'oublions pas que la plupart des fidèles n'ont jamais entendu de musique au temple : quelques minutes au début, juste le temps que les enfants s'installent. Et à peine plus longtemps quand l'assistance quittera l'église. Inutile d'en faire plus. Les assourdir de sonorités grandiloquentes ne servirait pas à grand-chose et risquerait d'en choquer plus d'un. Qu'en pensez-vous ?

— C'est vous qui voyez, révérend.

Elle s'efforçait de rester détachée, mais elle bouillait d'une joie malicieuse à l'idée de jouer devant la communauté, et devant les Wales en particulier. Après le pub, le temple. Quelle ironie !

— Attendons de connaître la réaction de nos paroissiens à cette cérémonie, déclara Polly Austin. Nous aviserons plus tard.

— Vous n'avez jamais songé à les faire chanter pendant les offices ? Madame Austin, vous avez une voix très claire, je suis sûre que vous pourriez entonner un psaume.

— Je sais que cela se fait dans certaines communautés, répondit le révérend sans attendre la réponse de son épouse. Mais je m'y suis toujours refusé. On vient au culte pour prier, pas pour passer du bon temps. Pousser la chansonnette, comparer sa voix à celle de ses voisins ne peut que les détourner de la dévotion.

Il laissa passer un silence avant de poursuivre :

— J'avoue que mon épouse a su se montrer persuasive pour la procession. Mais je ne suis pas convaincu.

Une musique religieuse ne peut inspirer le recueillement ni la prière. Nous verrons pour la suite.

Ils discutèrent longuement pour savoir où l'instrument devait être installé. Le mettre au fond, près de l'entrée, risquait d'inciter les têtes à se retourner. L'emplacement sous la chaire aurait été le meilleur, mais on manquait d'espace. Il aurait fallu reculer quelques chaises et la procession en aurait souffert. On opta finalement pour la travée à droite, entre le chœur et la nef. Ainsi, placé devant l'assistance, il ne gênait personne, les regards s'habitueraient à sa présence et, curiosité satisfaite, il finirait par ne plus attirer l'attention. Pour Céleste, c'était la meilleure solution. Elle tournerait le dos à l'assistance, ne verrait ni les uns ni les autres et pourrait se consacrer entièrement à son interprétation.

Ce matin d'octobre, dès que les portes furent ouvertes, le révérend et son épouse se placèrent de chaque côté de l'entrée pour accueillir les enfants. Céleste attaqua les premières mesures de l'*Aria* et se concentra sur la partition. La procession arriva lentement vers le chœur. Les enfants, dûment chapitrés, n'osèrent lever les yeux sur elle quand ils passèrent à côté. S'il y eut quelques coups d'œil, ce fut rapide et furtif. En revanche, lorsque les adultes prirent place dans les travées, elle eut la sensation qu'une onde de surprise traversait l'édifice. Mrs Wales crut s'évanouir en apercevant sa belle-fille derrière l'harmonium. Ce n'est que la solidité de Samuel, sur lequel elle prit appui, qui l'empêcha de s'écrouler. Des chuchotements, des exclamations étouffées, des raclements de chaises heurtées par mégarde accompagnèrent l'installation de l'assemblée, réprimandée par quelques toussotements du révérend. Quand tous furent assis, George Austin, craignant sans doute la réprobation de certains de ses paroissiens, justifia son choix en invoquant l'âme de son prédécesseur défunt qui avait su en son temps utiliser la musique. Il ajouta d'un ton ferme qu'elle ne devait en aucun cas perturber la ferveur des prières ni conduire à la rêvasserie. Plus tard, son prêche rappela à chacun que Jésus avait participé à la joie des noces de Cana, mais que la recherche excessive de plaisir conduisait immanquablement à l'enfer et au feu éternel. Pendant tout le temps que dura la cérémonie, Céleste sentit peser sur son dos les regards des Wales et ne sut jamais ce qui, de la surprise ou du blâme, dominait.

Joan Wales perdait pied. Le révérend en qui elle avait cru trouver un farouche opposant à toute forme de musique se tournait maintenant vers un modernisme qu'avaient déjà adopté d'autres congrégations. Elle ne savait plus où elle en était. Ses mains tremblantes parvenaient à peine à tourner les pages de son psautier. À l'inverse, sa fille semblait perdue dans un rêve extatique et son beau-frère souriait aux anges.

Après la bénédiction finale, le révérend se dirigea vers la sortie avec son épouse. C'est le moment que choisit Céleste pour attaquer les premières mesures de la *Toccata*. Elle ne vit pas ce qui se passait dans son dos, mais elle devina un mouvement de foule. Ceux qui étaient déjà sortis cherchaient à revenir à leur place, empêchant les autres d'accéder au porche. Ces derniers, soudain emportés par l'emphase de la musique, se figeaient sur place. On se heurtait sans se bousculer. On se poussait les uns les autres pour mieux écouter ou pour mieux voir. Céleste alors prolongea les premières mesures, les plus enlevées, les plus connues aussi, avant de conclure sur un dernier accord.

Quand elle eut terminé, elle laissa un moment ses mains sur ses genoux et attendit sans se retourner que l'église se vide, que les battements de son cœur se calment peu à peu.

Sur le parvis, de petits groupes s'étaient formés. On discutait ferme, on n'hésitait pas à hausser la voix pour faire entendre son commentaire. Les conversations cessèrent quand elle parut et plusieurs sourires fleurirent sur les lèvres. Quelques-uns imitèrent des applaudissements. Elle n'eut pas le temps de s'interroger sur les sentiments des uns ou des autres – curiosité, admiration, étonnement –, les Wales qui l'attendaient, entourant le pasteur et son épouse, lui firent signe. Il y eut un silence que personne n'osa rompre avant le verdict de Joan. C'était à elle de se prononcer. Posant sa main sur le poignet de Céleste, elle articula sur un ton qu'elle s'efforça de ne pas rendre trop chaleureux :

— Je me réjouis de voir que vous vous intégrez *enfin* à notre église. C'est à notre cher révérend que nous devons cette métamorphose, n'est-ce pas ?

14

Automne 1945, les Hauts de Saint-Jean

Claire allait devoir renoncer à sa serre pour les semis. Oncle Mathias l'aurait volontiers suivie dans ce projet, mais le verre était devenu une denrée rare depuis le début de la guerre. Remplacer un carreau cassé relevait du parcours du combattant et les coûts étaient si élevés que les gens calfeutraient leur fenêtre avec du papier huilé et attendaient des jours meilleurs. Commander des mètres carrés de vitres pour protéger des plantations était chimérique. Son père lui fit remarquer que les Hauts de Saint-Jean n'était pas le Jardin des Plantes. On allait semer comme d'habitude et tant pis si les derniers assauts de l'hiver brûlaient une grande partie des jeunes pousses. Mais Claire n'était pas du genre à baisser les bras. Profitant d'un après-midi pluvieux où la boue était telle qu'il était impossible de travailler aux champs, elle sortit crayons, règles, gomme et commença à dresser des plans. Elle était seule. Sa mère tenait le magasin et son père fendait du bois dans la grange.

Plongée dans ses calculs, elle n'entendit pas la voiture se garer dans la cour. Ce furent les pas et les rires de ceux qui devaient enjamber les flaques qui la tirèrent de son travail. Elle se leva précipitamment et alla ouvrir.

Marie-Ange, son amie de pension, se tenait devant elle, toute belle et souriante. Son manteau entrouvert laissait voir une jupe plissée écossaise et un élégant chemisier blanc attaché par une lavallière de velours noir. Mais c'est à peine si son cerveau enregistra la tenue soignée de Marie-Ange. Son regard venait de s'arrêter sur le jeune homme derrière elle qui tenait le parapluie. Elle le reconnut aussitôt et son cœur se mit à battre à grands coups.

— Bonjour, Claire ! Tu te souviens de mon frère Florian, n'est-ce pas ?

— Oui, en effet, nous nous sommes déjà croisés, répondit-elle en les invitant à entrer, furieuse de sentir ses joues s'empourprer.

— Vous avez fait plus que vous croiser. Il était là pour mon anniversaire. Tu ne peux pas avoir oublié.

Non, elle n'avait pas oublié. Comment aurait-elle pu rayer de sa mémoire cette soirée qui la poursuivait encore ? Dans le salon aménagé pour la fête, elle avait tout de suite remarqué son regard insistant, qui détaillait son visage, sa coiffure, sa robe – une réalisation de Clémence. Entraîné dans une conversation de camarades, il répondait distraitement sans cesser de la contempler avec une admiration évidente. Elle avait été sensible à l'intérêt qu'elle suscitait chez lui. Il avait un beau visage mince, des cheveux châtain clair semés de mèches d'un blond cendré au-dessus du front. La gorge serrée, elle l'avait vu quitter son groupe, s'approcher d'elle et l'inviter à danser. Il n'avait pas eu la hardiesse de la serrer contre lui, se contentant de poser sa joue sur ses cheveux. Elle se souvenait encore de son odeur d'eau de toilette, de la chaleur de sa main sur sa taille, du frisson qui l'avait parcourue quand il avait entrelacé ses doigts avec les siens. Après la danse, il lui avait proposé d'un ton engageant d'abandonner les convives pour faire quelques pas dans le jardin où ils pourraient bavarder sans contrainte. Il avait un charme étonnant et une facilité à la mettre à l'aise par des compliments discrets dissimulant ce qui pouvait passer pour de la curiosité. Marie-Ange lui avait déjà beaucoup parlé d'elle, avoua-t-il, et il souhaitait depuis longtemps rencontrer cette amie qui se distinguait des autres, bravait le vent et la pluie, n'aimait pas la ville, voulait être paysanne quand la plupart des filles de sa classe continuaient leurs études par désœuvrement en attendant de trouver un mari.

— Moi aussi, j'aime la campagne, confessa-t-il. Je suis en troisième année de l'école vétérinaire. Quand j'ai dit à mes parents que j'allais me spécialiser dans les animaux de ferme, Papa a éclaté de rire et Maman a pris un air dégoûté. « Mais tu vas patauger toute la journée dans le fumier, respirer des odeurs de purin ! As-tu réalisé, Florian, que tu allais devoir aider les vaches à mettre bas ? » Ma sœur a dû vous expliquer que nos parents étaient terriblement snobs.

— Marie-Ange ne m'a rien dit de tel. Vous devez exagérer. Je les ai trouvés très sympathiques.

À la fin de la fête, Florian proposa à quelques-uns de leurs amis de les reconduire en voiture. Claire devina que c'était un prétexte pour la raccompagner. Il s'arrangea pour déposer les uns et les autres de façon à se retrouver seul avec elle. Après avoir tant bavardé durant l'après-midi, ce trajet du retour fut silencieux. L'un et l'autre réunis par un même sentiment de félicité où les mots n'avaient pas leur place.

— Je suis heureux d'avoir fait votre connaissance, affirma-t-il en s'arrêtant devant chez elle. Marie-Ange m'avait dit beaucoup de bien de vous, mais j'ai découvert encore plus. Vous n'êtes pas seulement une originale, vous êtes… comment dire… sans dissimulation.

Elle avait rarement reçu un aussi beau compliment. Elle détourna les yeux, bredouilla un remerciement en posant sa main sur la poignée, prête à sortir, mais il la retint doucement puis, l'attirant contre lui, la serra dans ses bras, posa ses lèvres sur les siennes. Ce fut d'abord un baiser très doux, léger, avant de devenir plus appuyé. Alors, un peu effrayée par son propre désir, elle s'écarta et murmura avec un demi-sourire :

— Rentrez vite chez vous, vos parents vont s'inquiéter.

— J'ai passé l'âge où mes parents s'inquiètent quand je rentre tard, répliqua-t-il, amusé. Désormais, mon père se fait plus de souci pour sa voiture que pour moi.

Et il ajouta plus gravement :

— J'ai passé une merveilleuse journée. J'espère vous revoir bientôt.

Il avait tenu parole puisqu'il était là, devant elle, soufflant sur le café trop chaud qu'elle venait de servir.

Les croquis étaient restés sur la table. Marie-Ange haussa les sourcils. Une serre ? Mais pour quoi faire ? Florian donna son avis, s'intéressa aux plans, difficiles à réaliser avec la pénurie de verre. L'usine Jacquemond avait été bombardée. Il y avait moyen de négocier à un prix intéressant les vitres encore intactes. Claire nota les renseignements, ravie de constater que son idée de serre n'avait pas suscité l'hilarité chez le jeune homme, mais au contraire un vif intérêt.

Marie-Ange, qui avait d'autres projets en tête, reprit l'initiative et annonça d'une voix dénuée d'enthousiasme :

— Je vais me fiancer avec Paul Bonneville, lieutenant dans l'armée de l'air et fils de M. et Mme Bonneville, propriétaires de la plus grande clinique privée de Saint-Étienne.

Ignorant la stupeur de Claire, elle enchaîna précipitamment :

— Paul doit partir pour l'Indochine prochainement, alors on a décidé de faire la cérémonie avant son départ. Bien entendu, tu es invitée. Je voulais t'envoyer un carton, mais Florian a dit que ce serait plus sympathique de te l'apporter en main propre. Tiens, le voilà.

Claire prit l'enveloppe. Une enveloppe originale dans les tons roses et bleus, décorée de fleurs entrelacées.

— Mais tu m'avais dit… Je croyais que…

Elle hésitait. Son regard allait de Florian à Marie-Ange ; elle n'osait dévoiler ce qu'elle croyait être un secret.

— Oh, Florian est au courant pour Michel. Il n'est pas d'accord mais qu'importe. J'accepte ce fiancé pour faire plaisir à mes parents. Papa veut absolument obtenir le poste de médecin-chef à la clinique Bonneville. Et Maman est persuadée que le fils Bonneville est le meilleur parti de toute la ville. Paul me fait la cour depuis que j'ai coupé mes nattes. Je suis en quelque sorte une monnaie d'échange, un gage de bonne volonté. Paul est beau garçon, mais ce n'est pas mon type. En plus, il veut faire carrière dans l'armée, alors que, depuis la pension, j'ai horreur des uniformes et de la discipline. Mon Dieu, Claire, ne fais pas cette tête ! Ce ne sont que des fiançailles, et les fiançailles, ça se rompt. Une fois que Paul sera en Indochine, il trouvera une belle Tonkinoise ou la fille d'un consul et m'oubliera. Pendant ce temps, Papa aura fait ses preuves à la clinique. On ne pourra plus se passer de lui quand je déciderai de reprendre ma liberté.

— Marie-Ange, mais c'est un marché ! Comme chez les Romains…

— Comme chez les Grecs, les Valois et les Habsbourg, coupa la jeune fille qui semblait s'amuser de l'indignation de son amie. Ça a toujours été ainsi et ça l'est encore. Les filles obéissent à leur père et servent de garantie pour sceller une alliance. Sauf que pour ma part, Papa ne m'a pas forcé la main. Il m'a expliqué la chose et j'ai accepté. M. Bonneville et Papa ont déjà fixé la date de sa prise de fonction à la clinique.

Claire laissa passer un moment, le temps de digérer la nouvelle.

— Et tu as prévenu tes parents que ces fiançailles ne mèneraient nulle part ?

— Bien sûr que non. Que tu es naïve ! Je joue le jeu de la fille comblée, amoureuse, espérant le retour rapide de l'être aimé. En réalité, je n'ai pas l'intention de me morfondre dans l'attente. Je vais vivre ma vie comme d'habitude. Les études, les amis et les sorties. Quant à Michel (elle se tourna vers son frère), c'est un ami de Florian. J'espère qu'il m'attendra. De toute façon, je continuerai à le voir et je lui expliquerai. S'il m'aime vraiment, il comprendra.

Claire tombait des nues. Ces compromissions, ces arrangements entre familles, cette façon de disposer de ses enfants par ambition personnelle la sidéraient. Personne ne semblait tenir compte des sentiments des uns et des autres. Pendant une seconde, elle souhaita presque que Michel tourne le dos à son amie. Toutefois ce fut très fugace : elle réalisait que Marie-Ange, sous l'apparence du détachement, souffrait de cette situation qui mettait son amour en péril. Celle-ci dut lire dans ses pensées car elle demanda avec gravité :

— Est-ce que tu refuserais un service à ton père ?

Claire ne répondit pas. Elle sentait le regard de Florian posé sur elle, attentif à tout ce qu'elle allait dire. Elle devinait que les mots qui sortiraient de sa bouche allaient dépasser sa pensée et risquaient de faire plus de dégâts encore.

— Je n'aurais pas à refuser ce service à mon père car jamais celui-ci ne m'aurait demandé une telle chose.

Dorian avait trop d'amour, d'estime, de fierté pour ne vouloir que le bonheur de sa fille. C'était ainsi dans la famille. On ne piétinait pas les sentiments des autres pour des motifs pécuniaires. Quand Céleste avait choisi un Américain pour époux, personne ne s'était mis en travers de son amour, personne ne lui avait fait remarquer qu'elle mettait en péril la succession de l'usine, qu'elle obligeait Perline à revoir ses projets, qu'elle laissait tout le monde dans le chagrin de la séparation.

— Tu as bien de la chance, concéda Marie-Ange.

— Tes parents sont-ils au courant de… de ta relation avec Michel ?

— Je leur en avais vaguement parlé, répondit Marie-Ange avec un soupir fatigué. À vrai dire, personne ne m'a prise au sérieux. Michel vient de temps en temps à la maison pour voir Florian. Nos parents se connaissent. S'ils ont compris qu'il y a plus que de l'amitié entre nous, ils ont préféré fermer les yeux.

— Les parents de Michel n'ont probablement pas de poste de médecin-chef à proposer à ton père, laissa-t-elle échapper.

Florian émit un petit rire. Les joues de Marie-Ange s'enflammèrent.

— Pardon. Je n'aurais pas dû dire cela. Je suis désolée. Mais tout cela me semble tellement mercantile. Tu aimes Michel plus que tout, c'est du moins ce que tu me disais encore il n'y a pas si longtemps. Tu n'avais que lui en tête, il occupait toutes tes pensées. Ton visage était transfiguré quand tu me parlais de lui. Et tu te fiances avec un autre ! Oui, je sais, ces fiançailles ne doivent pas être prises en considération. Ça compte pour du beurre, comme on disait quand on était gosses. Néanmoins, tu vas être obligée de mettre tes sentiments entre parenthèses pendant un moment. Malgré tout ce que nous avons raconté sur les femmes qui ont maintenant le droit de vote, peuvent sortir sans chaperon et aller danser dans les guinguettes, toi, tu n'es pas libre d'aimer qui tu veux.

— Et toi, tu es libre d'aimer qui tu veux ?

— Oui. Je crois que oui. Mes parents ne m'imposeront personne. Et même, si je devais rester célibataire, ils seraient probablement déçus ou tristes, mais ils ne m'imposeraient personne. Regarde ma cousine. Elle a épousé un Américain et est partie au bout du monde.

— Peut-être que j'aime trop mes parents.

Claire faillit lui répondre : « N'est-ce pas plutôt tes parents qui ne t'aiment pas assez ? » Mais elle se retint à temps.

— Et Paul ? As-tu pensé à Paul ?

— Je te l'ai dit : une fois à l'autre bout du monde, il m'oubliera.

— Ça, tu n'en es pas certaine, objecta Florian qui enfin donnait son avis.

Claire approuva, parla de Céleste, de leur amour qui s'était renforcé avec la séparation.

— L'amour, pour être solide, doit être partagé, déclara Florian en la regardant dans les yeux. J'espère que Paul comprendra très vite qu'il n'a rien à espérer dans cette relation à sens unique.

— Et qu'il ne souffrira pas trop au moment de la rupture, ajouta Claire.

— Qu'importe tout cela ? lança Marie-Ange en se levant, balayant d'un geste de la main leurs dernières réflexions. Je vais me fiancer et on fera une belle fête. J'ai encore deux mois pour m'y préparer. Florian viendra te chercher. J'ai fait une commande chez ta grand-mère. J'espère qu'elle va me transformer en la plus belle fiancée de la région.

***

Le jour des fiançailles, Claire prit un soin tout particulier à sa toilette. Une robe en soie bleue juste assez décolletée pour laisser apparaître une chaîne et son médaillon, le seul bijou qu'elle possédât. Elle espérait le regard admiratif de Florian. Il n'en fut rien. Dès la première minute, elle fut totalement déstabilisée en le voyant au volant de la voiture de son père, une belle jeune fille à son côté. Elle avait déjà imaginé faire le trajet seule avec lui et reprendre leur relation là où ils l'avaient laissée, c'est-à-dire dans un baiser. Au lieu de quoi, elle se retrouva reléguée sur la banquette arrière, écartée d'une conversation qui concernait uniquement le couple devant elle, des bavardages sur les études, les travaux dans la ville de Lyon, le froid de ce mois de décembre qui les privait de quelques amis communs retenus par la grippe.

Par bonheur, l'exubérance de Marie-Ange qui la serra dans ses bras dès qu'elle eut passé le seuil de la maison et sa joie non dissimulée lui redonnèrent confiance.

— Grands dieux ! Que tu es belle ! Mais où as-tu trouvé cette fourrure ? Je n'en ai plus vu depuis avant la guerre.

— Ce n'est que du lapin. Mon oncle a une trentaine de clapiers. Et comme il faut bien faire des terrines de temps en temps…

— Tu es superbe. Laisse ton manteau et tes gants au vestiaire et viens, que je te présente à Paul et à nos amis. Il y en a que tu ne connais pas encore.

Paul était plutôt beau garçon, mais, raide dans son uniforme, souriant peu, dominant tout le monde de sa haute taille, il perdait tout son charme. Il avait quelque chose du général de Gaulle dans son attitude et sa façon de saluer les invités. Ou peut-être cherchait-il à lui ressembler. Marie-Ange l'abandonna sans remords à la conversation sérieuse des anciens pour escorter son amie à travers les salons. Elle s'insinua dans les groupes, parlant de Claire comme d'une fille exceptionnelle, le visage illuminé d'une joie artificielle, riant beaucoup et trop fort d'un rire qui sonnait faux. Elles s'arrêtèrent un moment devant le buffet et Claire tenta une question à laquelle elle ne répondit pas. Elle détourna la tête pour dissimuler un regard brillant de larmes retenues.

— Florian voulait inviter Michel. C'est moi qui n'ai pas voulu. Cela aurait été vraiment manquer de tact.

— Écris-lui !

— C'est fait et j'ai déjà reçu la réponse. Il part le mois prochain pour Boston où il va terminer ses études… C'est toi qui avais raison. J'ai commis une grave erreur. N'en parlons plus… Je me demande où est passé Florian. Encore avec cette niaise de Catherine Fournel. Tu connais les textiles Fournel ? Ils doivent énormément à ton oncle et à ta tante. Sans les Filatures Fougerolles, les Fournel auraient fait faillite depuis longtemps. Sa mère s'est tournée vers l'édition maintenant. Elle va publier le prochain roman de Pierre Dumont. Tu connais l'écrivain Pierre Dumont ! Voici Jean-Marie. Je te laisse avec lui.

De cette journée de fiançailles, Claire ne retint que des images floues. Jean-Marie qui la faisait danser, la serrait de trop près, les amies de pension retrouvées avec plaisir, l'énorme gâteau présenté sur une table roulante, les applaudissements chaleureux quand Paul avait ouvert l'écrin et glissé solennellement la bague au doigt de sa bien-aimée, Marie-Ange jouant les bienheureuses rougissantes, avec un enthousiasme factice, quelquefois la silhouette de Florian entraperçue, enlaçant Catherine, lui tendant une flûte de champagne, l'embrassant dans le cou, évitant le regard de Claire, fuyant à son approche… Et Jean-Marie encore, empressé, séducteur, lui roucoulant des compliments dans le creux de l'oreille, l'agaçant plus sûrement qu'une mouche un soir d'été. La seule image nette qui lui resta en mémoire fut celle de son départ. Elle avait téléphoné à sa tante Perline pour lui demander de la raccompagner chez elle et, à l'heure dite, celle-ci l'attendait au bas du perron. Elle vit Jean-Marie lui tendre courtoisement son manteau. Et aussitôt la silhouette de Florian apparaissant dans son champ de vision.

— Laissez-moi vous reconduire…

Elle s'étonna de cette demande, alors qu'il avait passé la journée à l'éviter et qu'elle l'avait vu multipliant les prévenances envers Catherine Fournel, celle-ci s'abandonnant dans ses bras, n'hésitant pas à presser sa joue contre la sienne en quête de baisers.

— Je suis navré de ce malentendu, se hâta-t-il d'ajouter.

— Cela n'a plus d'importance maintenant. Excusez-moi, ma tante m'attend.

Il fit un pas vers elle sans oser la toucher.

— Attendez. Je ne voulais pas que ça se passe comme ça.

— Moi non plus, répliqua-t-elle avec hauteur, mais je suppose que quelqu'un parmi vos proches a besoin de publier un livre. N'oubliez pas de me prévenir quand il sortira en librairie. Votre prestation de cet après-midi aura au moins servi à quelque chose.

Elle le vit blêmir sous l'insulte. Sans lui laisser le temps de s'expliquer, elle remercia Jean-Marie qui n'avait pas compris un traître mot de cet échange et descendit les marches.

Perline vit tout de suite que quelque chose n'allait pas. Le visage fermé de sa nièce, sa façon de repousser inlassablement une mèche de cheveux, son silence inhabituel alors qu'elle était toujours si diserte témoignaient de sa déception. Elle laissa les minutes s'écouler sans dire un mot, concentrée sur la conduite.

Trois ans seulement séparaient Claire de Céleste. Et Perline avait toujours pensé que Claire manquait de maturité par rapport à sa fille au même âge et que Céleste, de par sa forte personnalité, éclipsait celle de sa cousine. Mais elle avait dû réviser son opinion depuis le jour où sa nièce avait imposé à tous ce qu'elle voulait. Si Claire avait beaucoup souffert du départ de Céleste, leur séparation lui avait permis de s'épanouir, d'affirmer ses volontés ; elle n'hésitait pas à contredire ses aînés dès qu'elle était sûre de son fait. Au fil des mois, elle s'était rapprochée de Perline, avec qui elle partageait les nouvelles d'Amérique, et celle-ci était heureuse de retrouver en elle un peu de sa fille.

— Et si tu me disais ce qui ne va pas ? interrogea Perline en lui jetant un rapide coup d'œil.

Claire poussa un soupir.

— C'est trop compliqué. Je suis en colère.

— En colère ? Contre qui ?

— Contre moi. Je suis une imbécile.

— Voilà un jugement bien sévère. Si tu voulais me raconter, peut-être que je pourrais t'aider à retrouver ton estime.

Claire ne se fit pas prier. Elle lui parla de Marie-Ange, de la rencontre avec Florian, de ce qu'elle avait cru être le commencement d'une belle histoire d'amour. Ce que la pudeur interdit parfois de raconter à sa mère, on le dit plus facilement à une tante. Alors elle dévoila tout, ses sentiments, son émotion quand il l'avait embrassée, son plaisir quand il s'était intéressé à ses projets de serre, sa souffrance enfin et sa cruelle désillusion devant son attitude incompréhensible.

— Je ne sais pas pourquoi il a agi comme si je n'existais pas. Et moi, je suis idiote de me mettre dans des états pareils pour un garçon stupide et vaniteux.

— Il n'est probablement ni stupide ni vaniteux, sinon tu ne l'aurais pas regardé la première fois où tu l'as rencontré. Il a tout simplement changé d'avis.

— Oui. Et nous, les filles, on est là à fantasmer sur une rencontre. On croit qu'il y a de l'amour là où il n'y a qu'une attirance passagère. Je suis en colère contre moi qui me suis laissé embarquer dans… dans je ne sais quoi.

— Dans des sentiments exaltants. Tu sais, ma chérie, homme ou femme, on est toujours amoureux de l'amour. On croit souvent le trouver et puis on se trompe.

— Je ne me laisserai plus prendre.

— J'espère bien que si.

15

Décembre 1945, Illinois

Le bébé de Miranda arriva un matin de décembre par un froid glacial. La neige qui recouvrait les champs depuis des jours avait durci sous l'effet du gel. Les routes étaient impraticables. Le médecin dut se rendre chez les Wales à cheval. Douglas était inquiet. Depuis plusieurs jours, il trouvait son épouse anémiée, pâle et sans force.

— Tous ces mois d'immobilité ont obligatoirement atrophié tes muscles, répétait-il, tu n'arriveras jamais à le faire sortir.

Mais celle-ci le rassurait :

— Ne t'en fais pas ! J'ai porté ce bébé pendant neuf mois dans un cocon douillet, il n'a qu'une hâte maintenant, c'est de s'en aller.

Ce fut plus facile à dire qu'à faire. Le travail commença la veille au soir. Il dura quatorze heures, jusqu'à ce que, à bout d'énergie et dans un ultime hurlement, Miranda réussît à donner le jour à une petite fille de la manière la plus violente qui soit.

Joan et Soliès restèrent agenouillées toute la nuit, les yeux fermés, crispant leurs doigts entrelacés à chacun de ses cris, prêtes à intervenir au moindre appel. Quelquefois, Douglas et Samuel se joignaient à elles pour marmonner une prière. Céleste serrait les dents, se bouchait les oreilles, se jurant de ne jamais avoir d'enfant, se résolvait à réciter un *Je vous salue Marie*, indifférente au fait que la Vierge n'était pas invoquée chez les protestants. Elle arpentait la pièce nerveusement, se fit plusieurs fois réprimander par Joan, se mit à préparer des litres de café pour ceux qui veillaient. Comment pouvait-on souffrir de la sorte ?

S'approchant de Douglas, elle demanda :

— C'était comme ça pour Thomas ?

— Non, il me semble que c'était plus facile. Pas plus facile, mais moins long. On croit toujours que le premier enfant trace le chemin et que le deuxième se présentera sans problème. J'ai l'impression que c'est tout le contraire.

— « Tu enfanteras dans la douleur », psalmodia Joan.

— Tais-toi, Maman ! Je n'ai pas besoin que tu me rappelles la Bible.

Vers huit heures du matin, alors que l'aube se levait dans un ciel blafard, le docteur et les deux femmes qui l'assistaient quittèrent la chambre de Miranda pour présenter à son père et à ses grands-parents une petite créature rougeaude, emmitouflée de langes, braillant contre le dérangement de ses habitudes et le monde dans son entier. Céleste laissa les uns et les autres à leur émerveillement et poussa la porte de la chambre pour voir Miranda. Douglas la suivit, les yeux embués de larmes.

— Ma chérie… Tu as été d'un courage impressionnant.

Trempée de sueur, les cheveux emmêlés, la peau diaphane, Miranda grimaça un sourire.

— Vouloir mettre un bébé au monde relève de la pure folie… J'ai cru mourir mille fois. La douleur est là pour te réveiller si tu te risques à t'évanouir… Ouf, c'est fini. Elle est belle, ma fille ? Tu as vu, Douglas, comme elle est belle ?

Douglas lui caressa la joue, chuchota un mot tendre qui suscita un rire léger.

— Céleste, tu te souviens : je t'avais dit que ce serait une fille. Je le sentais. Je voulais l'appeler Céleste, comme toi, comme le ciel d'où elle me vient. Mais Joan a refusé. Elle a sûrement une autre idée en tête.

Puis se redressant sur ses oreillers :

— Alors ? On veut bien me la rendre ? C'est quand même moi, sa mère.

***

On dut attendre la nouvelle année pour qu'un vent du sud vienne réchauffer la contrée et rendre possible la circulation. Noël et nouvel an furent joyeusement fêtés à Wales' Farm où l'on vivait en autarcie depuis trois semaines, où le seul moyen de communication restait le cheval. Au bras de son mari, Miranda fit ses premiers pas sur la terrasse, le jour de l'an 1946, alors qu'il faisait encore dix degrés en dessous de zéro.

Début février, les Wales décidèrent de présenter la petite Léa au temple et à la communauté tout entière.

— Quand elle sera en âge de penser par elle-même, elle choisira si elle veut devenir chrétienne ou pas. Si oui, elle sera baptisée, décréta Samuel.

Céleste apprécia cette différence d'avec les pratiques catholiques qui imposaient le baptême à un nourrisson.

Ce fut l'occasion d'une grande fête à laquelle participèrent les amis, les parents qui avaient pu se déplacer et aussi tous les ouvriers et leurs familles. Le réfectoire était plein, bien qu'il manquât beaucoup de jeunes encore sous les drapeaux. Les femmes avaient plumé force volailles, préparé des quantités de pâtés, de charcuterie, de tartes salées et sucrées. Personne ne put dire que la guerre avait semé la pénurie chez les Wales.

On finissait tout juste de ranger les derniers vestiges des réjouissances que la nouvelle arriva par courrier : Alexander venait d'être démobilisé. Il avait embarqué pour l'Amérique avec un contingent de rapatriés et voguait vers New York. L'événement déclencha une explosion de liesse. Dérogeant à la dignité habituelle, Samuel serra dans ses bras son épouse en remerciant le Ciel. Leurs enfants les entourèrent, riant et pleurant à la fois. Ce n'est que quelques minutes plus tard que Soliès se rendit compte de l'isolement de Céleste, qu'on avait oubliée dans les embrassades. Elle s'approcha vivement de la jeune femme.

— Oh, Céleste, c'est une grande joie, n'est-ce pas ?

— Oui, c'est un grand bonheur.

Elle ne savait pas ce qui, de la joie ou de la frustration, dominait, tandis qu'elle réalisait qu'elle allait devoir partager ce grand bonheur avec une famille qui accaparerait Alexander dès les premiers instants, ne lui laissant que des miettes. Elle passa la nuit suivante les yeux grands ouverts, dévorée d'anxiété et d'impatience. Le désir qu'elle avait de son mari et qu'elle avait refoulé pendant toute cette année de séparation, ressurgissait avec plus d'acuité. Elle voulait se lover contre lui, se sentir étreinte entre ses bras, sans témoin.

Au milieu de la nuit, elle entendit les pleurs de Léa, les pas de Miranda qui se déplaçait dans la chambre ; elle devina la tétée, les bruits de succion, les cajoleries de la maman. Toute cette promiscuité !

C'est à ce moment qu'elle prit sa décision. L'aube la trouva parfaitement éveillée, préparant un bagage pour plusieurs jours.

— Je pars, leur annonça-t-elle, je vais retrouver mon mari.

Joan et Samuel essayèrent de la retenir.

— Nous irons ensemble attendre Alexander à la gare. C'est notre rôle d'être tous présents à sa descente du train, nous, sa famille.

— Et c'est mon rôle de l'accueillir sur le sol américain, moi, sa femme. Libre à ceux qui le souhaitent de m'accompagner à New York.

Personne n'accepta sa proposition. Soliès et Miranda comprirent son intention, Joan pinça les lèvres, chercha l'appui de son mari du regard, mais Samuel dissimula sa contrariété d'un geste vague de la main. Tous durent se faire une raison. Rien ne pouvait empêcher Céleste de rejoindre son mari avant les autres. Dans la journée, elle trouva un train pour Saint-Louis puis, de là, un autre pour New York. Douglas lui remit un plan de la ville.

— Ne vous embêtez pas avec le métro ou les bus. Pour vous déplacer, prenez un taxi. C'est encore le plus simple. Avez-vous assez d'argent ?

— J'ai pas mal d'économies. Ici, je n'ai pas l'occasion de dépenser.

Une fois à New York, elle se fit conduire à l'hôtel où elle avait passé sa première nuit en Amérique. Dès le lendemain, elle se renseigna au bureau militaire et apprit que le bateau d'Alexander n'arriverait qu'en fin de journée.

La ville était toujours aussi agitée, la circulation infernale et le bruit des moteurs assourdissant. Céleste doutait que la tempête de décembre ait seulement ralenti les activités de l'agglomération. Dans l'après-midi, elle prit un taxi pour se rendre au port et fut surprise de trouver une femme au volant.

— Que voulez-vous ? En décembre 1941, quand les Japonais nous sont tombés dessus, il a bien fallu se réveiller. En quelques mois, tous nos hommes ont été mobilisés. Le mien comme les autres. Derny fait partie du corps des marines, il est encore sur une île du Pacifique. Okinawa. Je ne sais pas où ça se trouve. Mais ça fait loin et il n'a pas eu une seule permission depuis son incorporation. Je me demande dans quel état il va me revenir… Alors, comme ça, vous êtes française ! C'est magnifique ! Je n'ai encore jamais promené une Française dans mon taxi… Et vous avez épousé un GI ! Oh, mais vous êtes une compatriote alors !

Tout en se faufilant habilement dans la circulation, elle lui fit la conversation. Elle s'appelait Elisabeth, faisait le taxi depuis quatre ans déjà. Avant la guerre, elle n'avait jamais travaillé.

— Les Américains n'aiment pas que leur épouse exerce un métier, expliqua-t-elle. Pour eux, c'est une humiliation, la preuve qu'ils ne seraient pas capables de subvenir aux besoins du ménage. Notre monde à nous les femmes, c'est la cuisine, le linge, la vaisselle. Notre pouvoir, l'éducation des gosses. C'est ma belle-mère qui s'occupe des miens en ce moment. Il n'y a vraiment que chez les plus nécessiteux que les femmes travaillent. Et c'est bien souvent un job mal payé ou dévalorisé, comme serveuse dans un bar ou bonniche dans un hôtel.

— Mais si une de vos compatriotes fait des études et veut exercer un métier avec des responsabilités ?

— Une businesswoman ? Ça n'existe pas ! Et chez vous, ça existe ?

— C'est rare. Mais il y en a. Par exemple, ma mère dirige une usine de tissage.

— À mon avis, c'est l'usine de votre père. Est-ce que je me trompe ?… Non, je vais vous dire : les hommes ont trop peur qu'on prenne leur place dans les affaires pour nous laisser un peu de pouvoir. Que croyez-vous qu'il va se passer quand ils seront revenus de la guerre ? Eh bien, nous retournerons aux fourneaux et à nos gamins. Moi la première. Pourtant, j'aime bien ce que je fais. Je me sens une femme libre, capable de gagner de l'argent. Si je pouvais, je continuerais. Mais mon Derny n'acceptera jamais…

Céleste s'installa dans la salle réservée aux Blancs, au milieu d'amis et de parents plus excités les uns que les autres. Elle sortit un livre, réalisa qu'elle était incapable de s'y intéresser. Elle se sentait fébrile, s'interrogeant sur ce que seraient ces retrouvailles, imaginait leurs premiers échanges, leurs premiers baisers… Et s'il ne la reconnaissait pas ? Dans son cœur, inquiétude et impatience se mêlaient, la plongeant dans d'horribles tourments.

La nuit était tombée sur la ville quand le bateau fut annoncé. Elle ferma son livre dont elle n'avait pas compris un traître mot, s'obligea à le ranger tranquillement, à ne pas se précipiter sur le quai. De multiples projecteurs éclairaient le port, la foule qui se massait. La mer restait dans l'ombre. Le paquebot brillamment illuminé entra enfin dans la darse. La gorge nouée, Céleste assista aux manœuvres d'amarrage. Encore de longues minutes à retenir le tremblement de ses mains, à chercher dans ses souvenirs le visage de son mari qui, depuis la veille, ne cessait de la fuir. Des silhouettes s'agitaient sur les ponts du navire. De partout, on criait, s'interpellait ; des banderoles de reconnaissance se déployaient au-dessus des têtes. Une fanfare se mit à jouer l'hymne national, tandis que les passerelles étaient jetées et que les premiers passagers, des civils, mettaient pied à terre. Puis vinrent les soldats. Céleste se tenait légèrement à l'écart, évitant la presse, les assauts des retrouvailles. Pendant de longues minutes, elle crut qu'elle s'était trompée de bateau.

Brusquement, le sol parut se dérober sous ses pieds ; il était devant elle.

Ils se reconnurent simultanément, échangèrent un regard aussi surpris l'un que l'autre. L'instant sembla suspendu, figé, puis Alexander laissa tomber son sac à ses pieds et la reçut dans ses bras. Combien de temps restèrent-ils, enlacés, laissant couler les larmes sans crainte, ni honte, hors du monde, hors du temps ? Il prit son visage entre ses mains et l'embrassa, longuement, les yeux fermés, perdus ensemble dans un rêve fou.

— Tu es venue.

— Je voulais être la première à te retrouver.

Il devina, sourit de son audace.

— Tu les as tous bravés pour venir me chercher.

— Personne n'aurait pu m'en empêcher.

— Ma femme, ma femme chérie. Si tu savais… si tu savais comme tu m'as manqué.

Deux autres bateaux accostèrent cette nuit même. Le bureau militaire situé au deuxième étage d'un immeuble se retrouva débordé par l'arrivée de plusieurs centaines de GI pressés de récupérer leurs papiers et de signer leur démobilisation. La file tournait autour d'un escalier en colimaçon, se prolongeait tout le long du trottoir pour se terminer au coin de la rue. Finalement, le bureau ferma ses portes et un planton en uniforme vint poser un écriteau :

Le secrétariat militaire ouvrira chaque matin à partir de six heures.

Priorité à ceux qui ont des engagements.

Alexander et Céleste se regardèrent et éclatèrent de rire. Rien ne les obligeait à rentrer. Ils accueillirent la nouvelle avec une joie non dissimulée. Alexander téléphona à ses parents pour les avertir de son retard. Cette opportunité leur offrait le voyage de noces qu'ils n'avaient pas pu faire. À partir de cet instant, ils goûtèrent chaque heure, chaque minute avec une intensité qui tenait du miracle. Ils flânèrent dans la ville, main dans la main ou serrés l'un contre l'autre quand le vent de l'hiver tourmentait les rues. Ils prirent le métro, visitèrent une exposition, allèrent au cinéma, vivant cette escapade comme un moment exceptionnel. Ils parlaient, riaient beaucoup, abordaient toutes sortes de sujets, à l'exception de la guerre qui restait – elle le comprit très vite – un propos à éviter. Les journées leur parurent trop courtes, les nuits encore plus. Ils avaient hâte, le soir, de se retrouver à l'hôtel, saluaient hâtivement la patronne, refusaient de boire le dernier verre et se laissaient glisser dans les bras l'un de l'autre, retrouvant des sensations oubliées, le plaisir merveilleux de l'amour, le confort délicieux d'une épaule quand le corps frissonne encore, quand la crainte d'être séparés empêche le sommeil. Le silence les réunissait, les ondes de l'amour passaient entre eux, les mots devenaient inutiles.

Alexander fut le dernier à se présenter au bureau. Personne ne lui fit de remarque sur son peu d'empressement à redevenir un civil. Ils prirent le train dans la matinée du cinquième jour qui suivit son arrivée sur le sol natal, conscients l'un comme l'autre qu'une page se tournait. Au fil des heures, l'attitude d'Alexander se modifia. Il parut de plus en plus préoccupé. Il prenait la main de Céleste dans la sienne et la serrait parfois trop fort sans s'en rendre compte. Céleste tenta de le dérider par quelques plaisanteries, puis l'interrogea sur les raisons de son abattement, mais devant ses réponses laconiques, elle finit par accepter son mutisme. Ils grignotèrent un sandwich, mais le cœur n'y était pas.

— Tu n'as pas faim ?

— Non. Je me sens dépaysé, expliqua-t-il d'une voix douce comme pour se faire pardonner.

— Tu es parti depuis si longtemps.

***

Les effusions des retrouvailles furent à la hauteur de ce qu'avaient été les inquiétudes pour le soldat. Joan renonça pour un temps à son visage sévère. Samuel ne cessa de l'interroger sur l'armée, les actions militaires, les succès remportés en Afrique du Nord, en Italie, en France. Soliès et Douglas s'émerveillèrent de reconnaître en lui un homme et non plus l'adolescent dont ils avaient encore le souvenir.

Puis, petit à petit, les émotions se fanèrent, emportées par les activités.

— Douglas, Alex, la neige fond en amont. Il faudra renforcer les digues, ordonnait Samuel.

— Et demain, on nettoie les silos, poursuivait Oncle James.

Les gros travaux marquaient la fin de l'hiver et Wales' Farm retomba dans sa routine désespérante. Le maïs, le fleuve, les digues, l'office du dimanche, encore et toujours le maïs.

Avec le retour des hommes, les Wales remirent en état les parcelles laissées en jachère pendant la guerre, les semailles de 1946 prirent une ampleur encore jamais atteinte. Ce fut l'occasion pour Miranda de reprendre le travail à la cuisine, confiant la petite Léa à une nourrice, l'épouse d'un des ouvriers. De nouvelles machines firent leur apparition et, le soir autour de la table, après l'action de grâce, c'étaient d'interminables débats sur les mérites des unes et les défauts des autres. Joan s'inquiétait des sommes à investir. Les prix avaient terriblement augmenté. Douglas parlait de prendre un emprunt, ce que contestait son père. Et les discussions reprenaient de plus belle sur le coût des crédits et le nombre de mensualités. Alexander parlait peu. Céleste encore moins. Par amitié, elle prenait le temps de s'intéresser aux enfants, interrogeait Miranda sur les progrès scolaires de Thomas, puis, préférant s'agiter plutôt que d'écouter leurs sempiternelles polémiques, elle se levait pour passer les plats, débarrasser les assiettes ou remplir les verres. Depuis quelque temps, elle avait cessé d'observer son mari ou de guetter un signe, un sourire de lui. Perdu dans ses pensées, il paraissait ne s'intéresser à rien, tel un automate dont il endossait le rôle.

Au début, elle s'était inquiétée de cette attitude. Que se passait-il ? Était-il malade ? Avait-il eu une discussion avec son père, son frère ? Pourquoi était-il de mauvaise humeur ?

— Non, je ne suis pas de mauvaise humeur, disait-il d'une voix fatiguée. Tout va bien.

Mais il ne supportait plus sa vigilance embarrassée, repoussait la main sur son bras, s'embrouillait dans des explications compliquées pour terminer invariablement par :

— Je t'aime, Céleste. Tu dois me croire.

Mais elle ne croyait plus en rien. Elle avait quelquefois tenté de parler de leur projet de s'installer en ville, d'ouvrir un atelier de radio, de monter une entreprise. Il avait repoussé ses allusions d'un geste sec ou d'une parole brutale, lui indiquant clairement que leurs rêves n'étaient plus à l'ordre du jour, que, précisément, ce n'était que des rêves échafaudés en France, un pays dont il se souvenait à peine. Pour l'heure, ses parents avaient besoin de lui. À l'inquiétude des premières semaines avaient succédé la colère et la frustration. Leurs nuits étaient d'une tristesse à pleurer. Leur plancher étant le plafond de la chambre des parents, ils craignaient de faire grincer le sommier et ils avaient mis leur matelas par terre en plaisantant. Puis la manœuvre avait fini par les lasser tous les deux et par l'agacer, elle plus que lui.

— Je me moque de ce que tes parents entendent ou pas. Nous sommes mari et femme, nous avons le droit de nous aimer.

Mais leurs rapprochements amoureux s'étaient réduits à leur plus simple expression et ne dépassaient pas les quelques minutes. Un exercice de pure forme pour la santé, où le plaisir sensuel n'avait plus sa place. Après ce simulacre d'étreinte, Alexander se tournait sur le côté et s'endormait comme une masse, pour se réveiller en sursaut, deux ou trois heures plus tard, couvert de sueur, les yeux exorbités, terrifié par d'indicibles cauchemars. Elle le prenait dans ses bras, le consolait, l'apaisait. Il secouait la tête et murmurait :

— C'est la guerre, ça va passer.

Parfois il se rendormait, parfois il se levait, arpentait la chambre silencieusement, allait se rafraîchir dans la salle de bains. Le plus souvent, il sortait son cahier et écrivait, d'une écriture hâtive, sans chercher ses mots, se précipitant sur la phrase, le stylo courant sur le papier.

— Un jour, tu me laisseras lire ?

— Plus tard, peut-être.

Il grimaçait un sourire sans cesser d'écrire. Elle se sentait incapable de l'aider et cette impuissance à le défendre contre ses démons la minait intérieurement. Elle réalisait que leurs projets n'étaient plus d'actualité, qu'ils s'éloignaient vers un avenir de plus en plus incertain. Elle lui demandait parfois s'il cherchait un local en ville.

— Laisse-moi, disait-il en détournant les yeux. Ce n'est pas le moment.

— Attendre jusqu'à quand ?

— Mes parents ont encore besoin de moi.

C'était sans doute vrai. Les moissons de l'été 1946 furent telles qu'elles nécessitèrent la construction d'un nouveau silo, mais c'était aussi un prétexte. Avec le retour des hommes, la main-d'œuvre ne manquait pas, ni les chefs d'équipe. Par ailleurs, elle sentait que les Wales ne souhaitaient pas lui trouver un remplaçant. Tous désiraient ardemment rester unis, enchaînés par les liens familiaux que le travail et les profits resserraient chaque jour un peu plus. Elle réalisait avec accablement que l'état dépressif dans lequel se trouvait Alexander les arrangeait tous.

16

Automne 1946, Saint-Étienne

Sourcils froncés, Clémence Bonnefont recula de deux pas pour mieux juger de l'effet du satin drapé sur le mannequin de bois planté au centre de l'atelier. Perplexe, elle inclina la tête sur le côté, marmonna quelques mots entre ses dents, revint s'agenouiller pour piquer quelques épingles, toujours en bougonnant.

— Tu parles toute seule, lui disait souvent sa fille en riant.

— Et alors ? J'ai bien le droit de me parler à moi-même. À soixante-douze ans, les gens nous pardonnent ce genre d'excentricité.

Mme Mounier, la femme du député, venait de passer commande pour un ensemble robe et veste assorties « habillées mais pas trop ».

Avant d'être élu, Mounier avait été un des dirigeants du syndicat des mineurs. Il avait défendu avec acharnement les ouvriers contre l'exploitation des patrons. Son épouse ne pouvait pas monter à Paris vêtue comme une princesse. Quand elle se redressa, Clémence fut prise d'un étourdissement et dut s'appuyer sur une chaise.

Ses genoux la faisaient souffrir et, depuis quelque temps, elle se sentait fatiguée.

— Une tenue habillée mais pas trop ! Facile à dire… Marceline ! appela-t-elle. Ah ! Vous voilà. Où étiez-vous encore passée ? J'ai besoin de vous pour terminer cette robe. J'ai passé l'âge de tournicoter autour de mes modèles.

Marceline et Claudine étaient les cousettes qu'elle avait formées aux travaux d'aiguille, se réservant la conception et le dessin des vêtements. Pendant la guerre, en dépit de la rareté de la matière première, elle les avait gardées au magasin. Aujourd'hui, avec la reprise, la demande pour l'habillement sur mesure dépassait largement celle du prêt-à-porter et les deux jeunes filles lui étaient une aide indispensable.

Après avoir donné ses directives, elle prit son manteau. Elle avait besoin d'un solide déjeuner et d'une bonne sieste.

— Je vais passer par la place Chavanelle et je trouverai bien quelqu'un pour me raccompagner à Saint-Jean.

En chemin, elle songea à Céleste, qu'elle avait vue grandir, s'épanouir, s'enthousiasmant pour des riens, un ruban de soie, une portée de chatons, un rosier sous la pluie. Plus grande, Céleste venait lui rendre visite chaque semaine. Elle prenait le goûter avec elle, feuilletait les catalogues de mode, découpait dans des chutes de tissus des robes pour ses poupées de collection, se renseignait sur les commandes à venir. À Sévigné, elle avait pour amies « les gens de la haute » comme on disait familièrement et, souvent, elle connaissait le nom de celle qui allait porter le vêtement en attente sur le mannequin. Jusqu'à ce terrible mardi 22 août 1944, elle n'avait connu que du bonheur. Maintenant, à travers ses lettres toujours aussi affectueuses, Clémence devinait que la vie en Amérique n'avait pas que de bons côtés. Elle qui avait tant rêvé de connaître le Nouveau Monde ne voyait que des champs de maïs et sa nouvelle famille n'avait rien de commun avec celle qu'elle avait quittée.

— Sur un coup de tête, disait Clémence à Perline. Elle nous a quittés sur un coup de tête, parce qu'elle avait peur de rester ici.

Le fils de Baptiste Matrat, au volant de sa Juvaquatre, déposa Clémence à l'entrée du village. De loin, elle aperçut son autre petite-fille, Claire, qui n'était pas de son sang mais qu'elle aimait tout autant. L'image de la jeune fille juchée sur son tracteur souleva en elle une bouffée d'orgueil. Une main sur la conduite, l'autre sur le siège, regardant à la fois devant et derrière, la petite menait son engin avec une assurance digne des plus grands céréaliers de la plaine.

Un soir de printemps, ils s'étaient retrouvés tous les quatre, Mathias, Dorian, la petite et elle pour écouter ses revendications. Encore une fois, elle les avait étonnés par son aplomb.

— Il nous faut un tracteur !

Clémence, le souffle coupé, l'avait regardée étaler revues publicitaires, catalogues et magazines sur la table de sa cuisine après avoir repoussé la bouteille de marc et les verres que les hommes buvaient à petites gorgées. Elle avait montré du doigt le modèle qu'elle souhaitait.

— Celui-ci !

Ils s'étaient penchés sur la photographie. La petite avait parlé équilibre, étroitesse des chemins, puissance du moteur et déployé toute son éloquence pour les convaincre.

— Et pourquoi veux-tu qu'on achète un truc pareil ?

— Parce que j'en ai assez de vous voir bêcher ou gratter la terre avec un cheval. Regardez ! C'est le plus maniable de la gamme. Il tourne sur un périmètre réduit et il consomme peu.

— Comme d'habitude tu as pensé à tout, avait reconnu son oncle Mathias. Sauf qu'on n'a pas de quoi payer. Car en plus il faudra acheter la charrue qui convient à cet outil à roulettes.

— Des roulettes ! Tu as vu l'épaisseur des pneus et la hauteur du châssis ? C'est un engin qui passera partout. Mieux qu'avec des chenillettes. Cet outil à roulettes, comme tu dis, a la puissance de plusieurs chevaux. On va gagner en temps et en rendement.

Elle allait encore partir dans des discours sur les performances, quand son père l'avait arrêtée en posant une main sur son bras.

— Et avec quel argent comptes-tu financer cet achat ?

— Vous avez entendu parler du plan Marshall ? L'argent et le matériel américain vont se déverser sur l'Europe. Oui, je sais, Papa, tout le monde n'est pas d'accord. Néanmoins cela se fera. Déjà les banques nous accordent des prêts à des taux incroyablement bas.

— Oui, mais il faudra quand même rembourser.

— Si on s'y met tous, je veux dire Grand-Mère et vous deux, on peut rembourser en un rien de temps.

Claire les avait regardés, l'un après l'autre, avec dans les yeux cette certitude, cette volonté qui auraient convaincu les plus timorés.

Quelques semaines plus tard, le premier tracteur de Saint-Jean faisait une entrée spectaculaire dans le village et c'était une jeune fille de vingt ans qui le conduisait. Dorian, toujours en retrait à cause de son visage marqué de cicatrices, avait refusé de se hisser sur le siège. Mathias avait appris à manipuler l'engin, mais il admettait en riant que c'était le dernier jouet de sa nièce et lui avait volontiers laissé le privilège de la conduite. Sous les yeux d'un bon nombre de curieux et de critiques, Claire avait tracé ses premiers sillons. Elle avoua plus tard à Clémence avoir senti ses mains trembler et la sueur ruisseler dans son dos tant la peur de mal faire l'avait submergée.

Claire n'avait pas encore aperçu sa grand-mère sur le bas-côté. Elle fit signe à son père de commencer le repiquage avant de se retourner.

— Oh ! Grand-Mère ! Déjà rentrée !

Clémence vit sa petite-fille sauter au bas de son engin et s'avancer vers elle.

— Ne t'arrête pas pour moi, continue, lui dit Clémence.

— C'est bon, j'ai fini pour ce matin.

Claire portait cette espèce de pantalon en grosse toile bleue, piqué de rivets, que sa cousine lui avait envoyé d'Amérique durant l'été. Clémence aimait bien les rivets qui renforçaient la solidité des coutures, mais elle n'appréciait pas ces surpiqûres orange qui tranchaient sur le tissu. Une toile qui, à l'origine, venait de Nîmes. La petite appelait ça « un jean ». Et elle prononçait *djinn*, comme la poésie de Victor Hugo qu'elle avait apprise à l'école. Il paraissait inusable et elle le portait pour travailler, enfonçant le revers dans ses bottes de caoutchouc.

— Tu ne devrais pas t'habiller comme un homme, lui fit remarquer Clémence.

Claire prit un ton faussement effrayé.

— Tu crois que les gendarmes vont venir m'arrêter ?

Puis elle éclata de rire et serra sa grand-mère dans ses bras.

— Les gendarmes ont autre chose à faire en ce moment que de courir après moi, avec tous ces affrontements en ville, la grève des mineurs et des métallos encore une fois. Tu m'invites à manger ? C'est moi qui fais la cuisine : une salade de ton jardin et une grosse omelette avec du fromage qui fond par-dessus. Ça te dit, Grand-Mère ? Moi, j'ai une faim de loup.

— Et tes parents ?

— Papa est parti jusqu'au soir pour la coupe du bois. Du coup Maman reste à l'épicerie.

Clémence s'appuya sur le bras de sa petite-fille pour terminer le chemin. Elle était contente qu'elle soit là et qu'elle prenne les choses en main.

— Tu as raison, petite, Saint-Étienne gronde encore. Les mineurs bloquent la ville. Ces grèves n'en finiront donc jamais. Merci de faire le repas. Je n'aurais même pas la force de laver la salade. Et après, tu files. J'ai besoin de faire une longue sieste. Je suis fatiguée.

De retour chez elle, Claire trouva une lettre de Marie-Ange. Les deux amies continuaient à se voir régulièrement, les dimanches et les jours de fête. Le mauvais temps les poussait dans une salle de cinéma ou chez l'une ou l'autre pour un café ; aux beaux jours, c'était la Loire qui les attirait. Elles se rendaient à Saint-Victor, petite station devenue très à la mode après la guerre, louaient une barque ou allaient danser dans les guinguettes les mieux fréquentées. Avec d'anciennes camarades de Sévigné, elles formaient une coterie, appréciée des garçons, s'habillaient zazou, flirtaient parfois et s'amusaient beaucoup.

« *Passe à la maison*, écrivait Marie-Ange dans sa lettre. *Il faut que je te parle.* »

Claire attendit le samedi après-midi pour se rendre chez son amie. La bonne l'aida à ôter son imperméable et mit son écharpe à sécher dans la buanderie. Marie-Ange la serra contre elle avec plus d'effusion que d'habitude, crut-elle deviner, et l'entraîna dans le petit salon. Des petits-fours et des amuse-bouche les attendaient sur une table basse.

— Hier, Papa et Maman fêtaient leur anniversaire de mariage. Mais je ne t'ai pas invitée pour finir les restes. Je voulais te parler.

Marie-Ange s'exprimait d'une voix contrainte. Elle avait les yeux cernés, comme le sommeil l'avait fuie depuis plusieurs nuits.

— Que se passe-t-il ?

— Je vais me marier.

— Michel est rentré de Londres ?

— Crois-tu que je ferais une tête pareille si Michel m'avait demandée en mariage ? Non, Michel n'a pas donné signe de vie depuis trois mois et mes dernières lettres sont restées sans réponse. Il n'y en aura pas d'autres. C'est toi qui avais raison, Claire, dans tous les domaines. Malgré tout ce que je lui ai promis, Michel a fini par se détacher de moi et c'est mieux ainsi.

— Parce que tu te maries ?

Marie-Ange poussa un profond soupir et, quand elle parla, ce fut sur un ton détaché, presque indifférent.

— Paul a été blessé par une mine en Indochine. On l'a amputé d'un pied. Il ne marchera plus qu'avec une prothèse et en s'aidant d'une canne.

Elle avait prononcé ces derniers mots sans quitter les yeux de Claire pour lire l'effet que produisaient ses paroles. Elle voulait y trouver l'horreur, elle ne lut que la compassion.

— Avec beaucoup de grandeur d'âme, Paul a voulu me libérer de ma parole. Vois-tu, Claire, on ne mesure jamais les conséquences de nos actes. Notre imagination fabule des romans-photos auxquels on croit : le fiancé dont on ne veut pas rencontre une belle blonde, prend l'initiative de la rupture ; sa promise lui rend la bague de fiançailles la tête haute et sans culpabilité.

Le prince charmant, qui n'attendait que ce moment, la reçoit dans ses bras ; ils se marient et ont beaucoup d'enfants. Voilà, c'était mon roman, mon scénario. Mais la réalité ou le destin décide autrement. Tu m'avais mise en garde, je ne t'ai pas écoutée. Aujourd'hui, j'ai décidé d'épouser Paul. Je n'avais pas le droit de lui faire des promesses que je savais ne pas devoir tenir. Je l'ai sciemment trompé. Maintenant, je ne joue plus. Je me suis montrée aussi noble qu'il l'a été en me proposant de me libérer de mes engagements. J'ai refusé. Je vais assumer mes choix jusqu'au bout. Le temps qu'il se fasse soigner, qu'il trouve un bon orthopédiste – il veut pouvoir marcher correctement pour notre mariage –, il s'écoulera environ un an ou deux, peut-être plus, avant que mon père me conduise à l'autel. Je m'appellerai Mme Paul Bonneville et je porterai ses enfants.

Submergée par le doute, Claire laissa passer un long silence, sentant monter en elle une vague de tristesse pour son amie.

— Mais tu ne l'aimes pas.

— J'apprendrai à l'aimer.

— Tu apprendras à l'estimer. Mais est-ce que ce sera de l'amour ?

— Qu'importe ! Ce ne sont que des mots. L'amour, l'amitié, l'estime…

— Et qu'en pensent tes parents ?

— Ma mère est ravie et mon père chante mes louanges auprès de tous ceux qui veulent l'entendre. Oh, Claire, je voudrais revenir en arrière, au temps de l'internat, quand on rapprochait nos lits dans le dortoir et qu'on se racontait nos projets et nos rêves. Nous étions si insouciantes et si heureuses malgré la guerre. Vois-tu, le gouvernement nous a donné le droit de vote, mais nous sommes toujours prisonnières des conventions : l'obéissance à nos parents, la religion, la morale, ce qui se fait, ce qui ne se fait pas…

Marie-Ange se tut un instant, puis reprit doucement :

— Tu ne me demandes jamais des nouvelles de mon frère.

— Pourquoi ? Je devrais ?

— Je pensais que vous étiez amis.

Claire haussa les épaules, prit un air détaché.

— Pas plus qu'avec n'importe quel garçon. La dernière fois que je l'ai vu, c'était à tes fiançailles ; il semblait encourager les assiduités d'une certaine Catherine Fournel.

— Catherine n'est qu'une écervelée. Depuis que ses parents se sont séparés, elle ne sait vers lequel se tourner et reste le plus souvent chez ses grands-parents à Lyon. De toute manière, Florian n'avait pas l'intention de la fréquenter. Il est parti en Afrique, comme vétérinaire dans une réserve en pleine brousse. Je devrais dire assistant de vétérinaire. C'est une formation qui va lui permettre d'avancer plus vite dans ses études. Mon père a piqué une grosse colère et ma mère a failli en faire une jaunisse. Imagine : une réserve avec plein de bêtes féroces ! conclut Marie-Ange en riant, les mains dressées simulant des griffes.

Si Claire était à la fois étonnée et admirative, elle sut le cacher et ne répondit rien. Son amie poursuivit :

— J'envie mon frère. Il s'est heurté une première fois à mes parents quand il a voulu devenir vétérinaire. Une seconde fois pour ce poste en Afrique. Il les a écoutés gémir et tempêter, il est parti quand même. Et nous, les filles, nous n'arrivons pas à nous affirmer, à refuser une décision qui va à l'encontre de nos désirs… Tu ne dis rien ? Tu n'es pas d'accord ?

— Je pense que j'ai la chance incroyable de vivre dans une famille où, depuis la guerre de 14, les femmes ont choisi leur voie. Ma grand-mère a géré la ferme à la mort de mon grand-père, puis a ouvert son atelier de couture, ma tante a pris la direction des usines Fougerolles, Maman organise son épicerie comme elle l'entend…

— Et toi tu as su imposer ta volonté d'être paysanne. Bravo, je te félicite ; je vous félicite toutes. Moi, je me suis laissé abuser et convaincre sans savoir me défendre. J'aurais pu si j'en avais eu le courage, mais je me suis montrée faible et lâche. J'ai perdu Michel et c'est bien fait pour moi. J'espère que tu seras là pour mon mariage. En attendant, je souhaite rester ton amie, une amie un peu plus sérieuse, un peu moins frivole, qui n'ira plus danser dans les guinguettes, espérant que son fiancé se remettra du mieux possible.

Quand Claire reprit la route, elle réalisa avec tristesse qu'une partie de son adolescence s'achevait et que, même si l'amitié persistait, ce ne serait jamais tout à fait pareil.

17

1947, Illinois

Si le révérend avait fait l'effort de sortir l'harmonium de la sacristie, il était loin de lui trouver les mérites escomptés par son épouse. Pendant l'office, il voyait avec irritation les uns lever la tête en direction de l'instrument, les autres oublier de tourner les pages de leur psautier, et beaucoup perdre le fil de la cérémonie. Craignant que son église ne devienne une salle de concert, il avait espacé les interventions de Céleste, déterminé à y mettre fin peu à peu. Dans cette résolution, le révérend s'était trouvé une alliée de poids en la personne de Mrs Wales. Dans un premier temps, Joan s'était réjouie de voir sa belle-fille intégrer le cercle paroissial. Par la suite, elle avait vite été contrariée par les manifestations de sympathie que soulevait son talent de musicienne.

— Révérend, je ne nie pas les dispositions de ma belle-fille pour la musique, mais je crains que l'admiration qu'elle suscite ne trouve un terrain propice à l'épanouissement de son orgueil. Voyez-vous, la modestie et l'humilité ne sont pas des qualités naturelles chez elle et sa fierté innée se trouve renforcée par les compliments qu'elle reçoit. Je crains que mon fils n'en prenne ombrage, vu qu'il est déjà très perturbé depuis son retour…

Aussi, en ce dimanche de Pâques 1947, Céleste joua pour la dernière fois dans l'église de Greensborough. À la fin de l'office, Polly Austin la rejoignit alors qu'elle rangeait ses partitions. Sans entrer dans les détails, elle confessa les réticences du révérend ainsi que celles de Mrs Wales.

— L'ennui, Céleste, c'est que vous jouez trop bien. Aussi, nous vous avons trouvé une remplaçante qui attirera moins l'attention : la petite MacShane. Vous la connaissez ? Elle a pris des leçons de piano et se contentera de quelques mesures par-ci, par-là…

Céleste resta immobile plusieurs secondes, tandis qu'un irrésistible sentiment d'injustice et de colère la submergeait. Ainsi, on la limogeait ! Elle aurait dû prévoir la réaction de Mrs Wales. Ces derniers temps, celle-ci n'avait pas ménagé les petites phrases assassines : « Ne croyez-vous pas qu'à l'église votre présence devrait être auprès de votre mari au lieu de derrière l'instrument ?… Je ne conteste pas votre talent, Céleste, mais je me demande s'il est bienséant de vous mettre ainsi en avant… Tant qu'Alex était absent, on pouvait à la rigueur comprendre, mais maintenant… »

D'une voix atone, elle remercia Polly pour sa franchise et quitta l'église, la mort dans l'âme.

À sa déconvenue s'ajoutait le découragement qui l'habitait depuis des mois. Emprisonné par ses démons, Alexander acceptait sans mot dire le travail à la ferme, la vie austère, mais tellement sécurisante, où les responsabilités n'étaient pas les siennes, où les décisions étaient prises ailleurs, par des proches qui avaient des objectifs précis alors que lui ne savait plus où il allait.

Si elle s'inclina devant cette décision, elle ne put cacher son amertume à Alexander le soir, quand ils se retrouvèrent seuls dans leur chambre.

— Je suis désolé, lui dit-il avec mélancolie. J'aimerais t'offrir un piano, mais…

Il n'acheva pas, montra la pièce d'un geste las.

— Il faut qu'on s'installe ailleurs.

— Je sais, mais je n'ai goût à rien. J'avoue ne pas être d'une bonne compagnie en ce moment.

— En ce moment ? Alexander, ça fait des mois que ça dure…

Il tenta de la prendre contre lui. Elle se déroba. Un silence douloureux les sépara. Il se laissa tomber sur le lit, se prit la tête entre les mains. Pourtant elle n'avait plus envie de le rassurer. Pour lui dire quoi ? Les mêmes interrogations qui n'amenaient que les mêmes réponses ? Des phrases répétées cent fois : il avait besoin de réfléchir, il ne trouvait pas l'opportunité de parler à son père, tout s'embrouillait dans son esprit… Quelle initiative pouvait-elle prendre pour sauver son couple, retrouver l'homme qu'elle avait épousé, parfois drôle, parfois sérieux, mais toujours animé d'une énergie et d'une volonté inflexibles quand quelque chose lui tenait à cœur ? Aujourd'hui, il n'était plus que ce fantôme sans âme qui répétait inlassablement : « Laisse-moi du temps. » Les merveilleux élans qu'ils avaient l'un pour l'autre s'achevaient le plus souvent par de pénibles déchirements.

— Sortons, lui proposa-t-il.

— Il fait nuit.

— Tant mieux, l'obscurité est propice aux révélations.

Ils prirent leurs manteaux, chaussèrent leurs bottes fourrées. Céleste enroula une écharpe de laine autour de son cou.

Le froid avait poudré de givre les herbes du chemin et les flaques gelées craquaient sous leurs pas. Quand il parla enfin, ce fut d'une voix sourde et brutale.

— Céleste, je suis rempli de haine.

— De haine !

Elle n'avait pu s'empêcher de crier tant ce sentiment lui était étranger.

— De haine et de honte pour ceux qui ont fait ça…

— Je ne comprends pas.

Il laissa s'écouler quelques secondes avant de se lancer :

— Notre compagnie est arrivée par la route de Weimar, les chars ouvraient la voie. On a été assaillis par une odeur insoutenable de chairs en décomposition. Puis, guidés par les appels de survivants, on a découvert le camp, les baraquements, les barbelés, les villas des SS, désertées. Je portais les appareils radio, j'étais derrière le commandant. On est entrés les premiers…

Sur un ton détaché, il décrivit les formes squelettiques, les fours crématoires, les charniers à peine dissimulés sous des loques ; avec des mots crus jusqu'à l'obscénité, il parla de la nudité des corps, des « écuries », longs bâtiments où s'entassait sur des étagères superposées le dépotoir humain, plusieurs par couchette, d'un cadavre qui se balançait à une potence, depuis des jours sans doute. Un des rescapés qui comprenait un peu l'anglais s'était approché et lui avait montré ce qui restait de ses mains. Un Roumain. Avant la guerre, il était violoniste dans l'orchestre national, alors ils lui avaient écrasé les phalanges pour qu'il ne puisse plus jouer. Puis ils avaient trouvé le cabinet médical : les instruments pour arracher les dents, disséquer, torturer… les seringues, les bocaux avec les résultats des expériences sur des cobayes humains…

Céleste, qui lui tenait la main, recevait ses émotions à chacune de ses pressions. Ses ongles s'enfonçaient parfois dans sa chair, écrasaient ses doigts. Elle ne protestait pas et se taisait. La lune éclairait d'une lueur blafarde la vapeur saccadée qui sortait de sa bouche. Là-haut, l'astre de la nuit écoutait aussi le récit de l'horreur.

Soudain, Alexander s'arrêta et la saisit par les épaules.

— Ils ont sculpté des os humains, ils ont tanné la peau et en ont fait des abat-jour. Je l'ai vu de mes propres yeux. Et Dieu a laissé faire !

Il la lâcha brutalement, tourna son visage vers le ciel et se mit à hurler tel un loup blessé. Toute la colère, la souffrance, la haine jaillissaient dans ce cri, mais aussi l'impuissance, l'incapacité à comprendre les raisons d'une telle barbarie. Elle était incapable de prononcer un mot. Il prit son silence pour de la méfiance.

— Il y a la réalité. Je l'ai vu. Je l'ai vu.

Lui faisant face à nouveau, il se fit accusateur :

— Ne me dis pas que c'est impossible. J'y étais. J'étais à Buchenwald.

Mais elle n'avait rien dit. Elle pleurait silencieusement.

***

Non seulement cet aveu ne libéra pas Alexander de son apathie, mais il l'entraîna encore plus profondément dans la dépression. Les jours qui suivirent, il se lança dans le travail avec une sorte de rage, usant ses forces à consolider la digue, portant de lourdes charges, manœuvrant les machines. Il rentrait le soir, épuisé, quittait la table sitôt le repas terminé et montait se coucher. Elle le retrouvait allongé sur le dos, les yeux clos ou, pire, lui tournant le dos. Il ne dormait pas. Il ne savait plus ce qu'était le sommeil.

Elle s'étendait alors près de lui, évitant de le toucher, laissant un abîme les séparer.

Céleste voulut comprendre. Elle commença ses recherches, consulta d'anciens journaux, recopia des articles sur ce qu'on appelait désormais « les camps de la mort ». Elle alla même jusqu'à Springfield. Elle finit par répertorier un certain nombre de camps : Auschwitz, Birkenau, Belzec, Sobibor, Treblinka et d'autres encore. Elle savait les localiser sur une carte, faire la distinction entre les camps de travail et ceux d'extermination. En dépit des tensions entre les États-Unis et l'Union soviétique, les publications russes laissaient filtrer des informations, surtout lorsqu'il s'agissait de mettre en valeur leur propre organisation de sauvetage des survivants. Elle prenait des notes, photographiait ce qu'elle ne pouvait recopier.

— Tu ne me crois pas, lui disait-il.

— Si, je te crois.

— Alors pourquoi tu cherches ?

— Pour comprendre ce que tu ressens.

— Tu ne peux pas. Seuls ceux qui y étaient peuvent comprendre.

Un soir, à table, Samuel et James parlèrent d'aller à Chicago, à la Bourse aux grains, le Wall Street des céréales, plus par curiosité que pour connaître les cours du maïs en direct. Vivement intéressée, Céleste fit part de son intention de se joindre à eux. Avec Alexander, bien entendu. Aussitôt, Joan s'interposa. Alex ne pouvait s'absenter en même temps que son père et son oncle.

— Pour quelques jours, ça ne pose pas de problème, assura Douglas toujours conciliant.

Joan balaya de la main la proposition de son aîné et dévisagea sa belle-fille avec un regard plus méprisant que surpris.

— Et depuis quand vous intéressez-vous aux cours du maïs ? D'ailleurs la Bourse est interdite aux femmes.

— Je n'ai pas l'intention d'y aller, je voudrais me rendre à la bibliothèque…

— Vous ignorez ce qu'est Chicago. Ce n'est pas une ville sûre où une femme peut se promener sans compagnie. Je crois que vous délirez, ma petite.

Joan ne formulait jamais un refus, mais elle avait une façon d'exprimer son opposition avec des mots aussi précis que cinglants qui valaient tous les interdits.

Céleste serra les dents. Le « ma petite » passait mal. Elle espéra un moment l'intervention de son mari. Celui-ci, le visage figé, perdu dans ses pensées, continuait machinalement de porter sa fourchette à sa bouche sans leur prêter la moindre attention. Le sang lui monta à la tête et, l'espace d'une seconde, elle crut qu'elle allait exploser.

— Puisque mon mari se moque de mes envies, inutile que j'insiste, lâcha-t-elle d'une voix où pour la première fois perçait une véritable colère.

Elle n'avait d'autre choix que de se plier aux décisions familiales. Elle se leva pour empiler les assiettes sales, ranger les couverts ; elle le fit bruyamment, sans contrôler ses gestes, incapable de maîtriser sa fureur comme l'auraient fait toutes les femmes qui acceptaient sans faire d'histoires leur condition de bonnes ménagères si profondément ancrée par l'éducation. Elle se sentait ulcérée. Son mariage partait à vau-l'eau. Ses relations avec son beau-père étaient réduites au strict minimum, sans affection ni sentiments. Quant à sa belle-mère, il valait mieux ne pas en parler. Elle se souvint des leçons de la caporale Randell au camp de Lucky Strike : « On attend de vous que vous soyez de bonnes épouses. Les femmes ont un rôle à jouer dans notre société par leur présence auprès de leur mari, auprès de leurs enfants. Elles restent au foyer. Elles se font belles et même sexy pour celui qui rentre le soir. La maison est bien tenue, c'est un havre de paix pour l'homme. »

Je ne peux pas être une bonne épouse, pensa-t-elle, *je n'ai pas de maison.*

Conscient de la tension autour de la table, Douglas se tourna vers son frère.

— Cette guerre t'a bouleversé, Alex. Reconnais que tu n'es pas dans ton état normal. Tu devrais accepter de te faire soigner.

Alexander leva les yeux sur sa femme. Elle lui jeta un regard venimeux.

— Je ne suis pas malade. C'est un mauvais moment à passer et je vais m'en sortir.

— Alexander n'a pas besoin de se faire soigner, affirma Joan, péremptoire. Il faut prier.

— Vous avez sans doute raison, ironisa Céleste. Mais mes prières sont en français et j'ai l'impression que Dieu n'entend pas cette langue.

***

En plein mois d'août, Alexander prit une décision qui les surprit tous.

— Je pars pour quelques jours, annonça-t-il. Je suis invité chez un copain, dans le Michigan. Céleste est d'accord.

— Mais les moissons ne sont pas terminées ! s'écria Samuel.

— Il faudra vous passer de moi.

Ils se retrouvèrent à plusieurs des anciens de la même compagnie, ceux qui avaient libéré ce 12 avril 1945 le camp de Buchenwald. Alexander réalisa avec soulagement qu'il n'était pas le seul soldat hanté par ces souvenirs. Jour après jour, tout en mangeant des steaks grillés arrosés par des litres de bière, ils réussirent à mettre des mots sur ce qu'ils avaient vu, ce qu'ils avaient vécu ensemble et ce qu'ils avaient éprouvé. L'alcool aidant, ils maudirent les nazis, la guerre et se débarrassèrent de leurs fantômes, crachant leur dégoût, leur colère et leur haine.

À son retour, il reprit le travail comme si rien ne s'était passé et personne ne lui posa de questions. Au début, son comportement parut inchangé. Ce n'est qu'au fil des jours qu'il prit conscience que sourire lui devenait plus facile, qu'il était capable de plaisanter, qu'il ne repoussait plus les émotions de son corps quand sa femme le frôlait la nuit.

Un jour, le voisin qui faisait le colza de l'autre côté du fleuve lui apprit que des terres se libéraient au nord de Wales' Farm, des terres inondables où se dressait encore une ferme abandonnée. Pour la première fois, il trouva le courage de parler à son père.

— J'aimerais acheter ces terres, mais je vais manquer de fonds.

Samuel fut immédiatement séduit.

— Laisse-moi m'occuper de ça. C'est une affaire à ne pas manquer. Et en prolongeant la digue, on protégerait à la fois les cultures et les bâtiments.

— C'est la ferme qui m'intéresse. Pour m'y installer.

— J'ai bien compris.

Mise au courant des intentions de son fils, Joan Wales protesta avec véhémence.

— Acheter des terres, certes, mais pas pour permettre à Alex de nous quitter. Nous avons besoin de lui ici. Qu'est-ce que c'est que cette nouvelle lubie ?

Samuel haussa les épaules.

— Alex fera ce qu'il voudra. L'essentiel est que ces terres appartiennent aux Wales. Je n'ai pas envie de voir des inconnus s'établir près de chez nous. Dès demain, je vais me renseigner auprès du notaire.

En apprenant la nouvelle, Céleste ouvrit de grands yeux, refusant de se laisser gagner par la joie.

— Je croyais que tu ne voulais pas devenir *farmer*, répliqua-t-elle.

— Les terres seraient à mon père, mais nous aurions la maison.

— Mais cette ferme est inhabitable !

— On va la remettre en état. Et tu l'aménageras à ta façon. Tu pourras même y mettre un piano… Une maison rien que pour nous.

Ce jour-là, il la regarda avec cet air à la fois amusé, fier et heureux, comme autrefois, à l'hôpital, quand il lui annonçait une bonne nouvelle. Un fol espoir commença à naître en elle.

— J'ai peine à y croire. C'est tellement… tellement inattendu.

Il l'attira contre lui, promena une main dans ses cheveux, sur ses yeux qui se voilaient de larmes.

18

1947-1948, Illinois

L'accident survint quelques mois plus tard, avant la fin des vacances de Noël.

Alors que la tempête paralysait encore de nombreux États sur la côte est des États-Unis, la neige et le blizzard épargnaient les rives du Mississippi. Les hommes profitaient de ce répit pour entretenir les canaux d'irrigation, réparer les machines, dresser de nouvelles clôtures. La grande maison retentissait des cris joyeux de la petite Léa qui venait de fêter ses deux ans et qui gambadait d'une pièce à l'autre, poursuivie par son frère subjugué par la présence de ce véritable feu follet. Sous l'œil vigilant de Miranda, Thomas lui enseignait des jeux, l'aidait à monter sur son cheval de bois, lui racontait d'interminables histoires de brigands mexicains, de cow-boys chassés par d'impétueux Indiens, des fables nées de son imagination, inventées plus pour lui-même que pour la fillette qui l'écoutait, médusée, sans vraiment comprendre le sens de ses paroles.

La grande table de la salle à manger était couverte de tissus, de ciseaux, d'épingles et de tout un attirail de couture. Miranda et Soliès confectionnaient un costume pour Thomas qui jouait un grand rôle dans une pièce de théâtre, tandis que Céleste, crayon à la main, dessinait les déguisements des autres acteurs.

— Vous n'avez pas entendu ?

Soudain, les portes se mirent à claquer. La cour retentit de cris, de courses rapides, d'appels affolés. Les enfants voulurent sortir, Miranda les en empêcha tandis que Céleste se précipitait dehors. Les ouvriers fonçaient vers l'atelier de mécanique. Elle devina plus qu'elle ne vit Joan et Soliès lui emboîter le pas. Des ordres, jetés par Samuel d'une voix méconnaissable, fusèrent depuis le hangar. Il faisait terriblement froid sous le toit de bois. Elle serra son châle autour de ses épaules, approcha. Ce dont elle se souvint plus tard, ce fut la quantité de sang répandu sur le sol, abreuvant le sable et la poussière, et qu'elle s'était étonnée que le corps d'un homme pût en perdre autant en si peu de temps.

James Wales était couché sur le dos. Il semblait ne plus pouvoir respirer, néanmoins ses paupières se soulevaient parfois. L'énorme machine sous laquelle il s'était allongé avait ripé hors des étais et glissé sur le côté. Par bonheur, deux des cales résistaient encore, empêchant que l'engin ne s'écroule de tout son poids sur l'homme, le broyant impitoyablement de ses dix tonnes de ferraille. Quelqu'un la bouscula sans ménagement. Elle s'écarta du passage. D'autres arrivaient portant des barres de fer et des pilons. Soliès et Joan avaient disparu de son champ de vision. Samuel, aussi pâle que son frère, continuait de lancer des directives, repoussant la panique qui menaçait de l'emporter. Tandis que les uns tiraient, les autres soulevaient, harmonisant leur force en comptant à voix haute. À trois, on soulève. Un deux, trois. Attention, on recommence. Un, deux, trois… Douglas cria un nom à l'un des employés. Bob Reynald. Elle avait entendu parler de lui. C'était un *farmer* de la région qui possédait un petit avion monomoteur. Alexander surgit, apportant des cordes et des câbles. Passant près d'elle, il lui cria :

— Des couvertures !

Vite, vite. La maison à plus de trente mètres, l'écurie tout près. Elle choisit l'écurie, saisit une balle de plaids à chevaux, revint près du blessé. Samuel s'empara aussitôt du ballot sans lui jeter un regard. Aidé de ses fils, il rassembla les couvertures autour du corps, laissant la cuisse de son frère à l'air libre pour y faire un garrot.

— Des bandes, des compresses ! cria-t-il.

Des compresses, mais où ? Elle courut au réfectoire, son regard se porta sur les torchons. Avec les dents, elle déchira des bandes, apporta le tout.

Elle n'eut pas le temps de voir la suite de l'opération, Alexander à nouveau l'interpellait.

— Du café, de l'alcool fort !

Mais où étaient passées Soliès et Joan ? Combien de temps faudrait-il à Bob Reynald pour décoller, donner son plan de vol aux autorités, atterrir ? Mais où ? Ici ? Dans la cour ?

Dans la grande cuisine, elle mit la cafetière en route, chercha une bouteille dans le placard, empila des tasses et des gobelets. Ses mains tremblaient, mais elle s'efforçait de ne pas se laisser aller à la panique. Tout en s'affairant, elle entendit l'avion. Il avait mis moins de temps qu'elle ne le supposait. Le chemin allait lui servir de piste. Pouvait-il rouler jusqu'à la cour ? Le bruit du moteur la rassura comme il devait rassurer les autres.

Elle sortit avec le plateau. Samuel quittait l'atelier, précédant les quatre hommes qui portaient le brancard. Il la débarrassa de la bouteille de gnôle, aida son frère à avaler quelques gouttes. Le visage de James lui parut blafard, exsangue. Il toussa mais déglutit plusieurs fois. Douglas referma les couvertures autour de lui et prit place dans la cabine pour le recevoir.

— Il a perdu beaucoup de sang, j'espère qu'il s'en tirera, entendit-elle tout près.

L'avion fit demi-tour, arrachant au passage quelques branches dénudées. Tous le suivirent des yeux tandis qu'il s'élevait lentement au-dessus des chaumes.

— Où va-t-il ? demanda-t-elle.

— À Saint-Louis. On les attend. Douglas restera avec lui.

Comme s'il voulait suivre l'avion, Samuel fit quelques pas sur le chemin, la bouteille d'alcool au bout du bras. Un ouvrier, les mains rouges d'écailles métalliques, s'en saisit, but à même le goulot.

— Passe-moi une cigarette, lui dit le patron sans le regarder.

L'homme lui tendit un paquet entamé, craqua une allumette. Samuel aspira goulûment la fumée, cherchant à y puiser le réconfort qui lui manquait avant de la rejeter vers le ciel. Céleste voyait ces deux silhouettes côte à côte, et d'autres qui les escortaient à quelques pas ; leurs épaules étaient larges et solides, quoique légèrement voûtées chez Samuel, et elle réalisait la solidarité, voire la familiarité, qui unissaient ces hommes dès que l'un d'eux était menacé. Le spectre de la mort faisait tomber les barrières entre patrons et employés. Plus rien alors n'existait hormis la volonté inexorable de sauver l'un des leurs.

Personne ne bougea jusqu'à ce que le point noir disparût complètement, avalé par l'horizon. Alors, elle se retourna et dit d'une voix qu'elle s'efforça de rendre naturelle :

— Il y a du thé et du café à la cuisine. Et aussi quelques sandwichs pour ceux qui ont besoin d'avaler quelque chose.

Alors seulement Samuel s'aperçut de sa présence. Il lui jeta un regard indéchiffrable avant d'acquiescer.

Ils se retrouvèrent à une dizaine autour de la table. Elle était la seule femme. Elle remplissait les tasses, Samuel coupait le pain, Alex passait le fromage, le jambon… Au début, ils parlèrent à voix basse, puis le ton monta peu à peu. Chacun à son tour refaisait la scène telle qu'il l'avait vécue. Les étais n'étaient pas assez solides, la machine trop lourde, le gel de la nuit avait fragilisé le sol. Elle les écoutait émettre des suppositions, tous cherchant les causes de l'accident. Samuel hochait la tête en silence, encore sous le coup de l'émotion. Parfois il émettait un avis, mais à aucun moment elle ne l'entendit poser sur les épaules d'un de ses employés le poids d'une accusation. Seul le mauvais sort était responsable.

La nuit commençait à tomber. Se tournant vers Alexander, Céleste demanda :

— Miranda garde les enfants, mais où sont passées Joan et Soliès ?

Ce fut son beau-père qui répondit d'une voix dénuée de sentiments.

— Elles font la seule chose qu'elles sont capables de faire dans de telles circonstances : elles prient.

Miranda avait couché les enfants et restait auprès d'eux. Elle jugeait que Thomas était assez grand pour entendre la vérité, mais avait eu des paroles prudentes et apaisantes pour la petite Léa.

Dans le grand salon, ils étaient cinq à attendre le retour de Douglas. Ce dernier avait téléphoné depuis l'hôpital. James était en vie. L'hémorragie avait été jugulée mais personne ne pouvait encore se prononcer pour la suite. Bob Reynald le ramènerait dans la nuit ou la matinée. Il était inutile de l'attendre. En dépit de ses sages conseils, personne n'était allé se coucher. Soliès avait repris ses travaux de couture. Samuel, les yeux fermés, la nuque appuyée sur le haut du fauteuil, paraissait dormir. Mais on devinait à l'agitation de ses mains qu'il n'en était rien. Joan, toujours la plus prompte à recouvrer ses esprits, triait des papiers. Certains partaient directement à la poubelle, d'autres étaient méticuleusement classés dans un registre. La bouilloire chuintait sur le réchaud. Alexander abandonna la revue qu'il feuilletait pour se servir une autre tasse de thé. D'un regard, il en proposa une à Céleste qui secoua la tête.

— Verse-m'en une, demanda Samuel en entrouvrant ses paupières fatiguées.

Puis, se tournant vers Céleste, il ajouta :

— J'ai apprécié ce que vous avez fait cet après-midi.

Surprise, elle balbutia :

— Je n'ai rien fait du tout. À part donner des torchons et apporter à boire.

— Vous n'avez pas hurlé, vous ne vous êtes pas évanouie…

— Personne n'a hurlé ni ne s'est évanoui.

— Vous étiez là et vous avez aidé. C'était suffisant.

Les joues de Soliès se colorèrent de rouge. Joan feignit de n'avoir rien entendu.

Alexander servit son père puis, la tasse à la main, s'assit près de Céleste. Il aurait dû être inquiet, dans l'attente des nouvelles de son oncle. Au contraire, il se sentait détendu. Céleste était montée d'un cran dans l'estime de son père, qui désormais les soutiendrait dans leur projet. Il n'avait aucune envie de devenir *farmer*, mais il aurait cette maison. Ce ne serait pas la plus belle ferme de la contrée, mais ce serait leur maison à eux.

***

Céleste ne mesura que plus tard les conséquences de l'accident sur son avenir. Dès qu'on sut que James était sauvé, patrons et employés fêtèrent joyeusement l'événement, mais ce ne fut qu'en février que les médecins permirent les premières visites de la famille. Samuel et Joan se rendirent à Saint-Louis et y restèrent plusieurs jours. À leur retour, Céleste trouva son beau-père enthousiaste, presque volubile. Après être passé si près de la mort, James se rétablissait admirablement bien. C'était dû à une belle constitution, à une existence saine et active, disait-il, sous-entendant que, lui aussi, en pareil cas, se serait tiré d'affaire parce que les Wales étaient faits du même bois et que la vie d'un *farmer* ne pouvait que donner des hommes forts et résistants. À l'inverse, Joan lui parut plus distante. Les rides de son front s'étaient un peu plus creusées et elle affichait un visage soucieux. Elle se rendait moins souvent à la cuisine, s'enfermait dans son bureau et se plongeait dans ses livres de comptes.

— Mon Dieu ! lui dit un jour Miranda, Joan a la figure aussi sombre que celle d'un croque-mort. Tantôt elle paraît perdue dans ses pensées, tantôt elle s'emporte pour un rien. Hier, je l'ai entendue se fâcher tout net contre Samuel qui souhaitait embaucher un mécanicien en attendant le retour de son frère. Ils parlaient argent et Joan lui reprochait d'avoir acheté ces terrains au nord. Elle lui a carrément dit de suspendre les travaux de la digue et de s'en tenir au maïs.

Céleste pâlit.

— Je pensais que les Wales étaient les plus riches *farmers* du comté.

— Oui, ils sont riches en cultures, en biens matériels : des silos, des camions, des machines, mais le coffre-fort ne contient que les liquidités pour payer les ouvriers. C'est sûr que les frais d'hospitalisation d'Oncle James doivent être exorbitants. Il a subi plusieurs opérations et sa rééducation sera longue. Joan, qui tient les cordons de la bourse, va probablement mettre un frein aux dépenses de Wales' Farm.

Une angoisse indéfinissable étreignit douloureusement la jeune femme. La digue inachevée laissait la ferme sous la menace des eaux.

Dans les jours qui suivirent, elle tenta plusieurs fois d'aborder le sujet avec son mari. Mais chaque fois, il s'arrangea pour esquiver. Soit ce n'était pas le bon moment, soit il était trop fatigué, soit la présence d'une tierce personne empêchait la discussion.

***

À la fin du mois d'avril, James Wales fut rapatrié à l'hôpital de Greensborough. L'initiative venait de lui. La famille lui manquait, il espérait obtenir quelques permissions de sortie à l'aide de ses nouvelles béquilles. Mais surtout, l'hôpital de Greensborough était moins gourmand que celui de Saint-Louis qui requérait des sommes de plus en plus élevées que son assurance n'arrivait pas à couvrir.

— Les infirmières de Greensborough valent bien celles de Saint-Louis, affirma-t-il. Et l'orthopédiste qui m'obligeait à marcher entre deux barres ne fera pas mieux que celui d'ici. De toute manière, c'est moi qui travaille à la reconstitution de mon corps. Alors, que ce soit avec l'un ou avec l'autre, cela revient au même.

Alex et Céleste furent heureux de lui rendre visite. Certes, il avait beaucoup maigri et, privée depuis des mois de l'air de la campagne, sa peau avait pris une teinte blafarde, à moins que ce ne fût l'éclat du lit blanc qui renforçât sa lividité. Ses mèches grises s'étaient multipliées, mais, dans ses traits creusés, ses yeux pétillaient, aussi vifs que par le passé.

— Alex, Céleste, quelle joie de vous revoir !

Aidé de la potence fixée au-dessus de lui, il se redressa sur ses oreillers. L'effort lui tira une grimace de douleur.

— Puis-je t'aider, Oncle James ? demanda Alexander.

— Non, c'est à moi de le faire. Jour après jour, je m'exerce pour retrouver mes muscles d'autrefois. Ne t'inquiète pas. Comme je le disais hier à ton père, j'y mettrai le temps, mais j'y arriverai. Le Ciel m'a accordé une chance incroyable en me tirant d'affaire, alors je me suis juré que je serai d'aplomb pour les moissons. Ce sera mon vœu de reconnaissance. Je ne serai peut-être pas capable de conduire les machines, mais je serai auprès de Douglas qui prendra les commandes. Laissons cela pour l'instant et parlons plutôt de vous.

Il se tourna vers Céleste.

— Joan m'a dit que vous vous étiez mise à la couture avec Soliès.

Céleste eut un geste de la main comme pour signifier que la chose n'avait que peu d'importance.

— J'ai dessiné quelques costumes pour la fête de l'école.

— Ne soyez pas si modeste. J'ai su par des voix indiscrètes que vous aviez un fameux bon coup de ciseaux. Vous pourriez retailler mes vieux costumes car, en plus de tout cet argent versé pour engraisser les chirurgiens, cet accident m'a fait perdre au moins quinze kilos. Je flotte dans mes vêtements. Ce n'est pas grave. Pas aussi grave que le retard ou même l'ajournement de vos projets. Samuel m'a parlé de ces terres achetées au nord. C'est une bonne affaire, mais ne vous faites pas d'illusions, elles ne sont pas près d'être mises en valeur, ni la ferme d'être retapée. L'essentiel est qu'on ait pu les acquérir. Au moins, elles sont aux Wales. Dans quelques années, elles seront à vous deux. Mais en attendant, il faut penser…

Dans quelques années… Céleste n'écouta pas la suite. Une vague d'émotions s'abattit sur elle, lui noua la gorge. Injustice, révolte. Elle serra ses mains l'une contre l'autre pour les empêcher de trembler. La silhouette de son mari disparut dans un brouillard flou. Il lui avait pourtant promis : cette ferme serait leur maison. Mais elle le voyait hocher la tête, acquiescer gravement, accepter l'inévitable. Sa déception était telle qu'elle se sentit au bord de la nausée. James dut se rendre compte que quelque chose n'allait pas car il tourna son visage vers elle et souffla :

— Céleste, il faut se rendre à l'évidence et être raisonnable.

Elle en avait assez d'être raisonnable. Elle voulait vivre sa vie. Sa vie à elle. Pas celle des Wales. Elle leur avait donné trois années de son existence. C'était suffisant. C'était déjà trop. Au milieu du chaos dans lequel elle se débattait, lui parvint la voix d'Alexander. Elle hocha la tête, prit son temps avant de répondre, donnant l'impression d'être totalement concentrée sur les mots qu'elle prononçait. Dissimulant son amertume sous un vernis de détachement, elle réussit à se lever sans fléchir, à tendre la main à James, à sourire sans hostilité, à murmurer quelques paroles d'encouragement. Tout dans la bienséance et la courtoisie.

Plus tard, devant son miroir, dépouillée de son armure d'amabilité et de politesse, elle découvrait une autre femme. Jamais son visage, décomposé par le sentiment de défaite, ne lui était apparu aussi vulnérable.

Il lui restait une carte à jouer. Ce n'était pas un atout. Mais elle n'en avait pas d'autre. Elle allait la jouer, cette carte. Elle allait probablement perdre, car, dans ce jeu truqué des convenances sociales, les Wales restaient les maîtres. Elle tenterait cette dernière chance pour sauver son mariage, irait jusqu'au bout, sachant au plus profond d'elle-même que, si elle ne le faisait pas, elle le regretterait toute sa vie.

Selon l'habitude ce soir-là, les Wales se retrouvèrent à six heures pour le dîner. Les boiseries des buffets luisaient sous la clarté des derniers rayons du soleil d'avril. Ce printemps de 1948 était fort agréable et les fenêtres de la grande salle à manger s'ouvraient sur le jardin d'où montaient les cris de joie de Léa et les rires de Thomas. Les enfants avaient déjà soupé et passaient leurs derniers moments dehors avant d'aller dormir sous la surveillance de la servante. Ils prirent place tous les sept autour de la table et se recueillirent pendant que Joan, yeux baissés et mains jointes, récitait le bénédicité, ajoutant comme chaque soir depuis l'accident une prière à l'intention de l'oncle James. Soliès et Miranda se levèrent pour aller chercher la soupière et le plat de viande froide, tandis que Céleste tendait la boule de pain à Samuel.

— Alex et moi avons vu Oncle James, aujourd'hui, commença-t-elle d'une voix qu'elle reconnut à peine mais qui restait parfaitement audible. Il nous a parlé des problèmes d'argent pour terminer la rénovation de la ferme. En fait, j'ai pensé que je pourrais travailler.

Elle s'arrêta une fraction de seconde, juste le temps de reprendre son souffle, mais pas assez pour leur permettre d'intervenir.

— Le matin, je donnerai des cours de français et de littérature. Il manque des répétiteurs à l'école. C'est un poste bien rémunéré, paraît-il. Et les après-midi, je ferai de la couture. Le mieux serait que j'ouvre un petit atelier en ville pour recevoir les clientes. Avec mon salaire, Alex et moi pourrons avancer les travaux de la ferme et la rendre habitable d'ici quelques mois.

Voilà, elle l'avait dit. Elle venait de jouer son va-tout en sachant que la scène qui allait suivre serait des plus pénibles.

Brusquement, à côté d'elle, éclata le fracas d'un verre brisé, celui que Miranda venait de laisser tomber de ses mains tremblantes. Dans le silence impressionnant, le bruit fit l'effet d'une véritable explosion. Soliès, en face d'elle, affichait une mine épouvantée, ses yeux grands ouverts la fixant comme si elle était une apparition. Autour de la table, la stupeur et l'incrédulité se lisaient sur tous les visages. Mais ce fut la réaction de Joan qui l'étonna le plus. En dépit de sa brillante ingéniosité et de son aptitude à tout considérer sans émotion, Mrs Wales n'avait jamais imaginé entendre un jour pareille déclaration ; elle se tenait raide et immobile, la bouche ouverte comme un poisson hors de l'eau, totalement incapable de proférer un son.

— Je ne sais pas pourquoi, mais j'ai comme l'impression d'avoir commis un impair, dit Céleste avec calme.

Alors s'éleva la voix d'Alexander, une voix métamorphosée :

— Je ne crois pas que ce soit une bonne idée.

— Ce n'est peut-être pas la meilleure, mais c'est la seule que j'ai trouvée.

— Je ne veux pas t'entendre parler de travailler en ville. C'est une aberration.

— Ma mère qui dirige une usine est loin d'être une aberration.

— Elle le fait au nom de son mari.

— Clémence vit seule et son atelier de couture est le plus célèbre de Saint-Étienne.

— Ici, c'est différent. Tu ne peux pas décider comme ça de te lancer dans la vie professionnelle. Il y a assez de travail à la ferme sans que tu ailles en chercher ailleurs. Tu n'imagines même pas les conséquences que cela aurait pour notre famille.

— Oh si, je vois très bien les conséquences.

Soudain, elle se mit à lui parler en français, s'efforçant de bien articuler pour éviter tout malentendu.

— Je gagnerai de l'argent, je financerai les travaux, et ça, ton orgueil masculin ne peut le supporter. Tu préfères me voir travailler à la cuisine sous les ordres de ta mère…

— Tais-toi !

Mais elle n'en continua pas moins, assénant chaque mot d'une voix froide et coupante comme la glace, dénonçant la tyrannie des traditions, le traitant d'égoïste et de phallocrate, l'accusant par sa faiblesse d'avoir gâché leurs rêves. C'était comme si un barrage s'était brisé et que le flot de ses griefs s'engouffrait par cette brèche, jusqu'à ce que Joan frappe la table du plat de la main en criant :

— Assez ! Je ne supporterai pas une minute de plus qu'on parle une langue étrangère à ma table.

Céleste se tourna vers elle avec une sorte de satisfaction, comme si elle attendait cette intervention.

— M'entendre insulter votre fils ne vous ferait pas plaisir, madame Wales. Mais sachez que je ne lui dis que des vérités.

Joan lui adressa un regard meurtrier avant de se tourner vers son mari.

— Samuel, au nom du Ciel, dis quelque chose !

Samuel Wales déglutit péniblement, jeta un coup d'œil nerveux dans sa direction, résigné à se lancer dans la bataille.

— Mon fils a raison, Céleste. Vous ne pouvez pas travailler. Je veux dire exercer une profession. Ce serait... Ce serait... indécent. Pour Alex, d'abord. Pour nous aussi qui avons notre réputation à honorer. Pendant la guerre, les femmes ont certes travaillé. Mais c'était la guerre, elles remplaçaient les hommes. Ce n'est plus nécessaire. Maintenant elles restent au foyer et s'occupent du ménage et des enfants, comme Joan, comme Miranda. Je regrette pour la ferme. Ce sera pour plus tard.

Il fit une pause avant de poursuivre calmement :

— Même quand vous serez dans votre propre maison, je ne crois pas qu'Alex vous autorise à exercer une profession.

Un silence embarrassé retomba dans la pièce. Céleste vit qu'Alexander baissait les yeux. À sa droite, Douglas n'avait pas remué une paupière. Soliès triturait nerveusement ses couverts. « Je te l'avais bien dit », semblait-elle crier intérieurement. Quant à Joan, le menton redressé, elle retrouvait sa froide assurance faite de satisfaction et de contentement de soi.

Puis Miranda se leva, alla chercher la pelle et la balayette et, avec des gestes mesurés, entreprit de ramasser les éclats de verre éparpillés sur le sol et de les jeter à la poubelle. Céleste voyait dans ce geste ses rêves et ses illusions partir aux ordures.

— Très bien, n'en parlons plus, décréta-t-elle avec un calme qui aurait dû les inquiéter tous. Cela n'a plus beaucoup d'importance à présent.

À la fin du repas, tous se retirèrent dans un même mouvement comme s'ils s'étaient concertés pour les laisser en tête à tête dans la salle à manger. Céleste ne pensait pas que ce fût possible de se retrouver seule, face à son mari. Pourtant, elle était là, à montrer un visage indifférent sinon détendu, à parler négligemment des volets qu'il fallait croiser, des enfants qui ne voulaient pas se coucher. Dehors, le soleil s'éteignait. Elle ne se savait pas dissimulatrice, elle l'était devenue. En se pliant aux règles des Wales, elle avait appris à contrôler sa colère, à cacher ses émotions, à taire ses intentions. Dans quinze jours, un mois peut-être, elle quitterait cette maison, le temps de préparer son mensonge, de régler quelques détails. Une suite de jours où elle allait sourire poliment, répondre avec détachement aux questions, effectuer distraitement les tâches qui lui étaient assignées. Elle renonçait à sa vie d'épouse, à ce pays dont elle avait rêvé avec une joie puérile, innocente, mais que les circonstances l'avaient empêchée d'apprécier. De ses couleurs, elle ne connaissait que le vert du maïs et le jaune de la paille broyée ; de ses parfums, que l'odeur âcre de la fumée quand on brûle les dernières rafles ; de ses montagnes, que les escarpements de la digue que le fleuve sapait interminablement. Sa décision était prise dans son inconscient, mais c'est ce soir-là qu'elle émergea.

— Tu penses que je t'ai trahie, dit Alexander comme s'il avait deviné ses pensées.

— Tu t'es trahi toi-même. En France, tes projets n'étaient pas des paroles en l'air. Tu étais sincère, convaincant. C'est toi qui rêvais de me faire découvrir ton pays. Tu voulais le parcourir avec moi car tu ignorais tout de lui. Tu n'en connaissais que les champs de maïs et, comme tu les avais quittés quatre ans plus tôt, tu ne t'en souvenais même plus. L'Illinois, la *Bible Belt*, Wales' Farm, les devoirs familiaux et l'esprit étriqué, tu avais tout oublié. Vivant parmi les soldats issus de tous les coins des États-Unis, tu as entendu parler d'autres villes, d'autres États, d'autres usages. Et tu t'es cru libre d'aller voir ailleurs. Tu me disais qu'on aurait en Amérique une vie extraordinaire. Tu allais monter ton entreprise de radio. On travaillerait ensemble et, dès que ce serait possible, on prendrait des vacances. Mais non, on est venus à Greensborough, dans ta famille.

— J'étais malade.

— Je sais. J'ai su attendre. Tu vas mieux maintenant, tu peux prendre tes responsabilités.

Il éluda sa remarque avec un geste d'impuissance, se leva pour s'approcher d'elle. Elle eut un mouvement de recul mais il insista, lui prit les mains, desserrant ses doigts crispés.

— Ces rêves sont si loin. La France, j'ai l'impression que ça fait vingt ans que je l'ai quittée. J'ai le souvenir d'un grand bonheur. Nous avons été heureux, là-bas. Si tu voulais, tout pourrait recommencer. Il faut attendre. Un peu, juste un peu de temps. Nous aurons notre maison, je te le jure.

Après une brève hésitation, il la prit dans ses bras et poursuivit, les lèvres sur ses cheveux :

— Tu pourras dessiner des robes et faire de la couture. Tu pourras même donner des cours de piano chez nous.

Elle se raidit, s'écarta légèrement de lui.

Il était trop tard. Elle ne voulait plus de ses promesses.

Le lendemain, elle envoya un télégramme à sa mère pour la prévenir. Elle le fit de Springfield et non de Greensborough car la responsable du bureau de poste était une fidèle paroissienne de l'Église presbytérienne et Céleste craignait une indiscrétion inspirée plus par la naïveté que par la malveillance.

La réponse arriva à la mi-mai, après des semaines d'attente pendant lesquelles Céleste se rongea d'inquiétude et d'impatience. Mais elle afficha invariablement un sourire aussi figé qu'indéchiffrable, au point que tous finirent par se persuader qu'elle était revenue à des sentiments raisonnables, sensée dans ses paroles et efficace dans ses actes comme elle l'avait toujours été.

Elle était dans la cuisine quand Joan l'interpella.

— Il y a une lettre pour vous. De France.

Elle ne se précipita pas, toutefois ses doigts tremblaient en décachetant l'enveloppe à l'en-tête des Établissements Fougerolles. Son cœur se mit à battre sourdement quand elle découvrit une réservation sur le *De Grasse* de la compagnie transatlantique glissée entre les deux feuillets couverts de l'écriture déliée et régulière de Perline.

— De bonnes nouvelles ? s'informa Joan qui prenait elle aussi connaissance de son courrier.

— Non. Ma grand-mère est au plus mal. Je dois rentrer en France. Mes parents m'ont retenu une place sur un bateau.

— Vous devez ! Comment ça, vous devez ?

On lui fit remarquer que la maladie d'une aïeule était une bien mince raison pour traverser l'océan. Elle ne prit pas la peine d'expliquer les sentiments qui l'unissaient à sa mère et à sa grand-mère, les Wales étant à cent lieues d'éprouver ce genre d'émotion. Elle se contenta de montrer sa réservation sur le paquebot et par là l'importance que sa famille attachait à sa présence au chevet de Clémence. Ce fut probablement ce billet de transport qui mit fin à leurs objections et elle remercia intérieurement ses parents d'y avoir pensé.

— Et votre mari ? Avez-vous pensé à votre mari que vous abandonnez ?

— Il n'a qu'à m'accompagner, asséna-t-elle avec humeur.

Puis elle ajouta pour tempérer son irritation :

— J'en serais la plus heureuse des épouses.

Elle savait pertinemment qu'il était impossible à Alexander de s'absenter. Les gros travaux avaient déjà commencé. L'été s'annonçait avec les moissons, l'ensilage, le peeling... Et James n'était pas encore complètement rétabli.

— Quand pensez-vous être de retour ?

— Je ne sais pas.

— Moi, je sais, murmura Alexander, quelques heures plus tard.

Il était debout entre les deux fenêtres de leur chambre. La tête haute, il la regardait faire sa valise. Un sursaut de fierté l'obligeait à ne pas faire de scène, à ne pas crier, à ne pas gémir. La nuit commençait à tomber. Au loin, on apercevait les lourds nuages qui roulaient au-dessus du fleuve. L'orage grondait et n'allait pas tarder à déverser sur eux un déluge d'eau. Des fusées avaient été tirées pour désamorcer la grêle dévastatrice. Il n'y avait pas si longtemps, l'inquiétude des hommes se serait communiquée à Céleste par solidarité. Désormais, elle s'en moquait.

— Qu'est-ce que tu sais ?

— Je sais que tu ne reviendras pas.

Elle ne répondit pas. À quoi bon ? Elle avait déjà tout dit. Elle sortit de l'armoire le tailleur qu'elle portait le jour de son arrivée. Elle le considéra un instant avant de le plier soigneusement, se rappelant tout à la fois l'appréhension que lui inspiraient les Wales et la joie, bien vite ternie, de vivre parmi eux.

— Tu n'emportes qu'une valise ?

— Ce que j'avais quand je suis arrivée, plus les Levi's. Je n'en trouverai pas en France. Le reste servira à Soliès ou Miranda. Franchement, Alexander, je ne veux rien emporter de ce qu'a été ma vie ici, décréta-t-elle en levant les yeux sur lui.

Ç'aurait pu être l'occasion d'un étalage de rancœurs et de ressentiments. Il n'en fut rien. Ils étaient trop fiers l'un et l'autre pour déballer des griefs, énumérer les occasions où il s'était montré trop lâche, selon elle, et elle trop agressive, selon lui. De toute façon, c'était trop tard. Elle le lui avait déjà dit.

L'orage se rapprochait. De l'écurie montaient le hennissement nerveux des chevaux, le heurt des sabots contre les box. Une rafale de vent plus forte que les autres balaya la cour, soulevant un tourbillon de poussière.

— Je vais rejoindre les hommes sur la digue. Il se peut que les eaux grossissent dangereusement. Les récents remblais sont encore fragiles.

Il ment et se ment à lui-même. Par orgueil. Pour ne plus me regarder faire ma valise.

— Je souhaite que Clémence se rétablisse rapidement, ajouta-t-il.

— Alexander, Clémence n'est pas malade.

— Je m'en doutais. Merci d'avoir donné ce prétexte pour justifier ton départ, dit-il sur un ton faussement amusé.

Elle se redressa, un vêtement à la main.

— Nous dissimulons tous nos intentions derrière des excuses plus ou moins crédibles. Tu le sais très bien. Le manque d'argent pour ne pas rénover la ferme n'est qu'un prétexte. Un de plus. Pour te garder ici. Pour nous garder tous les deux comme Douglas et Miranda. Tous au service du maïs. De ce sacro-saint maïs que j'ai fini par détester.

Il soupira, tourna les yeux vers les champs que l'on apercevait au-delà des arbres comme s'il craignait que son hostilité ne les fît disparaître.

— L'autre soir, tu me disais encore que tu m'aimais.

Elle posa sur lui un regard peiné.

— Je t'aime, Alexander, je t'aime toujours. Mais ce n'est pas suffisant.

— Est-ce que tu reviendras ?

— Je reviendrai quand tu seras prêt.

Au matin, il la conduisit à la gare sous une pluie battante. Les trombes d'eau qui se déversaient depuis la veille sur la contrée eurent l'avantage d'abréger les adieux sous l'auvent de la terrasse. Miranda essuya quelques larmes, Samuel et Douglas lui serrèrent la main en lui souhaitant bon voyage. Joan grimaça un sourire en lui donnant une accolade aussi raide que froide. Ce fut Soliès qui lui parut la plus affectée par son départ.

— Tu vas me manquer. J'ai tellement besoin de l'audace dont tu fais preuve dans tout ce que tu entreprends, murmura-t-elle à son oreille.

— Tu l'as en toi, simplement tu n'as pas encore appris à t'en servir.

Une fois sur le quai, Alexander, qui n'avait pas desserré les dents de tout le trajet, souhaita lui aussi mettre rapidement fin aux effusions.

— Je dois retourner là-bas au plus vite, dit-il d'une voix glacée en la prenant contre lui.

Mais son baiser, son étreinte passionnée démentirent sa froideur. À cet instant, il aurait suffi d'un mot, d'un geste…

— Alexander…

— Chut ! Tu l'as dit toi-même : il n'y a plus rien à ajouter.

19

Juillet 1948, France

Quand elle débarqua au Havre, Céleste crut se trouver sur une autre planète. Elle ne reconnaissait pas les mots, ne comprenait plus sa langue maternelle. Les cris et les appels qui retentissaient sur le quai autour d'elle, ceux des porteurs, ceux des chauffeurs de taxi, ceux des amis et des proches qui s'embrassaient lui parurent se heurter dans une cacophonie invraisemblable. Plantée au milieu d'une foule chaotique qui la bousculait, elle ne savait où tourner ses pas et se sentit perdue.

— *Taxi, madame? You want a taxi? Hotel, house, station?*

Le jeune homme qui venait de l'interpeller en tentant les deux mots d'anglais qu'il connaissait devait avoir à peine plus de vingt ans. Il portait une casquette de chauffeur qu'il ôta précipitamment, soulevant une masse de cheveux noirs qui retomba en mèches désordonnées sur son front.

— Américaine?

— Française, mais je suis mariée à un Américain.

— Magnifique. J'aime les Américains. Je peux vous conduire quelque part. Mon taxi est tout près.

Il avait un visage agréable et souriait aimablement.

— Je vais à la gare. Vous êtes bien jeune pour avoir une licence de taxi.

— Reconnaissance de la République française pour faits de résistance, déclara-t-il avec fierté tout en lui prenant sa valise. Mes parents ont une ferme en Normandie. J'étais en train de traire les vaches quand les copains de votre mari ont débarqué. C'était bon de leur donner un coup de main. Pas le jour même, bien sûr, mais par la suite. Ça a quand même duré deux mois avant qu'ils puissent marcher sur Paris.

Il mit sa valise dans le coffre, ouvrit la portière, mais elle refusa de s'asseoir à l'arrière et s'installa à son côté.

— Je veux voir la ville.

— Vous allez être surprise, prévint-il en démarrant.

Ils mirent un temps fou pour accéder à l'artère principale. Chaque carrefour, chaque quartier était encombré de camions, les uns garés n'importe où, chargeant des décombres, déchargeant des matériaux, les autres se croisant, se dépassant à grand renfort de Klaxon. Des pelleteuses défonçaient le sol, d'autres déblayaient les ruines. D'énormes machines pétaradantes barraient les rues, entravaient la circulation. La ville entière n'était qu'un immense chantier, enveloppé de poussière grise, assourdi des grondements de moteurs, hérissé de grues, monstres géants qui promenaient au-dessus des maisons en ruine des plateaux débordant de briques et de sacs de ciment. Elles étaient si nombreuses et si proches que, de loin, on pouvait imaginer que les longs bras de métal allaient immanquablement se heurter dans leur mouvement, les câbles s'entortiller, les lourdes charges se fracasser les unes contre les autres, amplifiant la pagaille déjà existante.

— Je vous avais dit que ce serait impressionnant.

— Je savais que la ville avait été bombardée. Mais je ne m'attendais pas à un tel chaos.

— Ah ! Ça, pour être bombardée, elle l'a été et copieusement. Les Alliés n'ont pas fait dans la dentelle. De ma ferme, j'entendais les explosions, jour et nuit. Ça n'arrêtait pas. C'était la guerre, que voulez-vous ? Et maintenant, avec leurs sous, je devrais dire leurs dollars, on reconstruit. C'est la vie. La vie du plan Marshall. Vous allez voir la gare, c'est pareil. Un vrai capharnaüm. On refait tout. Mais je connais les quais, je vous aiderai à vous y retrouver. Vous allez où ?

— Saint-Étienne.

— Ah ! Saint-Étienne, la manufacture, le charbon, le vélo. Vous savez qu'ils ont relancé le Tour de France l'an passé ? Cette année, il se terminera le 25, à Paris, c'est dans trois semaines.

Il n'avait pas exagéré en parlant de capharnaüm. La gare était sens dessus dessous. Ils piétinèrent dans la poussière jusqu'à la verrière abritant le hall. Ils se faufilèrent entre les chariots jusqu'au guichet où elle put acheter son billet. Puis, portant toujours sa valise, il lui indiqua le quai où elle devait embarquer et la laissa dans une salle d'attente improvisée.

— Vous avez été très efficace, lui dit-elle en glissant dans sa main un généreux pourboire. Je vous remercie.

Il ouvrit de grands yeux en voyant le billet.

— C'est moi qui vous remercie. Ce n'est pas tous les jours qu'on a des clientes comme vous. En France, vous savez, c'est plutôt chiche.

« C'est plutôt chiche. » Elle ne se souvenait plus de cette expression qui la fit sourire.

En Amérique, en dépit de la prospérité de Wales' Farm, elle avait vécu chichement, car chez les Wales on ne dépensait guère. Mais cette période était révolue. À New York, elle s'était rendue dans une succursale de la banque où son père avait un compte. Il lui avait suffi de quelques coups de téléphone et d'une signature pour qu'elle pût retirer tout l'argent dont elle avait besoin.

Avait alors commencé pour elle une aventure extraordinaire. Elle avait deux jours à attendre avant d'embarquer sur le *De Grasse*, elle les vécut dans une frénésie de dépenses, comme si elle voulait rattraper ces trois années d'abstinence pendant lesquelles elle avait perdu jusqu'à l'envie de se choisir une nouvelle robe. D'emblée, elle s'interdit les magasins de prêt-à-porter, sachant que Clémence pourrait lui confectionner les plus belles toilettes à la mode, mais elle acheta, sans se soucier du prix, sacs à main et chaussures, foulards de soie et gants en peau d'agneau. Puis, passant devant un parfumeur, elle eut l'idée d'offrir un flacon à sa mère. S'ensuivit une profusion de cadeaux pour toute la famille. Sa valise étant déjà bien pleine, elle dut faire l'acquisition d'un bagage à main. Le soir à son hôtel, elle riait toute seule en étalant ses emplettes sur le lit, baignant dans un bonheur quasi puéril, se culpabilisant de ne pas éprouver plus de tristesse alors qu'elle venait de quitter son mari.

— Je m'en voulais d'être si heureuse, dirait-elle plus tard à sa cousine. J'aurais dû me sentir écrasée de remords et de chagrin. Mais il n'y avait aucune souffrance en moi. Sinon le simple regret que ce ne soit pas lui qui soit à l'origine de mon bonheur.

***

Le voyage en train fut long, mais pas un seul moment elle ne se languit. Elle retrouvait la France, sa campagne, ses villages. Par la fenêtre ouverte lui parvenaient des odeurs de foin coupé et de fruits mûrs qui ravivaient en elle des souvenirs oubliés.

Arrivée à Saint-Étienne, elle laissa l'émotion la submerger quand elle vit sur le quai de la gare ses parents, sa grand-mère Clémence, sa cousine Claire, Tante Lucille et même Oncle Mathias. Au bout du quai, ils formaient un petit groupe qui la regardait se frayer un chemin entre les passagers avec une impatience mêlée d'incrédulité. Elle courut à eux, mouilla de ses larmes les joues de tous, se laissa embrasser, ébouriffer, chiffonner avec une joie sans pareille. Elle marqua un temps d'arrêt devant sa mère. Sa minceur la faisait paraître plus grande, d'autant qu'elle portait une robe cintrée admirablement coupée et de hauts talons. La tresse de ses longs cheveux s'enroulait bien au-dessus de sa nuque et ses admirables yeux ourlés de brun et de bleu riaient de plaisir en l'enveloppant de tendresse. Une fraction de seconde se superposa le visage de Joan Wales, avec son air austère et son regard froid.

— Oh, Maman, que tu es belle !

— Ma chérie, c'est le bonheur de te revoir. Ou le bonheur tout court, ajouta-t-elle en se tournant vers Géraud avec un sourire complice.

— Si tu savais combien de fois on a souhaité ta visite.

— Je pense que ce ne sera pas une simple visite.

La nouvelle du retour de Céleste se diffusa comme une traînée de poudre. Il y eut même un entrefilet dans *La Tribune* faisant état de l'« Américaine de retour au pays ». Mais elle eut la sagesse de ne pas tomber dans un tourbillon d'invitations de la part d'amis et de relations des Bonnefont et des Fougerolles, pour beaucoup motivées par une évidente curiosité : revenait-elle pour quelques semaines ou quittait-elle définitivement l'Amérique et son mari ?

Une fois les effusions des retrouvailles passées, au bout de quelques jours, Perline fut la première à l'interroger sur les raisons profondes de son voyage.

— Je n'en sais rien moi-même, avoua Céleste. J'arrive toujours à la même conclusion : que ce soit dans trois mois ou dans trois ans, mon retour chez les Wales me paraîtra toujours aussi insupportable. Ce n'est pas Alexander que je quitte, ce sont les conditions dans lesquelles je vivais. Leur maison est trois fois plus grande que la tienne, Maman, mais cela ne change rien à la promiscuité. Comme nous étions des gens bien élevés, nous nous côtoyions chaque jour dans une parfaite harmonie. Tous vaquaient à leurs occupations, se retrouvant le soir pour définir celles du lendemain, discutant de choses et d'autres en évitant soigneusement les sujets dérangeants, comme l'amour, l'argent, l'épanouissement personnel ou même la ségrégation raciale. À la ferme des Wales, on travaille pour le maïs, rien que pour le maïs. Amender le sol, traquer les animaux prédateurs, endiguer le fleuve, entretenir les silos. L'exploitation monopolise tous les bras. Tu as entendu parler de ces fermes d'État en Union soviétique ? Les sovkhozes ou les kolkhozes, je les confonds toujours. Eh bien, c'est pareil chez les Wales. On met tout en commun, les ressources, les biens, le travail. Rien n'est à soi ; tout appartient à la communauté.

Céleste s'enflammait, animée par le besoin d'exorciser cette rancœur qui la consumait.

— Vois-tu, Maman, les Wales ont trouvé le moyen d'instaurer un régime communiste en Amérique. C'est extraordinaire, n'est-ce pas ? À l'échelle d'une famille, certes, mais un régime communiste tout de même, avec ses prolétaires et ses apparatchiks. À la seule différence que la religion y tient la première place.

Perline ne put retenir un sourire.

— Je ne peux pas te reprocher d'être partie, lui dit-elle. J'aurais probablement fait pareil dans ces conditions. Te connaissant, je m'étonne même que tu aies tenu trois ans.

Céleste haussa les épaules.

— Alexander était malade… Et puis, j'étais amoureuse.

— « J'étais », souligna Perline en fronçant les sourcils. Tu ne l'aimes donc plus ?

— Je ne sais pas, Maman. Je ne sais plus.

— Souhaites-tu divorcer ?

— Non ! déclara-t-elle, péremptoire.

— Voilà au moins qui est clair.

— Pour l'instant, je ne veux pas le revoir. L'avenir me fera savoir ce que je dois faire.

Dans sa chambre qu'elle retrouva non sans une certaine émotion, rien n'avait changé. La commode, les chevets, les tableaux aux murs, le lit où elle s'allongea. Les mains nouées derrière la nuque, elle écoutait les bruits familiers monter du jardin, le cri d'un oiseau nocturne, le vent glissant dans les branches, les pas de Géraud et de sa mère qui prenaient le frais ensemble. Quelques paroles échangées à voix basse. Parfois, un rire amusé. Eux au moins avaient réussi leur union, pensa-t-elle. Son mariage avec Alexander était un échec et pourtant leur amour était si fort. Elle l'avait cru indestructible. Il avait suffi de trois années à Wales' Farm pour tout gâcher. Submergée par les doutes et les regrets, elle sentit monter en elle une vague d'émotions si puissante que les larmes lui vinrent aux yeux.

— Écoute, ma chérie, prends ton temps, l'avait rassurée sa mère, consciente de sa souffrance. Passe quelques jours ici en notre compagnie, puis va voir la boutique de ta grand-mère, elle se languit de toi. Elle veut te parler, m'a-t-elle dit.

Si trois années de paix n'avaient guère bouleversé l'aspect de la ville de Saint-Étienne, toujours boursouflée de ses terrils grondants, hérissée de ses cheminées d'usines et de ses chevalements de mines, les Stéphanois par contre avaient profondément changé. Aux visages fermés et suspicieux des années d'occupation avaient succédé des figures détendues, des regards expressifs. Les femmes s'interpellaient volontiers d'une fenêtre à l'autre en étendant leur linge. Les gens bavardaient devant les étals du marché, s'indignant des prix qui montaient en flèche, tentant une plaisanterie avec le camelot pour marchander le prix du kilo de pommes de terre. Des attroupements rigolards se formaient devant les cinémas où s'affichait le dernier film de Bourvil. Dans les rues, il suffisait d'un rien, un trou béant au milieu du trottoir, un gamin qui traversait en courant, pour qu'on se lance dans des palabres interminables sur la lenteur des travaux ou le manque d'éducation des enfants. Des récriminations le plus souvent. On se plaignait de la vie difficile car les restrictions perduraient, nécessitant encore des cartes d'alimentation et des tickets de rationnement. Mais au fil de la conversation, on finissait toujours par laisser glisser un souffle d'optimisme.

Quelques jours après son arrivée, elle se rendit à l'atelier de couture. En chemin, elle croisa de nombreuses mamans et ne put s'empêcher d'en faire la remarque.

— Grand-Mère, je n'ai jamais vu autant de poussettes et de landaus dans les rues. C'est à croire que toutes les jeunes femmes se sont mises à procréer.

— Ils appellent ça le baby-boom, ma petite fille. Ce que les affiches de propagande et les incitations de nos politiciens n'ont jamais réussi à faire passer en 1920, la paix de 1945 y est parvenue. Les deux millions de prisonniers partis travailler en Allemagne sont revenus. Et le travail ne manque pas. Beaucoup d'ouvriers font double journée. C'est de la fatigue, mais c'est de l'argent qui rentre. Regarde, mon magasin ne désemplit pas et j'ai une liste de commandes qui s'allonge dangereusement. Il va falloir que tu me donnes un coup de main, sinon je ne m'en sortirai pas.

Céleste fronça les sourcils.

— Pardonne-moi, Grand-Mère, mais je n'ai pas envie de tenir une aiguille…

— Qui te parle de tenir une aiguille ? Mes deux cousettes y réussissent très bien. Claudette est la fée de la machine à coudre et Marceline fait des points aussi invisibles que les fils d'une toile d'araignée. C'est ici que j'ai besoin de toi. Dans mon atelier. Il est temps que tu apprennes la coupe et le dessin. Ne m'as-tu pas raconté que tu avais dessiné le costume de la reine de Saba pour la fête de l'école ? Ça ne t'a guère réussi ! Tant pis pour eux, c'est qu'ils n'ont rien compris. Un jour tu retourneras peut-être en Amérique. Dans ce cas, tu emporteras ton savoir avec toi. Et cette fois, tu t'imposeras. Écoute-moi, petite. Devenir une grande couturière nécessite deux qualités : écouter et observer. Tu dois savoir qui va porter le vêtement et à quoi il va servir. Pose discrètement des questions afin de bien connaître ta cliente. Et tout en bavardant, tu l'observes. Il y a des blondes et des brunes, des petites et des grandes, des affairées et des indolentes. À chacune convient une couleur, un modèle, un tissu différent. On ne porte pas de la soie comme du lainage. Le rose devient insupportable sur une rousse alors que le vert lui va à merveille. Celle qui a les hanches larges devra éviter les jupes plissées.

— Mais c'est quand même les clientes qui choisissent.

— Non, justement. Laisse-les parler, et après, c'est à toi de les guider. La plupart du temps, elles ne savent pas ce qui leur convient le mieux. Tu ne feras pas un tailleur de lin à une jeune femme qui prend le tram plusieurs fois par jour. À la fin de la journée, la pauvre aurait l'air d'une poupée de chiffon. Tu souris ? Mais je dis vrai. De même qu'une petite rondelette devra éviter les fronces à la taille si elle ne veut pas avoir l'air d'un sablier. Tu vois, Céleste, ce sont tous ces petits trucs, ces infimes détails que je vais t'enseigner et qui font qu'on devient une grande couturière.

— Mais alors, à quoi te servent tous ces catalogues ?

Clémence jeta un coup d'œil sur la table couverte de magazines et eut une moue de mépris.

— Oh, ça ! Un support, ma petite, rien qu'un support. Les créateurs, c'est nous. Et maintenant, va voir ta cousine. Je vous rejoindrai plus tard.

Céleste prit le chemin du village. La campagne resplendissait sous le soleil déclinant de ce mois de juillet et l'ombre des grands arbres s'étirait sur le chemin. Dans les prés, le museau dans l'herbe, les vaches avaient repris leurs pas tranquilles après la traite du soir. Sur l'autre rive du Gier, une légère brume de fin de journée caressait les collines, s'élevait jusqu'au sommet du Pilat qui rayonnait encore de clarté tandis que le fond de la vallée s'assombrissait déjà.

J'avais oublié comme mon pays est beau ! songea-t-elle en montant le sentier qui coupait à travers champs.

Sur les Hauts de Saint-Jean, Claire l'attendait avec impatience.

— Tu restes quelques jours ici, n'est-ce pas ? On a tant à se raconter.

Clémence arriva à son tour après avoir traversé la cour qui séparait leurs deux maisons. Elle apportait une tarte aux pommes, celles du verger de Mathias.

— Que je suis fatiguée ! soupira-t-elle en se laissant tomber sur une chaise.

— Vous devriez prendre votre retraite et cesser d'habiller la moitié des bourgeoises de Saint-Étienne, lui dit Lucille qui l'avait toujours vouvoyée, même après son adoption.

— Je me contente de quelques-unes et c'est déjà beaucoup. Quant à prendre ma retraite, j'y réfléchis depuis longtemps. À vrai dire, j'ai peur de m'ennuyer à ne plus savoir que faire dans ma vieille ferme. Céleste va m'aider à l'atelier, n'est-ce pas, petite ? Tu avais déjà des dispositions quand tu étais gamine. L'apprentissage ne sera pas trop difficile.

Dorian déboucha une bouteille de vin et commença à remplir les verres.

— N'oubliez pas, Clémence, que si votre maison vous paraît trop grande nous avons une chambre ici toute prête à vous accueillir.

— Je sais, mes enfants. Je sais que je serai bien chez vous.

— Ce qu'il faudrait, Grand-Mère, c'est rénover la ferme, déclara Claire en posant le plat sur la table.

— Tu me l'as répété vingt fois et tes idées me font peur. Tu veux mettre les chambres dans la grange, convertir le grenier en mezzanine, remplacer les croisées par des portes-fenêtres et d'autres bouleversements où je ne me reconnaîtrai plus.

— Mais ce serait magnifique ! s'exclama Céleste, amusée.

— Grand-Mère se trouve trop vieille pour commencer ce chantier.

— Je n'ai pas besoin d'une villa. Vous ferez ce que vous voudrez quand je ne serai plus là. En attendant, ne laissons pas le plat refroidir.

Clémence ne souhaita pas s'attarder après le repas et se laissa raccompagner jusqu'à sa porte. Claire et Céleste débarrassèrent la table et firent la vaisselle pendant que Dorian et Lucille prenaient le dernier verre avant de monter se coucher.

— Ne tardez pas trop ! lança Lucille dans l'escalier, persuadée qu'elles n'en feraient rien.

— Demain, c'est dimanche, Maman. On n'a rien à faire, répondit Claire avec un sourire de connivence en direction de Céleste.

Les deux cousines avaient naturellement retrouvé l'amitié qui les unissait. C'était comme si ces trois années n'avaient pas existé. Le moment était venu de raconter et de partager ce qu'elles avaient vécu. Céleste commença par décrire son voyage sur le *De Grasse*. Ses parents n'avaient pas lésiné sur le prix et lui avaient réservé une cabine pour elle seule sur le pont supérieur. Elle avait passé ces cinq jours de traversée à nouer des relations, certes superficielles, mais sympathiques.

— Rester enfermée dans ma cabine me paraissait insupportable. J'avais peur de me laisser gagner par les remords. Il fallait que je m'agite.

— Pourquoi des remords ?

— Je venais de quitter mon mari.

— Et maintenant ?

— Je m'interroge encore. Était-ce le bon moment ? Ne me suis-je pas trop précipitée ? Ai-je pris la bonne décision ? J'en ai beaucoup parlé avec Maman. Je ne sais pas si elle m'approuve, mais elle me comprend.

— Il n’avait qu’à accepter ta proposition. Pourquoi faut-il que ce soit toujours les femmes qui se soumettent ?

Céleste lui expliqua la honte qui aurait entaché le nom des Wales, les *farmers* les plus fortunés de la contrée, s’ils avaient laissé leur belle-fille travailler en ville comme une pauvresse obligée de gagner sa vie.

— Un homme est censé entretenir son épouse et ses enfants, poursuivit Céleste. Si certaines femmes exercent une profession, c’est parce que le salaire du mari est insuffisant. Imagine la réaction de leur petite communauté à l’esprit étroit si j’avais ouvert une boutique à Greensborough ! Sans compter qu’une boutique signifie des clients, des rencontres. Et si j’avais obtenu ce poste de professeur, j’aurais eu des contacts avec les parents d’élèves. J’entends d’ici les commérages colportés à la sortie de l’église : « Avez-vous remarqué ? Depuis que Mrs Wales donne des cours au petit Untel, son père est toujours fourré au parloir... »

Claire riait franchement. Elle adorait son accent et lui trouvait « un chic fou ».

— Le bénévolat, les associations, les dames charitables, tant que tu veux, continua Céleste. Mais exercer une profession ! Les Américains, du moins ceux que j’ai connus là-bas, sont d’un traditionalisme que je croyais révolu. Une femme qui gagne de l’argent est une femme indépendante, le plus souvent intelligente. Deux avantages qui font courir un grand risque à leur supériorité masculine. L’Amérique, le pays des libertés, vois-tu, ce n’est pas ce que tu crois.

Elle raconta en riant comment elle avait joué du piano, le jour de la Libération.

— Imagine un peu la tête des Wales quand je suis sortie du pub ! C’était ahurissant ! Ils étaient pétrifiés.

Et Soliès, la pauvre Soliès, elle était cramoisie. Si elle avait pu rentrer sous terre, elle l'aurait fait.

L'aiguille de la pendule avançait tranquillement. La conversation glissait d'un sujet à l'autre parfois sans transition.

— Et toi ? Toujours avec les anciennes de Sévigné ?

— Toujours. Mais on est moins nombreuses qu'avant. Certaines se sont mariées, d'autres ont quitté la région.

Les deux jeunes filles n'en finissaient pas d'évoquer les dernières années. Elles ponctuaient leurs propos de rires, d'exclamations étouffées ou de gloussements discrets. Parfois, de la chambre au-dessus, s'élevait une voix ensommeillée :

— Il est tard, les filles, il faut vous coucher.

Mais il y avait trop à dire et elles étaient si heureuses de se retrouver.

— Et ton amie, Marie-Ange Boissiac ?

— Tu te souviens d'elle ?

— Vaguement. Et tu m'en as beaucoup parlé dans tes lettres.

— En ce moment, son fiancé, Paul Bonneville, est à Paris, à l'hôpital du Val-de-Grâce où des spécialistes vont adapter une prothèse à son pied. Son mariage devrait avoir lieu au printemps prochain ou pendant l'été. Des fiançailles qui traînent. Elle est… comment dire… résignée.

— Résignée ! Quelle tristesse ! Et toi ?

Claire eut un sourire épanoui.

— Ai-je l'air d'une résignée ? J'ai vingt et un ans et je mène la vie qui me plaît. Salariée de mon père et de mon oncle, je ne gagne pas une fortune, mais sans être ni une fourmi ni une cigale, je dépense mon argent en sorties et autres babioles. Oui, j'ai un petit ami en ce moment : Charles. C'est le frère de Sophie, une fille de notre groupe. Je ne crois pas que tu la connaisses, elle n'était pas de Sévigné. Oh, sois tranquille, je ne suis pas une dévergondée et notre conduite n'a rien d'immoral. Un bisou par-ci, par-là. Charles est un compagnon agréable. De toute façon, je ne suis pas amoureuse. Lui non plus, d'ailleurs. Notre flirt a l'avantage de tenir à l'écart ceux et celles qui tenteraient quelque chose de sérieux dont ni l'un ni l'autre n'avons envie.

Céleste hésita une fraction de seconde avant de lâcher :

— Et Florian ?

— Je n'ai aucune nouvelle de lui, répondit Claire sur un ton détaché qui ne lui était pas habituel. Peut-être est-il encore en Afrique. Qu'importe ! Ça m'est égal. Je ne sais pas pourquoi je me suis laissé emporter dans des rêves chimériques d'amour romantique, sous prétexte qu'on avait échangé des idées et qu'on s'était embrassés. Il m'avait impressionnée par sa façon de penser, d'affronter sa famille, leurs préjugés. Je l'avais trouvé très… moderne… progressiste, c'est ça, progressiste. Je crois que moi aussi je lui avais fait bonne impression. Il s'intéressait à ce que je lisais, à ce que je faisais, la serre, les cultures. Puis il y a eu cette journée de fiançailles. Je n'ai pas compris son attitude. Par orgueil, j'ai joué le mépris, mais j'en ai profondément souffert. J'ai passé des nuits à lui trouver des raisons, à chercher des explications que je rejetais les unes après les autres. J'étais tellement amoureuse que je lui aurais tout pardonné s'il m'avait seulement écrit un mot d'excuse. Rien. Ce que j'ai pu être stupide ! Mais ne t'inquiète pas pour moi, j'ai tiré un trait sur cette histoire. Dis-moi, ça t'intéresse d'aller ramer sur la Loire demain après-midi ? Tu verras, on ne sera pas les seules…

***

S'efforçant de ne plus penser à son couple, à sa vie en Amérique, et surtout de ne pas culpabiliser, Céleste se lança dans l'activité et la couture. Elle s'aperçut très vite qu'elle travaillait différemment de Clémence. Alors que sa grand-mère visualisait les robes et les chemisiers directement sur ses clientes, Céleste éprouvait le besoin de les dessiner. Elle acheta des blocs de papier et toute une série de craies de couleur et se mit à tracer des ébauches de silhouettes drapées dans des soieries serrées à la taille ou des cotonnades près du corps.

— Tu avais déjà un bon coup de crayon quand tu étais jeune, l'encourageait Clémence.

Les clientes se penchaient sur ses croquis, donnaient leur avis, tentaient ceci ou cela, Céleste ajoutait un volant, une dentelle, complétait avec des fronces savamment disposées, découvrait la jambe ou cachait le mollet, jusqu'à ce que le vêtement convienne exactement à leur goût et qu'elle voie apparaître sur leur visage le sourire de satisfaction accompagnant généralement l'approbation finale :

— C'est exactement ce qu'il me faut !

Au fil des semaines, Céleste prit de l'assurance, non seulement dans les croquis, mais aussi dans ses rapports avec la clientèle. Elle travaillait avec plaisir et, si elle se considérait toujours comme un amateur, Clémence ne manquait pas de la traiter en professionnelle. D'ailleurs, sous prétexte de fatigue, elle espaça ses heures de présence à l'atelier.

— Je te fais confiance, Céleste, disait-elle. Je suis sûre que tu vas très bien t'en tirer avec Mme Janin. Elle prend parfois des airs supérieurs, mais elle reconnaît que nous avons du goût. Surveille un peu notre vendeur. Louis a tendance à forcer un peu la vente. J'aime mieux remettre un vêtement sur un cintre que de perdre une cliente.

Entre deux essayages, Céleste trouva le temps de dresser la liste complète de celles qui venaient régulièrement. Pour chacune d'elles, elle créa une fiche avec son nom, sa taille, ses mensurations. Pour certaines, elle ajouta les ébauches des modèles qu'elles avaient achetés. Elle eut l'idée de faire une ristourne pour les plus fidèles, soit sous forme de rabais sur le prix, soit sous forme de cadeau, une ceinture, une écharpe, une fleur à épingler à la boutonnière. Avec l'aide de Louis, elle compléta ses renseignements, ajoutant le moindre détail qui pouvait l'aider par la suite à satisfaire une commande : « déteste la couleur verte » ou « apprécie le velours et la soie ». Absorbée par son travail, elle réussit à mettre en sourdine ses remords et ses douloureux souvenirs d'Amérique.

— Enfin, je me sens utile, confia-t-elle un soir à sa mère.

***

Céleste reçut la lettre de Soliès au printemps 1949. Après des semaines d'errance dans différents bureaux de poste, faute d'affranchissement suffisant – les nombreux cachets et tampons sur l'enveloppe en témoignaient –, elle avait fini par être régularisée par un préposé indulgent avec une ultime estampille paraphée de sa main. La missive lui parvint alors qu'elle avait perdu tout espoir de recevoir une réponse aux siennes. Quelques jours après son arrivée, huit mois plus tôt, Céleste avait envoyé un courrier à Wales' Farm, un autre plus personnel à son mari, précisant qu'elle s'était à nouveau installée dans sa famille et travaillait au magasin. Elle ne parlait ni de ses projets en France ni d'un possible retour en Amérique, mais espérait avoir des nouvelles. Que ce fût sa belle-sœur qui ait pris l'initiative de la correspondance et non Alexander ne l'étonna pas outre mesure. Ainsi qu'il l'avait exprimé avec beaucoup d'amertume sur le quai de la gare, il n'y avait plus rien à dire.

Elle déplia avec une fébrilité heureuse les quatre feuilles couvertes d'une écriture fine et serrée et découvrit à travers elles une nouvelle Soliès discoureuse et pleine d'allant. Elle s'excusait d'avoir autant tardé à répondre, les gros travaux de l'été et les labours d'automne l'en ayant empêchée. Après quelques banalités d'usage sur le mauvais temps qui sévissait et les rhumes dont tous étaient accablés, elle en vint à parler de la vie à Wales' Farm. James était de retour, mais il ne pouvait pas faire grand-chose et c'était Douglas qui conduisait les machines. Ils étaient maintenant vingt-sept ouvriers autour de la table et presque autant pour le *lunch*. Connie, la femme de Séverin, avait été embauchée à la cuisine pour la remplacer. Mais, un matin, embonpoint ou maladresse, Connie avait trébuché et renversé la grande marmite de soupe qui s'était répandue sur le sol, causant d'incroyables dégâts car il avait fallu déplacer les meubles pour tout nettoyer. Mrs Kate, la cuisinière, avait piqué une grosse colère. Non pas contre Connie, mais contre Joan, au risque de devoir rendre son tablier.

— Tout cela ne serait pas arrivé si vous n'aviez pas renvoyé votre belle-fille en France ! avait-elle crié.

Il fallait croire que Kate était jugée irremplaçable car Joan ne l'avait pas licenciée, se contentant de répliquer vertement :

— Je n'ai renvoyé personne, Céleste est partie de son propre chef.

En entendant parler de son épouse, Alexander avait poussé la porte de la cuisine et c'est sur lui qu'était retombée la rage de Joan, qui avait utilisé les mêmes mots que Mrs Kate :

— Tout cela ne serait pas arrivé si tu avais su garder ta femme.

Révolté par la volte-face de Joan qui passait soudain du rôle de bourreau à celui de victime, Alexander avait préféré partir plutôt que de lui jeter à la figure les vérités qu'il avait sur le cœur. Sans un mot mais plus blême qu'un mort, il avait rempli son sac de victuailles et était sorti précipitamment sous l'œil médusé de son père et de toute l'équipe qui n'avait rien manqué de l'altercation.

On ne l'avait pas revu de trois jours. Soliès avait mené sa petite enquête et appris que son frère s'était rendu chez un copain de l'armée, lequel, paraît-il, n'arrivait pas à se réadapter à la vie civile et se préparait à reprendre du service.

« Je crains, écrivait Soliès, qu'il n'influence mon frère. Si Alex se mettait en tête de partir à nouveau sous les drapeaux, il y aurait de fortes chances qu'il soit envoyé en Corée où il serait bien capable de se faire tuer. La tension monte là-bas et les raids de part et d'autre de ce 38e parallèle se multiplient. Tout cela va mal finir, nous a dit Douglas en écoutant les informations. Alex ne va pas bien du tout. Tout l'été, il s'est tué au travail, ne rentrant que tard le soir, évitant les repas en famille, avalant ce qu'il trouvait dans la cuisine ou les burgers que lui préparait la cuisinière, et se plongeant dans la lecture de revues auxquelles il s'est abonné, dont une en langue française. Depuis que tu es partie, il n'a pas prononcé deux phrases de suite et ne s'intéresse à rien de ce que nous faisons. Il s'est renfermé sur lui-même et affiche un visage de déterré.

Maman a essayé de le raisonner, mais elle s'y est mal prise car, en fait, elle lui a reproché surtout de ne plus assister à l'office du dimanche et de ne pas assez prier. Alex est trop poli et trop respectueux envers notre mère, sinon je crois qu'il lui aurait volontiers ri au nez. Papa n'est pas intervenu. Il pense que personne n'a le droit de se mêler de ses problèmes et, dans le fond, il est très content d'Alex car il a fait du bon boulot avec son équipe pour finir le canal d'irrigation avant les grands froids… »

Elle consacrait encore une page à décrire la métamorphose de Greensborough, où venaient de s'installer deux grandes unités industrielles. L'une pour la production d'éthanol, saluée par trois points d'interrogation signalant qu'elle ne savait pas de quoi il s'agissait ; l'autre pour la fabrication d'engrais dont le maïs était gros consommateur. Les nouveaux embauchés souhaitaient s'installer et on construisait beaucoup de logements.

« Maman est toujours aussi tyrannique, peut-être encore plus maintenant que tu n'es plus là pour alléger les tensions par ton humour et ta bonne humeur. Quoique, à la fin, tu avais beaucoup perdu de ces deux qualités. On en comprend mieux les raisons maintenant. Miranda qui est près de moi me dit que tu lui manques, comme à moi, comme à nous tous. Écris-nous. Nous avons besoin de ce petit air de France… »

Ce flot de nouvelles réveilla de multiples souvenirs. La ville, la ferme, la cuisine et son grand réfectoire, le café du matin, silencieux, et le *breakfast* de neuf heures, toujours très animé. Elle relut plusieurs fois la missive avec émotion, mais aussi avec un certain malaise, comme s'il s'y était glissé une information capitale dont elle n'arrivait pas à trouver l'objet. Elle rangeait la lettre dans son enveloppe, remisant provisoirement le problème, quand soudain la lumière se fit dans son esprit : Alexander pourrait reprendre du service dans l'armée. Inquiète, elle en parla à son père.

— Tous les soldats américains ne vont pas à la guerre, Céleste, affirma Géraud, sentant son besoin d'être rassurée. Même si ton mari faisait le choix de reprendre l'uniforme des GI – ce qui n'est pas confirmé –, rien ne dit qu'il partirait en Corée. Pour des raisons idéologiques ou simplement pour le maintien de l'ordre et de la paix, des régiments entiers occupent des postes stratégiques en Allemagne, en Italie et même en France. Et ceux-là n'auront probablement pas l'occasion de se servir de leur arme.

— Surtout ne te culpabilise pas d'être partie, renchérit Perline. Vous avez l'un comme l'autre besoin de vous éloigner.

— Maman, c'est à n'y rien comprendre. Quand j'étais en Amérique, toutes mes pensées étaient tournées vers la France, et maintenant que je suis en France, je ressasse les souvenirs de ma vie en Amérique. Je ne sais pas ce que je veux. Je ne sais pas où je serai le mieux. Je suis une girouette qui tourne au vent.

— Non, ma fille, tu es comme tous ces émigrés qui ont des liens profonds avec leur pays d'origine et ont tissé des liens tout aussi profonds avec leur pays d'adoption. Ils ne sont à l'aise nulle part. C'est un déchirement perpétuel. Mais comment pouvais-tu le savoir avant d'en avoir fait l'expérience ?

20

1949-1950, Saint-Étienne

En octobre 1949, le fils de Mathias et de Julie, Vincent Dieudonné, entra en apprentissage aux Filatures et Tissages Fougerolles. Il avait dû batailler fort pour persuader ses parents de ne pas l'envoyer au lycée, convaincu qu'il y perdrait son temps. Dès le premier jour, Géraud le prit paternellement par l'épaule et lui fit faire le tour des installations, soucieux de le plonger sans ménagement dans l'univers des claquements assourdissants, des grincements des courroies et des odeurs rebutantes d'huile et de teinture. Puis il l'installa derrière un métier à tisser auprès d'une ancienne et lui intima l'ordre de suivre chacun de ses gestes et de n'en oublier aucun jusqu'à ce qu'il puisse lui-même actionner la navette.

— Ce petit doit apprendre comment fonctionnent les machines, déclara-t-il.

— Il devra aussi apprendre qui sont nos clients et comment payer ouvriers et fournisseurs, renchérit Perline qui le fit passer par son bureau au moment de la fermeture.

Vincent comprit très vite que si ses parents lui avaient permis de quitter l'école, ce n'était pas pour le voir musarder à vélo ni cueillir des mûres sur les chemins, mais bien pour qu'il se lance dans le monde du travail. De toute façon, il n'avait pas le choix. C'était soit l'usine soit le lycée. Et qui disait lycée disait aussi pension, comme ses cousines.

Cette année-là vit aussi la sortie du livre de Simone de Beauvoir : *Le Deuxième Sexe.* Céleste, qui fréquentait régulièrement la librairie Plaine, l'aperçut sur le présentoir. Le titre l'interpella ; elle l'acheta, ne le lâcha pas avant le point final. Alors elle retourna au magasin. Il ne restait plus que trois exemplaires qu'elle emporta sur-le-champ, sachant déjà à qui elle les offrirait : sa mère évidemment, Claire et pourquoi pas Marie-Ange. Après l'avoir lu, Perline se contenta de hocher gravement la tête et de déclarer avec assurance :

— Les femmes ont dix mille ans de servitude derrière elles et ce n'est pas la plume de cette philosophe, si talentueuse soit-elle, qui parviendra à y mettre fin. C'est aux femmes à se bouger pour que ça change.

Plus enthousiastes et moins pessimistes, les trois jeunes filles ne cessaient d'échanger leurs points de vue, de discuter sur le rôle des femmes, de reconstruire la société. Ce qu'elles faisaient encore, ce dimanche-là, sur les Hauts de Saint-Jean où Claire avait invité Céleste et Marie-Ange.

— J'espère bien que les femmes ne mettront pas dix mille ans pour conquérir leur indépendance, déclara Claire en apportant le café.

— Peut-être pas dix mille ans, rétorqua Marie-Ange, mais certainement plusieurs générations. Tu n'as qu'à voir où m'a conduite mon éducation de fille soumise à l'autorité paternelle. Jupe plissée, nattes dans le dos :

« Oui, Papa… Bien sûr, Papa. » Que je l'admette ou non, je n'ai pas choisi mon futur mari. Paul Bonneville plaisait plus à mes parents qu'à moi. Je n'ai même pas eu le choix de mes études. Je devrai faire sociologie. Maman ne sait même pas ce que c'est, mais elle approuve puisque Papa l'a dit. C'est à la mode en ce moment : faire de la sociologie, apprendre par cœur le Code civil et des montagnes d'articles pour devenir un jour assistante sociale ou diriger une équipe d'aides aux mères. Moi, je voulais devenir architecte. Mais le jour où mon père m'a accompagnée dans l'atelier d'un de ses amis pour proposer mes croquis, celui-ci lui a dit : « Boissiac, je t'aime bien et nous partageons une grande amitié. Mais ici, on ne tricote pas de la layette, ta fille devra faire autre chose. » C'en a été terminé de mes projets d'architecte.

— De toute façon, tu ne seras jamais assistante sociale, encore moins architecte. Tu vas te marier, trancha Claire. Et ça m'étonnerait que, chez les Bonneville, les femmes continuent leurs études ou exercent un métier. L'oisiveté d'une épouse signe la réussite du mari. Tout le monde sait ça. À ce propos, avez-vous enfin fixé une date ?

Marie-Ange haussa les épaules.

— Paul en est à sa troisième prothèse. Il pense que celle-ci sera la bonne. On pourrait convoler l'été prochain. Pourquoi pas au moment du passage du Tour de France ? Ce serait épatant. La caravane nous escorterait jusqu'à la mairie sous une pluie de calots en papier et de bonbons, les haut-parleurs poussés à fond et le sol jonché de crayons publicitaires.

Sous l'ironie désabusée se cachait une infinie tristesse faite d'incertitude et de résignation. Toutes trois savaient ce que serait l'avenir de Marie-Ange, une jeune mariée qui allait renoncer à son identité – jusqu'à son prénom – pour se fondre dans celle de l'époux; qui s'appellerait désormais Mme Paul Bonneville; qui passerait ses après-midi à servir le café et les petits gâteaux aux amis de la famille et qui n'aurait pour toute occupation que de sauver les pauvres de la paroisse et de collecter des dons pour la prochaine vente de charité.

Soudain, Céleste se leva, mettant fin à la mélancolie qui menaçait de s'abattre sur elles et faisait déjà naître des larmes d'amertume sous les paupières de Marie-Ange.

— J'ai reçu un colis de Soliès, ma belle-sœur. Je lui avais demandé des jeans; ils sont arrivés cette semaine. Ils n'ont qu'un seul défaut : les braguettes à boutons. Allez, les filles, séance d'essayage!

Ce fut un moment exaltant de joie et de bonne humeur retrouvées. Jupons et robes s'envolèrent pardessus les chaises au milieu des exclamations et des rires. Toutes trois, en pantalon, enfilèrent pulls et gilets. Marie-Ange saisit le chapeau de paille suspendu à la patère, s'en couvrit les cheveux, dégageant les mèches bouclées de son front.

— Magnifique! s'exclama-t-elle en tournant devant le miroir. On dirait Ingrid Bergman dans *Casablanca*. Mais où est passé mon Humphrey Bogart?... Claire, il faut absolument qu'on me voie. Je suis trop belle. Sortons, marchons jusqu'au bois!

— Trop boueux. J'ai mieux.

— Les vélos? Avec cette côte!

— Pas les vélos. On arrivera bien à se hisser toutes les trois dessus.

— Quoi?... Oh, grand Dieu! Le tracteur!

Quelques minutes plus tard, des villageois médusés regardèrent passer trois péronnelles en pantalon, juchées sur un tracteur bringuebalant, chantant à pleins poumons la crainte des hommes de voir s'envoler la séduction féminine :

La femme ayant l'air d'un garçon
Ne fut jamais très attrayante
C'est le frou-frou de son jupon
Qui la rend surtout excitante...
Frou-frou, frou-frou, par son jupon la femme
Frou-frou de l'homme trouble l'âme...

***

— J'ai eu des échos de votre équipée... hum... je cherche le mot... votre équipée burlesque, commença Perline, le soir même.

Pelotonnée dans son fauteuil près de la cheminée que Germain s'était résolu à allumer depuis que Toussaint annonçait l'hiver, Perline avait pris ce ton grave et tranquille que Céleste connaissait bien et qui ne présageait rien de bon.

— Burlesque, c'est le mot, répondit-elle en riant, feignant d'ignorer les sourcils froncés de sa mère. Il y a longtemps que je ne m'étais pas autant amusée. L'espace d'un temps, j'ai retrouvé le rire de ma jeunesse. Et Marie-Ange, si tu l'avais vue ! Heureuse comme une gamine un matin de Noël et qui chantait plus fort que Claire et moi réunies. C'est Grand-Mère Clémence qui t'a prévenue ?

— Si ta grand-mère et quelques rares villageois se sont beaucoup amusés de votre parade féministe, il n'en est pas de même de Mme Adam qui a été la première à me rapporter la chose avec un empressement et des détails qui montraient combien elle était satisfaite de dénoncer une action aussi répréhensible.

— Oh, la femme du sacristain ! C'est une vieille commère plus bavarde qu'un mainate.

— Justement. Maintenant tout le village est au courant. Ceux qui ne vous ont pas vues ont désormais la chance de vous imaginer à travers son regard. Et son regard, tu le devines, est loin d'être bienveillant.

Il en fallait plus pour déconcerter Céleste, qui haussa les épaules. Perline lissa de la main un pli invisible de sa robe avant d'offrir à sa fille un visage dépourvu d'aménité.

— Grâce à votre croisade en tracteur pour le port du pantalon, dont tout le monde fait des gorges chaudes, nous avons à présent un village coupé en deux. Ceux qui rient et ceux qui s'indignent. Inutile de te dire que ces derniers sont les plus nombreux.

Cette réflexion alluma un éclair de joie dans les yeux de Céleste. Si Perline s'attendait à un accablement coupable, elle dut se faire une raison. Non seulement sa fille n'éprouvait aucun remords, mais elle la devinait prête à recommencer si l'opportunité se présentait.

— Eh bien, nos villageois auront un sujet de conversation pour leurs longues soirées d'hiver, n'est-ce pas ? Et que dit Saint-Étienne ?

— Saint-Étienne s'en moque. Allons, Céleste, non seulement Saint-Étienne est une grande ville, mais c'est une ville grondante et remuante qui n'a que faire de vos plaisanteries. Après la grève des mineurs, puis celle des travailleurs du livre, c'est le tour des métallos qui réclament un smig à soixante-dix-huit francs de l'heure et mes ouvrières qui sont pourtant bien payées commencent à murmurer entre elles. Alors vos frasques extravagantes n'intéressent personne. Tu peux rassurer ton amie. La diffamation n'ira pas jusqu'aux Boissiac, ni jusqu'aux Bonneville. Je savais Claire capable de provocation mais pas Marie-Ange, à quelques mois de ses noces. Et toi, une femme mariée qui a abandonné le domicile conjugal…

Perline n'eut pas plus tôt terminé sa phrase qu'elle la regretta. Elle voulut se rétracter, s'expliquer, elle n'en eut pas le temps. Elle aurait dû prévoir que sa fille, piquée au vif, allait passer à l'attaque. En une fraction de seconde, elle vit son visage se métamorphoser, passer du rire à la colère.

— Pourquoi une femme mariée n'aurait-elle pas le droit de faire des plaisanteries ? Il n'y a que des gens prétentieux et bien-pensants pour les juger puériles, rétorqua Céleste avec passion. Pourquoi ne pourrait-on pas rire, chanter, s'amuser, sous prétexte qu'on a une bague au doigt ? Faudrait-il toujours avoir l'air sérieux comme ma belle-mère ? Être raisonnable, se faire du souci et prendre les choses à cœur ? Voilà ce qui m'a manqué chez les Wales : le rire. Si j'avais pu rire tout mon soûl, peut-être n'aurais-je pas quitté le domicile conjugal.

Perline tenta un geste d'apaisement, mais Céleste était lancée. Le visage courroucé, elle s'était levée et arpentait la pièce, en proie à une fureur qu'elle ne contrôlait plus. Tout ce que sa fille retenait depuis son retour s'échappait par cette brèche qu'elle avait involontairement ouverte.

— Chez les Wales il n'y avait pas de domicile conjugal. J'ai fait l'impossible pour qu'il y en ait un. Mais cette Amérique que je croyais terre des libertés est une terre de contraintes pour les femmes. La célèbre statue à l'entrée de New York n'est que de la poudre aux yeux. Dans la Constitution, la femme n'a pas sa place. Pas plus qu'elle n'a sa place dans notre Déclaration des droits de l'homme et du citoyen. Satanée terre des libertés, satanée terre de France où la femme ne peut pas s'habiller comme elle veut, où elle doit demander à son mari l'autorisation de travailler et de gagner de l'argent, où le mariage fait d'elle une mineure dépendante et dresse devant elle des obstacles qu'elle n'osera jamais franchir tant les conventions sociales et familiales pèsent lourd, où conduire un tracteur relève de la provocation... Et c'est toi qui me dis ça, Maman ? Toi qui as passé une grande partie de ta vie à faire fi des convenances ?

Perline se redressa ; son regard, ses lèvres qui demandaient pardon, qui s'excusaient, se plissèrent dans un sourire empreint de fierté. Elle se leva pour serrer sa fille dans ses bras.

— Tu as raison, Céleste. Je regrette ce que je t'ai dit. Tant pis ou tant mieux si la moitié du village est offusquée.

— Les gens s'en remettront... jusqu'à la prochaine incartade de ma cousine. Sais-tu ce qu'elle m'a dit ? « Une voiture, c'est encore cher, mais j'ai bien envie de m'acheter une Vespa. » Une Vespa, Maman. Tu n'y aurais jamais pensé !

***

Florian Boissiac sortit de la gare de Châteaucreux avec un sentiment d'irréalité. Le dépaysement était total. L'activité débordante de la ville, le grondement des moteurs, la fraîcheur, pour ne pas dire le froid glacé de ce printemps 1950, tout le secouait violemment, lui rappelant que l'Afrique et sa savane étaient loin. Une bouffée de nostalgie l'envahit qu'il repoussa délibérément. Il ne devait pas regretter son retour en France. Sa sœur allait se marier et son ami, vétérinaire comme lui, avait besoin de lui. Il devait désormais tourner la page sur cette expérience qui l'avait considérablement fait mûrir. Il en était conscient. Sur le calendrier, c'était seulement trois années d'absence, mais, dans sa tête, il avait vieilli de dix ans. Le jeune homme menu, sans grande force physique, au caractère léger et versatile, hésitant entre les propositions de ses parents et ses propres projets, avait disparu pour faire place à un homme solide, vigoureux et déterminé, qui n'avait plus rien du dandy de sa jeunesse. Là-bas, il s'était trouvé des idéaux compatibles avec sa personnalité : la lutte contre la chasse aux trophées, les soins à donner aux animaux malades, la protection de la flore et de la faune. Il s'était rendu compte de la futilité des ambitions mercantiles qui exigent toujours plus. Il n'avait pas cédé aux instances familiales le harcelant pour qu'il rentre en France, ouvre sa propre clinique vétérinaire – la plus grande de Saint-Étienne évidemment –, laquelle pratiquerait des tarifs exorbitants pour ses clients fortunés, siamois enrubannés et chiens au pedigree remarquable. Là-bas, il avait terminé ses études, passé ses diplômes et il revenait avec une solide expérience, capable désormais de tenir tête à la volonté paternelle.

Il se tourna vers le porteur qui poussait le chariot avec ses bagages.

— Emmenez tout cela à la consigne, dit-il en lui glissant une poignée de billets. Je vais d'abord rendre visite à un ami.

— Bien, monsieur.

Il n'avait prévenu personne de son arrivée et disposait de tout son temps. L'ami en question s'appelait Bastien Till. Ils avaient fait une grande partie de leurs études ensemble avant de se séparer, Bastien pour seconder le seul vétérinaire de la ville, lui pour échapper à la tutelle de la famille et fuir un avenir tout tracé.

Une plaque de cuivre sur la porte laissée entrouverte pour le passage des patients à quatre pattes annonçait les raisons sociales de cette pimpante maison, rue de la Tréfilerie. Il était trop tôt, la salle d'attente était déserte. Un homme trapu, noir de cheveux et aux sourcils froncés, sortit de la pièce du fond.

— Les consultations n'ont pas commencé… Oh, Florian ! Je ne t'attendais pas aussi tôt.

— Le prochain mariage de ma sœur a précipité mon retour.

Le froncement des sourcils céda la place à un sourire éclatant. Les deux hommes se serrèrent dans les bras, manifestant une amitié que les années n'avaient pas amoindrie.

— Alors, tu t'es mis à ton compte ? demanda Florian.

— Comme tu vois. C'était beaucoup trop petit chez mon confrère : une unique salle de consultation où on se bousculait, un couloir en guise de salle d'attente. J'ai profité de la vente de cette maison pour m'installer. Mais il n'y a pas de concurrence entre nous, nous sommes restés en bons termes.

Ils bavardèrent longuement de choses et d'autres avant d'aborder leurs projets d'avenir.

— Comme je te le disais dans ma dernière lettre, j'ai besoin de toi, commença Bastien. Quand j'ai ouvert ce cabinet, je ne pensais pas que la demande serait aussi pressante. Du jour au lendemain, la clientèle a afflué. J'ai l'impression que je soigne toute la gent canine et féline de Bellevue à la Terrasse. Du coup, je n'ai plus le temps de m'occuper de mes patients de la campagne. Alors j'ai pensé à toi. On pourrait faire cabinet commun… J'ai même deux petites pièces à l'arrière si tes parents te mettent à la porte…

Plus tard, quand Florian eut récupéré ses bagages et trouvé un taxi pour le conduire chez lui, il eut l'impression que les retrouvailles avec ses parents seraient plus détendues qu'il n'avait craint. Il ne rentrait pas au domicile familial comme le fils prodigue, sollicitant le gîte et le couvert. Il se moquait d'essuyer les rebuffades de son père lui reprochant d'avoir perdu trois années à jouer les aventuriers en Afrique, alors que ses collègues avaient déjà monté leur entreprise, ouvert des cabinets lucratifs et fidélisé une clientèle soucieuse du bien-être de leur animal de compagnie. Grâce à Bastien, il avait en poche un carnet d'adresses bien rempli et la certitude qu'on le recevrait à bras ouverts dans les fermes avoisinantes.

Trop longtemps obligés de soigner eux-mêmes leur bétail et désolés d'en perdre une bonne partie par manque de compétence, les paysans allaient pouvoir enfin s'appuyer sur un professionnel. Un détail cependant le taraudait : une de ces fermes sur les Hauts de Saint-Jean appartenait à Mathias Dieudonné. Sa mémoire lui avait restitué le nom sans qu'il sût ce qu'il évoquait pour lui, jusqu'à ce qu'il se souvînt que ce Dieudonné était l'oncle de Claire et qu'il habitait à deux pas de chez elle.

Marie-Ange l'accueillit à bras ouverts, s'extasiant sur son teint hâlé et sa carrure de sportif. Mme Boissiac s'inquiéta de sa santé, cherchant sur son visage les stigmates d'une quelconque maladie tropicale. Son père lui donna une vigoureuse poignée de main, persuadé qu'il revenait au bercail sans un sou en poche et qu'il n'allait pas tarder à le reprendre sous sa coupe.

Le lendemain, en dépit des protestations de sa mère qui exigeait qu'il se reposât du voyage et du décalage horaire – « Il n'y a pas de décalage horaire, Maman, la Guinée et la France sont sur le même méridien » –, Florian quitta la maison avec son matériel médical et prit la route.

— Sers-toi de ma voiture pour quelques jours, lui avait dit Bastien Till. Mais dépêche-toi d'en acheter une. C'est indispensable pour aller d'une ferme à l'autre. Un de mes clients vend sa vieille Citroën et si tu ne te soucies pas de l'opinion de tes proches, tu pourras conduire ce vieux tacot, un peu lent, certes, mais qui passe partout.

Il y avait longtemps que Florian avait jeté sa vanité aux orties. Se mettre au volant d'une antiquité rustique le dérangeait moins que de solliciter la luxueuse traction de son père. Il accepta la proposition de son ami. Ses premières visites furent pour les fermes du Forez, puis celles de la vallée de l'Ondaine. Il repoussa, sans trop savoir pourquoi, le moment où il devrait se rendre sur les Hauts de Saint-Jean, jusqu'au jour où Bastien le prévint qu'on l'y attendait d'urgence.

Le parc à moutons n'était pas grand, mais suffisant pour les six brebis et les deux agneaux qui se partageaient l'espace entre l'étable, le grand tilleul et la remise à foin.

— Elle a voulu sauter l'enclos et s'est ouvert le ventre avec le pieu, expliquait Julie Dieudonné, penchée comme lui au-dessus de l'animal couché à terre. J'ai cru un moment qu'on allait la soigner comme ça, avec du savon et des compresses, mais ça s'est infecté et je vois qu'elle souffre.

— Il y a un gros abcès, mais l'entaille n'est pas profonde. Il suffit d'inciser, la pression sera moins forte et elle souffrira moins. Je vais raser la toison et lui faire une piqûre pour l'endormir…

Les pieds dans le fumier, les mains dans le suint, Florian opérait en commentant ses gestes d'une voix calme pour rassurer la patronne. Il respirait des émanations de l'étable ouverte, parfois s'y mêlait celle des fruits sucrés qui fermentaient dans la grange toute proche. Pas plus les odeurs que la vue du sang ou des déjections ne le rebutaient. Plus tard, il se laverait au tuyau d'arrosage ou dans un seau d'eau tiré du puits. Avec un peu de chance, il y aurait un bout de savon. On lui présenterait un vague chiffon pour s'essuyer, au mieux une serviette qui aurait déjà servi. Il s'en moquait. Il travaillait chez des paysans et ses patients étaient des animaux de ferme. Cela faisait partie du métier, celui qu'il avait choisi. Ses tarifs étaient des plus raisonnables, et quand l'éleveur ne pouvait pas payer, faute de liquidités, on le dédommageait avec un jambon ou un poulet. Il aurait pu faire crédit, mais dans ce pays le paysan est fier et tient à régler la note de quelque façon que ce soit. On l'appelait docteur. On s'inclinait devant ses connaissances. On s'étonnait souvent de sa sensibilité devant la douleur animale et on le respectait encore plus pour cela. Quand tout était terminé, il n'acceptait jamais l'alcool, mais une tasse de café, souvent infâme parce que additionné d'une forte dose de chicorée et réchauffé plusieurs fois par jour sur un coin du fourneau. Refuser aurait fait affront. La tasse était parfois ébréchée ou jaunie d'anciennes traces. Cela n'avait aucune importance. En Afrique, il en avait vu d'autres et était immunisé depuis longtemps.

Il appliqua le dernier pansement sur la plaie, déjà la brebis se réveillait, tentait de se redresser sur ses pattes. Aidé de Julie, il alla la déposer sous le tilleul avant de se laver à l'abreuvoir. Un bruit de moteur tout proche lui fit lever les yeux.

C'est alors qu'il la vit.

Elle conduisait un tracteur tirant une énorme charge de rondins et progressait lentement en direction de la ferme. Les mains sous l'eau glacée, il s'immobilisa, frappé de stupeur.

— C'est ma nièce, Claire. Elle travaille sur le plateau avec mon mari. Elle rapporte le bois.

Il restait planté devant l'abreuvoir, tentant de reprendre ses esprits alors qu'elle descendait du tracteur, habillée en garçon de ferme, le bas de son pantalon enfoncé dans des bottes encore plus boueuses que les siennes, des brindilles d'herbe sèche dans ses cheveux ébouriffés.

Ainsi, elle était allée au bout de ses idées.

Paysanne.

La plus belle qu'il eût jamais vue. L'espace d'un instant, il se demanda pourquoi il avait fui.

— Claire, le docteur Boissiac est venu soigner ma brebis.

— Je connais M. Boissiac. C'est le frère de Marie-Ange. Vous voici de retour, dit-elle en lui tendant la main.

Le salut était sec, le sourire forcé, le regard glacial.

Il la vit essuyer ses doigts sur son pantalon. Était-ce parce qu'il n'avait pas eu le temps de se sécher ou effaçait-elle délibérément le contact de sa peau ? Elle se détourna de lui.

— Je laisse le tracteur ici, indiqua-t-elle à sa tante. Papa viendra aider Oncle Mathias ce soir. Avec Vincent ils auront vite fait de décharger le bois.

— Veux-tu rester déjeuner ?

— Merci, Tante Julie, mais j'ai promis à Maman de rentrer. Au revoir, monsieur Boissiac.

— Attendez ! Je vous raccompagne, lança-t-il.

— C'est inutile, j'habite tout près.

Déjà, elle lui tournait le dos et s'éloignait sur le chemin sans même un geste de la main. Il se sentit rejeté, humilié.

***

Claire avançait d'un pas rapide, la tête haute, serrant les dents pour mieux chasser les émotions contradictoires qui se bousculaient en elle, oublier qu'elle aurait voulu lui jeter à la face tout ce qu'elle pensait de lui, oublier qu'elle aurait pu en même temps se jeter dans ses bras. Partagée entre la colère et le désespoir, elle s'obligeait à garder son calme, à retrouver une respiration normale, mais elle fut surprise de sentir des larmes sous ses paupières.

Dès qu'elle l'avait aperçu, son cœur avait bondi dans sa poitrine. Pourtant, elle n'aurait pas dû se laisser surprendre. Elle savait par Marie-Ange qu'il était rentré. Elle s'était habituée à l'idée que, tôt ou tard, leurs chemins allaient se croiser. Elle avait même échafaudé plusieurs scénarios, imaginant une rencontre par hasard dans la rue, ou des retrouvailles chez l'un ou l'autre de leurs amis. Elle avait préparé les mots qu'elle souhaitait s'entendre dire. Elle s'était vue dans telle ou telle robe, encore dans la séduction, mais avec le détachement d'une jeune femme indifférente aux regards masculins. Elle s'était entendue rire, de ce rire léger qui suppose plus la politesse que l'intérêt pour le discours. Et surtout, elle s'était persuadée que tout ce qui l'avait attirée chez lui, ses idées, ses rêves, sa détermination, tout ce qui avait éveillé en elle de la sympathie sinon de l'amour, s'était définitivement envolé. Elle pensait revoir une sorte d'aventurier fier de ses exploits africains dont l'assurance hautaine l'aurait définitivement dégoûtée. Or, elle réalisait avec stupeur qu'il n'en était rien. Il lui était apparu tel le médecin des bêtes qu'il avait toujours rêvé d'être, les mains dans un abreuvoir, le pantalon taché de boue et de sang, foulant aux pieds le fumier animal comme s'il s'agissait d'un simple tapis.

— Peut-être que tu es heureuse qu'il en soit ainsi, lui dit Céleste, alors qu'elles passaient la soirée ensemble.

Claire haussa les épaules.

— Tout ce que je me suis efforcée d'oublier s'est réveillé en un instant, au premier regard. Je croyais que c'était une histoire terminée, que j'étais parvenue à le rayer de mon esprit et je réalise que je suis toujours aussi amoureuse de lui. Mais je suis trop fière pour retomber dans ses bras.

— Ne laisse pas ta rancune prendre le pas sur tes sentiments. Laisse venir les choses naturellement. Ne nage pas à contre-courant. Tu finirais par t'épuiser. L'orgueil et l'amour ne font pas toujours bon ménage. Plus tard tu n'aurais que des regrets.

— Parles-tu de ton expérience ?

— Oh non, mon expérience amoureuse est trop lamentable.

— Tu penses encore à ton mari ?

— Tous les jours. J'ai des nouvelles par Soliès. Je l'aime encore, mais pas au point de lui sacrifier ma vie.

— Et moi, j'ai trop d'amour-propre.

Les jours qui suivirent cette rencontre, les sentiments de Claire se bousculaient dans sa tête. Elle redoutait de revoir Florian tout en l'espérant à la fois. Quand elle travaillait chez son oncle Mathias, elle craignait de le voir arriver. Sa journée terminée, elle regrettait qu'il ne soit pas venu. *Ce que je peux être stupide !* se répétait-elle.

Un jour, elle l'aperçut de loin, au volant de sa voiture. Il s'arrêta à son niveau, baissa la vitre. Tremblant comme une feuille au vent, elle ne put faire moins que de s'arrêter.

— Bonjour, Claire !

— Bonjour, monsieur Boissiac !

— Je suis content de vous revoir.

— Moi également.

Il y eut quelques secondes de silence embarrassé, ni l'un ni l'autre n'osant s'engager dans une conversation.

— Les Matrat ont une jument qui ne va pas tarder à mettre bas, dit-il enfin. Vous pouvez m'indiquer le chemin ?

Elle le lui expliqua, persuadée qu'il le connaissait déjà.

— Comment va la brebis de ma tante ?

— Beaucoup mieux. Elle ne devrait pas tarder à rejoindre les autres au pré. Je dois encore passer la voir une ou deux fois. Aurai-je la chance de vous croiser sur la route comme aujourd'hui ?

— C'est possible.

— Alors à bientôt.

Quelques banalités échangées, rien de plus, mais qui se répétèrent dans la semaine, dans le mois, qui s'accompagnèrent de sourires, contraints pour elle, plus engageants pour lui.

— Il cherche à t'apprivoiser, disait Céleste.

— Il ne demande que ton attention, plaidait Tante Perline.

— Il s'amuse avec toi, déplorait sa mère, qui ne voyait pas d'un bon œil ce garçon tourner autour de sa fille et la rendre fébrile.

Dorian se taisait et observait. Des années de mutisme et de retenue avaient aiguisé ses sens. Il comprenait beaucoup en regardant vivre sa fille. Le matin, il la voyait brosser ses cheveux avant de les rouler sous un foulard pour leur épargner les intempéries ; le soir, soigner longuement ses mains que les travaux abîmaient ; à table, passer sans transition de la réflexion taciturne à l'exubérance enjouée. Sa petite Claire changeait. Il savait qu'un jour elle s'en irait. Cela faisait partie de la vie. On n'élève pas ses enfants pour les garder pour soi. Il espérait qu'elle n'irait pas loin. Juste de l'autre côté du jardin, dans la maison que Clémence allait lui céder. Elle le lui avait promis. Il espérait voir un jour ses petits-enfants courir après les garennes lâchés dans le pré ou chercher, sous la chaleur des plumes, l'œuf que la poule finissait par céder à contre-cœur. Il craignait que ce jeune docteur ne soit pas rassasié de l'Afrique et ne l'emmène avec lui. Céleste était bien partie au bout du monde, elle aussi. L'amour ne se commande pas. Certes, elle était revenue… mais combien déçue ! Il ne voulait pas la même chose pour sa fille. Elle aimait tant sa terre. Ces derniers temps, elle travaillait même le dimanche. Pourrait-elle vivre loin d'ici ?

Marie-Ange avait aussi remarqué les absences de son amie.

— On ne te voit plus ! lui dit-elle sur le ton du reproche.

— L'hiver est fini, on a beaucoup de travail.

— Moi aussi, j'ai beaucoup de travail. La date de mon mariage est fixée pour le mois d'août et Maman me harcèle pour faire des listes. Liste des invités, liste des décorateurs, liste des traiteurs… Ce qui ne m'empêche pas de sortir. Charles nous invite chez lui dimanche prochain. Sais-tu qu'il s'intéresse beaucoup à Joëlle depuis quelque temps ? N'es-tu pas jalouse ?

— Tant mieux pour lui. Joëlle est une fille bien. Tu n'ignorais pas qu'entre nous il n'y avait rien de sérieux. J'aime autant qu'il prenne l'initiative de la rupture. Tu peux le lui dire.

— Il y aura mon frère. Tu viendras ?

— Non.

— Tu ne veux pas le voir. C'est ça. Je savais qu'il y avait eu quelque chose entre vous, mais tu n'as jamais voulu m'en parler. Ce devait être du sérieux. Claire, dis-moi ce qui s'est passé. Je suis ton amie et je suis discrète.

— Écoute, Marie-Ange, tu as raison. Il y a bien eu quelque chose, mais ça date de trois ans. C'est de l'histoire ancienne. J'ai tourné la page. Tu comprends ? Je ne veux même pas en parler.

— Si tu avais vraiment tourné la page, tu accepterais de passer l'après-midi avec nous.

***

Depuis plusieurs jours le temps était à la pluie. Des giboulées de mars au mois de mai. Il n'y avait là rien d'extraordinaire. Par bonheur, l'air restait doux et, entre deux averses, quand le soleil flamboyait, de la terre s'élevaient des volutes de vapeur que le vent dissipait. D'autres nuages s'amoncelaient et le cycle recommençait.

Claire ferma son sac à dos, rangea son couteau dans la poche de son pantalon et se redressa. Le chemin était baigné de brume et, en contrebas, seul le clocher de l'église émergeait du brouillard. Le bruit d'un pas, le roulement d'une pierre l'alertèrent bien avant qu'il ne se découvre à sa vue. Son cœur s'accéléra quand elle le reconnut. Il marchait d'un pas vif et haletait doucement en arrivant à sa hauteur.

— Ouf, j'ai eu du mal à vous trouver. Je voulais passer par le bois des Chaumes, mais Mme Bonnefont m'a dit que j'aurais plus vite fait en coupant par le sentier de la chapelle. C'est plus rapide, mais la montée est rude.

La vue de son visage fermé lui tira un sourire.

— Vous n'avez pas l'air enchantée de me voir.

— Vous n'auriez pas dû interroger ma grand-mère, monsieur Boissiac.

Il soutenait son regard et semblait ne pas prêter attention à son hostilité latente.

— Cessez de m'appeler monsieur Boissiac ou docteur ou je ne sais quel titre ronflant pour mieux me tenir à distance. Autrefois, vous m'appeliez Florian, je crois même que nous avions essayé le tutoiement. Il faut que je vous parle, Claire. J'espérais vous rencontrer ici et, si je ne vous avais pas trouvée, j'aurais sans doute passé la journée à arpenter le plateau à votre recherche, au risque de me faire copieusement arroser par le déluge qui se prépare. Heureusement que votre grand-mère m'a expliqué le chemin. Elle vous aime beaucoup, vous savez.

— Je sais.

— Pardonnez ma curiosité, mais que faites-vous si loin de chez vous ?

— Je ne vois pas en quoi cela vous regarde.

— D'accord, cela ne me regarde pas. C'est votre père qui m'a demandé de vous poser la question.

— Décidément, vous avez rencontré toute la famille.

— Votre père s'inquiétait de vous savoir sous l'orage.

— Il n'y aura pas d'orage, seulement de la pluie… Je suis ici pour tenter une expérience.

Elle hésita quelques secondes. Pouvait-il s'intéresser à un sujet qui, aux yeux de beaucoup, était une élucubration ?

— Regardez ce que l'on trouve ici, dit-elle en ouvrant son sac.

— Des champignons ! Vous ramassez des champignons ! Ce n'est guère la saison.

Elle se détendit alors, reprenant position sur un terrain familier.

— Étrange, n'est-ce pas ? Pas de feuilles, pas de fruits, pas de graines. Un pied en guise de racine.

Ni animal ni végétal. Et pour couronner le tout, difficile à reproduire. Je vais pourtant essayer. Ce devrait être moins compliqué avec des champignons de printemps. Plus robustes que ceux d'automne. Nous avons une belle cave qui semble propice à leur culture.

Il eut l'air surpris.

— Je ne vous imaginais pas en chercheur.

Elle haussa les épaules, prit son sac par la bride.

— J'aime faire des tests, ça ne coûte rien d'essayer… Vous vouliez me parler ? Si Marie-Ange avait un problème, vous me l'auriez dit tout de suite.

— Il ne s'agit pas de Marie-Ange, mais de nous deux. Je voudrais m'excuser pour mon attitude avant mon départ. Le jour de ses fiançailles, je me suis comporté comme un goujat. Je le dois sans doute à un manque de maturité et à d'autres motifs plus ou moins glorieux que j'ai compris plus tard. Je voulais vous écrire quand j'étais en Afrique, mais je n'ai jamais pu trouver les mots. Il a fallu que je vous revoie pour réaliser…

Il parlait d'une voix calme, avec juste assez d'hésitation pour la rendre crédible, comme s'il avait préparé son discours avant de la rencontrer. Elle ne dit rien, commença à descendre le chemin. L'épisode des champignons était terminé.

— Attendez !

Il posa sa main sur son bras.

— Claire, je vous en prie.

— Il va pleuvoir.

— Je sais. Mais j'ai besoin de m'expliquer, de me faire pardonner.

— Je n'ai rien à pardonner puisque je ne suis pas affectée.

— Mais si, vous êtes affectée. Je le sais. Je l'ai su dès le premier jour, à votre façon de me regarder, de me saluer. Aussi sûrement que je sens les premières gouttes sur mon visage.

— Vous voyez bien. Il faut y aller.

— Pas tant que je ne vous aurai pas dit pourquoi je vous ai volontairement délaissée ce jour-là.

— C'est votre problème, pas le mien.

— Catherine Fournel n'a été qu'un prétexte, enchaîna-t-il très vite, marchant à son côté. Certes, mon père m'avait demandé de m'occuper d'elle pour qu'elle ne se sente pas perdue au milieu des invités. C'était la première fois qu'elle venait chez nous. Mais comme je vous le dis, ce n'était qu'un prétexte. La proposition de ce poste en Afrique m'était parvenue quelques jours plus tôt. Je devais partir. Je *voulais* partir. Aucune attache, aucun sentiment ne devait me retenir en France. Or vous… vous étiez déjà entrée dans ma vie. Vous auriez pu me barrer la route, m'empêcher de m'en aller.

Un cri de protestation s'échappa de la bouche de Claire, qui s'arrêta brusquement.

— Si, vous l'auriez pu. Pas comme ça, avec vos grands yeux bleus et vos joues rebondies. Mais par les émotions que vous aviez su éveiller en moi. C'était si nouveau, si profond. Je ne sais pas si c'était de l'amour ou autre chose, mais ce dont j'étais sûr, c'est que ce n'était pas un simple coup de foudre. C'était beaucoup plus fort : un bonheur intense, l'assurance d'avoir trouvé un but à ma vie ou ma raison d'être. Nous manquons de mots pour traduire nos sentiments. Mais ce sentiment-là aurait pu m'empêcher de partir.

La pluie maintenant tombait régulièrement. Le vent colla une mèche humide sur le visage de Claire, qu'elle repoussa négligemment.

— Vous auriez pu m'expliquer, j'aurais compris.

— J'ai essayé quand vous avez quitté la fête. J'avais pris la décision de vous parler dans la voiture.

Mais c'était trop tard. Le mal était fait. Vos dernières paroles ont été si dures…

Claire ramena sa capuche sur ses cheveux. Geste vain, ils étaient déjà trempés. Ceux de Florian aussi. Il ne portait qu'une simple chemise qui se plaquait sur son corps.

— Descendons. Inutile de rester ici, lança-t-elle avec froideur.

— Dites-moi au moins qu'il n'est pas trop tard.

— Je n'ai pas le tutoiement facile.

— Si vous avez un peu d'amitié pour moi, il viendra spontanément.

Le ciel s'assombrissait, les nuages les enveloppaient, ensevelissant ce qu'il restait de la colline, du village et des bois autour d'eux. Il lui prit la main et l'entraîna sur le chemin.

— Vite, allons nous abriter dans la chapelle.

— Pas question ! Je connais l'histoire. Sous l'orage qui gronde, le prince charmant entraîne sa bergère dans une grange et neuf mois plus tard elle accouche d'un bâtard. Non, merci. Très peu pour moi.

— Quoi ?

Ils couraient à présent, main dans la main.

— C'est dans tous les romans d'amour.

— Vous lisez des romans d'amour !

— Évidemment, et des romans-photos aussi. Il faut bien que je me détende.

Dès qu'elle les aperçut, Clémence sortit sous le porche et leur fit de grands gestes de la main.

— Venez vite vous sécher. J'ai allumé le feu.

Ils s'ébrouèrent en riant, tandis qu'elle allait chercher des serviettes et un paillasson pour les bottes.

— Allumer le fourneau en mai, c'est courant. J'ai même vu les collines poudrées de neige en plein mois de juillet. Tenez, jeune homme, enfilez cette chemise.

Je vais mettre la vôtre devant la barre. Elle a appartenu à mon fils aîné. Elle est bien démodée, n'est-ce pas ? Il est parti en 1914 et n'est jamais revenu, comme son père et son autre frère. Les trois noms sont sur le monument aux morts.

Tout en parlant, elle s'affairait, tisonnait le foyer, suspendait le linge. Elle partit à la cuisine. Ils l'entendirent fourrager dans les placards. Elle revint avec deux bols de faïence blanche décorée de petites fleurs bleues.

— Prenez place. Vous devez être gelés, tout trempés que vous êtes. Je vais vous faire un cacao bien chaud. Je vous aurais bien fait un grog, mais ton père a terminé ma dernière bouteille de rhum, dit-elle en se tournant vers la jeune fille. Et ce n'est pas demain qu'on va en trouver dans les magasins.

Claire se demanda comment elle avait fait pour se procurer de la poudre de chocolat alors que les pénuries persistaient dans toute la France. Mais elle acceptait cette fantaisie comme allant de soi, comme une récompense de sa grand-mère. Une sensation de bien-être l'envahit doucement. La chaleur du feu dans son dos la vivifiait. Elle se sentit soudain légère et détendue.

— Il y a quelque chose qui me perturbe, lui dit Florian en suspendant la serviette éponge sur le dossier de sa chaise.

Il avait l'air grave et préoccupé de celui qui tient une information mais qui ignore où elle le mènera.

— Quand je vous ai proposé de nous abriter dans la chapelle, ce que vous avez refusé avec véhémence, vous m'avez raconté l'histoire du prince charmant et de sa bergère qui, neuf mois plus tard, accouchait d'un bâtard. Était-ce un simple raccourci ou… ou bien êtes-vous restée à l'écart des choses de la vie ?

De la cuisine leur parvenaient des bruits de casseroles et des marmonnements indistincts.

Claire cilla plusieurs fois, surprise par la question. Puis ses yeux se plissèrent, elle se mordit les lèvres sous l'effet d'un rire qu'elle parvenait difficilement à contrôler. L'énormité de ce qu'il suggérait de si étrange façon l'atteignit lui aussi.

Il y eut quelques secondes de silence puis, n'y tenant plus, ils pouffèrent de rire en même temps.

— Vous avez vraiment cru… Oh, c'est trop fort ! Vous avez pu supposer… Je n'en reviens pas.

Elle riait maintenant à gorge déployée.

— Penser que je serais naïve à ce point ! Peut-être parce que je lis des romans d'amour ?

Avec un sourire, il lui prit la main, serra ses doigts entre les siens.

— Non, je ne l'ai pas cru. Enfin, peut-être… De toute façon, si on s'était abrités dans la chapelle, je n'aurais pas fait un geste qui aurait pu être mal interprété. J'ai besoin que vous me pardonniez. Acceptez-vous de me pardonner ? Acceptez-vous que je fasse parfois un bout de chemin avec vous et que nous partagions encore toutes ces idées qui nous avaient autrefois rapprochés ?

Elle ne le repoussa pas, même quand arriva Clémence avec des tartines beurrées et le chocolat chaud dans le pot à lait, et reçut comme une bénédiction le sourire bienveillant et satisfait de sa grand-mère.

21

Céleste fredonnait en créant la vitrine de printemps. Elle ajustait une jupe sur un mannequin, remplaçait un chemisier, ajoutait un foulard, un sac à main, sortait dans la rue pour mieux juger de l'effet, penchait la tête, hésitait, revenait, retouchait… Elle fredonnait et souriait en elle-même. Jamais elle ne s'était sentie aussi détendue, pleine de gaieté, animée d'un bonheur qu'elle n'aurait pas cru possible en rentrant en France.

Elle venait de s'installer dans un petit appartement de trois pièces, près de la maison du Bois d'Avaize : une grande salle de séjour ouverte sur une cuisine et deux petites chambres prolongées par un balcon. Elle avait transformé une des chambres en bureau avec ses fichiers, sa bibliothèque, des catalogues de mode, une table pour les écritures. « Tu peux rester avec nous, Céleste, tu es chez toi ici », n'avait pas manqué de répéter sa mère, un peu déçue de la voir partir, mais comprenant ses intentions. Et c'était merveilleux, d'entendre tinter les clés dans sa poche, de pouvoir préparer une omelette ou des râpées à n'importe quelle heure du jour, de prendre une douche en rentrant du cinéma sans avoir à marcher sur la pointe des pieds ni laisser les portes entrebâillées pour ne déranger personne. Pour la première fois de sa vie, elle avait un chez-elle.

Sa grand-mère, qui vivait seule depuis des années, l'avait encouragée :

— Tu verras comme c'est agréable d'être indépendante. J'aimais la couture depuis que j'étais enfant, mais, mariée, je n'avais jamais pu m'y consacrer. Il y avait trop de travail à la ferme et ton grand-père n'aurait pas apprécié que je bouscule ses habitudes pour tailler dans les tissus. La vie de couple oblige l'épouse à une routine qui use l'amour. Les tensions deviennent inévitables. À vivre ensemble à plein temps, on finit toujours par s'agacer. Je suis de l'ancien temps, de ces femmes compagnes et servantes à la fois. Je m'obligeais à cuisiner des repas selon ses horaires à lui, à repasser ses chemises pour le dimanche de telle et telle façon, comme il les aimait. Je m'obligeais à nettoyer la cuisine parce qu'une casserole qui traîne dans l'évier heurte le regard et débouche forcément sur des reproches. Je ne voulais pas de conflit, de cris, de ces paroles amères qui blessent l'âme et le cœur. J'ai passé ma vie à les éviter et, de ce fait, je me suis tue plus souvent qu'à mon tour, en serrant le poing. Nous avons un proverbe par chez nous qui dit : « Mets tes griefs dans ta poche et ton mouchoir par-dessus. » Il y a de bons moments dans une vie de couple, mais il y a toutes ces peccadilles qui finissent par détruire l'amour des premiers jours. Et toi qui es maintenant indépendante, sans personne pour te surveiller, tu vas comprendre ton bonheur.

Elle avait trouvé cet appartement par l'intermédiaire d'une cliente. Le loyer était un peu élevé, mais elle gagnait bien sa vie car ses modèles commençaient à être connus. Suivant la méthode des grandes fabriques, elle faisait régulièrement paraître des annonces dans les journaux ou imprimer des publicités qu'elle glissait dans les boîtes aux lettres du centre-ville. Clémence, qui restait officiellement sa patronne, lui laissait de plus en plus d'initiative même si elle hochait parfois la tête avec scepticisme.

— Tu crois que mettre une affiche dans le tram est une bonne idée ? Il y a tout de même ton nom et le mien.

— Veux-tu que je fasse enlever le tien, Grand-Mère ?

— Non… Non. Si tu dis que c'est mieux… Ah, tu as une lettre de ta belle-sœur.

Soliès écrivait qu'elle avait revu Nicolas Warty, ce jeune chimiste qu'elle avait dû quitter sous la pression des Wales. Nicolas travaillait désormais dans l'usine d'éthanol nouvellement installée à Greensborough et, à moins de sciemment l'éviter, ils allaient être amenés à se croiser fréquemment. La lettre ne disait rien des émotions éprouvées par la jeune fille. Comment savoir si les yeux brillent ou si les lèvres tremblent quand on n'a que des mots à lire ? Céleste se réjouit de la nouvelle, présageant que cette rencontre allait avoir des conséquences dans la vie de sa belle-sœur. Soliès lui racontait aussi le départ d'Alexander. Il avait quitté Wales' Farm après avoir dit à tous qu'il ne participerait pas aux grands travaux d'été et qu'on devrait se passer de lui dans l'avenir.

« Je n'ose pas te décrire la réaction de la famille ici. Ce fut comme si la bombe atomique du Japon était tombée sur nous », écrivait-elle.

Il s'était rendu au Centre des armées de Springfield et avait repris du service avec le grade de sous-officier. Il n'avait pas totalement coupé les liens car Soliès avait reçu une lettre de lui, un courrier très court qui n'attendait pas de réponse. Il travaillait à Boston dans un laboratoire de recherche en collaboration avec l'université d'Harvard. Des chercheurs avaient mis au point un *computer* numérique qui intéressait vivement l'armée...

Pas plus que Soliès, Céleste ne savait ce qu'était un *computer* numérique. Elle supposait qu'il s'agissait d'un appareil radio un peu plus sophistiqué que le poste de TSF trônant sur le comptoir du magasin pour le bonheur des deux cousettes, qui écoutaient les chansonniers et n'auraient pour rien au monde manqué l'émission de Zappy Max, *Quitte ou double.*

La nouvelle la rassurait, Alexander n'était pas en Corée. Et ce qui était plus rassurant encore, c'est que frère et sœur correspondaient.

Céleste cessa de fredonner, observa la voiture qui s'arrêtait le long du trottoir en dépit de l'interdiction de stationner. En sortit une femme de haute taille, d'une cinquantaine d'années, à la tenue un peu trop recherchée pour un matin de semaine. Assaillie par le vent, elle grimaça sa réprobation et, serrant son étole de fourrure autour de sa gorge, poussa la porte de la boutique.

— Bonjour, dit-elle d'une voix claire et nette, je cherche Mme Clémence Bonnefont. Est-ce bien ici son atelier de couture ?

Clémence étant absente ce jour-là, Céleste proposa ses services après s'être présentée.

— C'est vraiment dommage. J'aurais aimé avoir ses conseils pour une tenue de mariage. Je suis Mme Bonneville. Mon fils se marie en août. On y sera vite et je ne sais toujours pas comment m'habiller.

— Venez voir ce que nous proposons.

— Avez-vous des catalogues récents ?

— Entrez dans mon bureau, vous pourrez feuilleter à votre aise les magazines que nous recevons, mais si vous le permettez, je vais demander à Louis de garer votre voiture dans la rue à côté car vous risquez d'être verbalisée en étant sur le passage des trams.

Mme Bonneville tendit ses clés avec un petit sourire supérieur à l'adresse du vendeur et passa devant le comptoir à la façon d'une invitée de marque.

— Je suis très indécise, déclara-t-elle en s'installant devant la table basse où s'empilaient revues et journaux de mode. Je ne suis que la belle-mère, mais pour rien au monde je ne voudrais ressembler à une belle-mère, avec une robe flottant à mi-mollets sur des bas épais qui cachent la jambe. Pas plus que je ne voudrais ressembler à une midinette avec une robe à volants. Il me faudrait quelque chose de raffiné, qui donne de l'allure, à la fois jeune et chic. Voyez-vous ce que je veux dire ? Pour les hommes, c'est tellement plus facile. Un costume ou un smoking et le tour est joué. Quant à mon fils, c'est encore plus simple. Il est lieutenant dans l'armée de l'air et portera son uniforme de cérémonie. Pour nous, les femmes, c'est très vite compliqué. Ce n'est pas que je souhaite voir ce mariage tourner au concours d'élégance – d'autant que tous les regards seront tournés vers la mariée et loin de moi l'idée de rivaliser avec qui que ce soit –, mais je suis persuadée que, devant la mairie ou sur le parvis de l'église, chaque badaud, chaque invité jugera, soupèsera, évaluera la tenue des parents et des proches.

Elle prit le temps de remettre en place un pli de sa robe et d'adresser un bref sourire à Céleste avant d'enchaîner :

— C'est bien ainsi que cela se passe dans un mariage, n'est-ce pas ? Nous sommes sous la lumière des projecteurs. Figurez-vous que Mme Boissiac, la mère de la mariée – vous devez la connaître, au moins de nom –, est allée à Paris, il n'y a pas longtemps de cela. Je l'ai appris par une connaissance qui travaille à la clinique de mon mari. Le docteur Boissiac en est d'ailleurs le médecin-chef. Les Boissiac et les Bonneville, nous nous connaissons depuis longtemps. Mme Boissiac a bien entendu emmené sa fille. À mon avis, si elles sont allées à Paris, ce n'était pas seulement pour y rencontrer des amis. Elles ont certainement fait les magasins les plus en vue de la capitale pour y trouver la robe de mariée idoine et les toilettes les plus à la mode. Comprenez mon point de vue, madame Wales, je ne voudrais pas avoir l'air quelconque. J'aimerais pouvoir soutenir la comparaison. Mais à la différence de Mme Boissiac, je suis très occupée. Je seconde mon mari dans son travail et je n'ai pas le temps d'aller à Paris, ni même à Lyon. Évidemment, j'y suis allée. Et même plusieurs fois. Mais, les dimanches, tout est fermé et, je dois bien l'avouer, je n'ai rien vu d'intéressant en regardant les devantures. Nous ne sommes plus en guerre, mais c'est comme si nous y étions encore. On ne trouve rien. Ou alors dans des couleurs épouvantables. Des marron d'une tristesse à pleurer. Le noir fait très chic, mais je ne vais tout de même pas m'habiller en noir le jour où mon fils se marie. Il me faudrait quelque chose de gai. J'aime le jaune, mais je ne voudrais pas ressembler à un canari. D'autant qu'avec toutes ces grèves, le jaune passe pour être une mauvaise couleur. Un jaune foncé, voilà ce qu'il faudrait. Pas trop voyant, mais juste assez pour me distinguer des couleurs pastel que vont arborer les amies de la mariée, toute cette jeunesse qui prend la relève… Mais que faites-vous ?

— Je vous écoute, madame.

— Bien sûr. Je veux dire avec ce calepin.

— Je dessine, madame. Voulez-vous jeter un coup d'œil ?

Pendant les bavardages de Mme Bonneville, Céleste avait ébauché à grands traits trois croquis : un ensemble avec un manteau léger, un tailleur à la veste courte, sans boutons ni ceinture, tombant sur une jupe droite, une robe de soirée au profond décolleté, longue, fuselée, prolongée par une courte traîne…

Mme Bonneville prit le carnet. D'un doigt mal assuré, les lèvres pincées et les sourcils froncés, elle tourna une page puis une autre, revint en arrière, s'arrêtant tantôt sur la première esquisse, tantôt sur la deuxième avant de revenir à la troisième. Au bout de longues secondes de réflexion, elle demanda d'une voix qui avait totalement changé de registre :

— Il me faudrait voir les tissus.

Tandis que Louis sortait des rayons les plus beaux brocarts, les velours satinés, les soies légères et les plus fines batistes, Marceline apportait écharpes, gants, chapeaux et autres accessoires. Mme Bonneville touchait tout, lissait, froissait, comparait les couleurs. Le front barré d'une ride, elle repoussait un satin, hésitait sur une dentelle, reprenait un velours.

— Souhaitez-vous fixer votre choix sur l'un de ces trois modèles ? proposa Céleste qui tentait de relancer d'un mot encourageant le flux de paroles brusquement tari.

— Choisir ? Pourquoi voulez-vous que je choisisse ? s'étonna Mme Bonneville, les yeux brillant d'une sorte de satisfaction triomphante. Il me les faut tous les trois !

***

La visite de Mme Bonneville déclencha une avalanche de conséquences inattendues. Par quelle bouche indiscrète Mme Boissiac eut-elle vent des commandes de la mère de Paul ? Nul ne le sut. Toujours est-il qu'elle en fut contrariée. À partir de ce moment, elle n'eut plus qu'une idée en tête : savoir quelle tenue allait arborer Mme Bonneville le jour des noces. Cette dernière avait déclaré dans le bureau de Céleste ne pas souhaiter faire de ce mariage un concours d'élégance. C'était compter sans la vanité de Mme Boissiac qui, disait-elle, n'était pas allée dépenser des sommes folles dans les riches boutiques de Paris pour se faire voler la vedette par la future belle-mère de sa fille. Entre deux lamentations, Mme Boissiac se répétait qu'il ne s'agissait probablement que d'un ensemble dessiné par une couturière de province, néanmoins elle avait perdu sa sérénité et montait parfois à sa chambre pour vérifier que sa tenue achetée à grands frais était assez « parisienne ». La compétition entre les deux belles-mères était lancée.

Ce matin-là, tout en mangeant des petits-fours après la partie de tennis qu'elle avait perdue lamentablement, elle déplorait sa maladresse, la mettant sur le compte de sa contrariété. Ce mariage la mettait sur des charbons ardents. Sans doute comptait-elle sur l'amitié de ses partenaires de jeu pour la rassurer. Mal lui en prit. Si ces dames savaient frapper dans une balle, elles savaient aussi frapper là où ça fait mal. Ce qu'elle apprit ne fit qu'accroître son inquiétude. Non seulement la couturière avait hérité du talent de sa grand-mère, Clémence Bonnefont, déjà célèbre pour ses créations, mais, en sus, elle avait rapporté d'Amérique des idées qui bousculaient tout ce qu'on pouvait imaginer en matière d'élégance. Et pour couronner le tout, elle avait à sa disposition tous les tissus, rubans et dentelles qui sortaient des usines Fougerolles… Consciente de l'épreuve que traversait sa mère, Marie-Ange en parla à Céleste.

— Il faut que tu viennes voir ma robe de mariée.

— Je la croyais parfaite.

— Elle est parfaite… Enfin, tu jugeras par toi-même. Non, ce n'est qu'un prétexte pour te soutirer des renseignements sur la tenue de Mme Bonneville. Ma mère n'en dort plus la nuit.

En quelques mots, Marie-Ange lui expliqua les raisons de l'anxiété grandissante de Mme Boissiac et finit par conclure :

— Je ne comprends pas qu'on se mette dans des états pareils pour une cérémonie qui somme toute ne va durer que quelques heures.

Céleste se présenta chez les Boissiac accompagnée de Marceline et de Claudette portant chacune une mallette. La maîtresse de maison haussa un sourcil interrogateur en les voyant arriver toutes les trois. Céleste expliqua qu'elle avait besoin de ses deux aides pour fixer les épingles et tenir l'aiguille.

— Et vous, madame, quel est votre rôle ?

— Hum… disons que j'observe.

Mme Boissiac hocha la tête pour manifester son assentiment, mais son regard trahissait plus le doute que la bienveillance. Sans rien ajouter, elle les précéda dans le corridor et appela sa fille.

Céleste n'eut pas le loisir d'apprécier la grande chambre de son amie. Son attention fut immédiatement captée par la robe en satin d'une blancheur éclatante, déployée sur le lit qu'elle recouvrait sur toute sa surface.

— Quelle splendeur ! laissa-t-elle échapper spontanément.

— N'est-ce pas qu'elle est exquise ! minauda Mme Boissiac, ravie de constater que leurs goûts concordaient au moins sur ce point. J'espère que Mme Bonneville n'aura pas choisi une couleur trop claire pour… hum… pour son tailleur… ou sa robe. Il ne faudrait pas qu'elle évince la luminosité de cette robe.

— Soyez rassurée, Mme Bonneville ne portera pas de blanc, répondit Céleste en s'approchant du lit pour caresser l'étoffe.

— Personnellement, j'ai opté pour un tailleur de Paul Courtier. Vous connaissez Paul Courtier, n'est-ce pas, vous qui êtes dans la mode ? Peut-être même avez-vous son catalogue. Il ne faudrait pas que le hasard ait conduit Mme Bonneville à choisir un modèle similaire.

— Non, madame. Mme Bonneville portera un modèle de ma création.

— Donc, elle portera un tailleur.

— Mme Bonneville a aussi commandé une robe.

Mme Boissiac cessa soudain de respirer, déstabilisée par ce renseignement.

— Une robe de soirée ou d'après-midi ?... interrogea-t-elle en retenant son souffle.

— Madame, la discrétion m'impose de ne pas dévoiler les secrets de mes clientes.

— Oui, oui, je comprends, dit-elle d'une voix chagrinée.

Après quelques informations distillées au compte-gouttes, Céleste jugea avoir suffisamment éprouvé la patience de Mme Boissiac et finit par lui donner satisfaction en confiant presque à voix basse que Mme Bonneville avait choisi du vert.

— Du vert ! Dieu du Ciel ! Voilà au moins une couleur que je n'aurais pas choisie.

Ce que Céleste ne lui précisa pas, c'est que le vert émeraude retenu par Mme Bonneville était du plus bel effet et s'harmonisait parfaitement avec la teinte de ses cheveux.

Soudain rassérénée, Mme Boissiac frappa dans ses mains.

— Allons, Marie-Ange, assez bavardé ! N'oublie pas que tu as fait venir ton amie pour connaître son opinion. Je vais t'aider à revêtir cette merveille.

Une fois sur la jeune fille, la « merveille » perdit tout son charme. Les roses fixées sur la jupe pesaient sur le tissu. La ceinture trop étroite suggérait plus un ficelage qu'un accessoire décoratif. Les nœuds sur le corsage masquaient l'arrondi de la poitrine et réduisaient le décolleté. L'ensemble donnait une impression de lourdeur qui, loin de mettre le corps en valeur, l'absorbait pour mieux le dissimuler.

Céleste eut conscience des deux regards posés sur elle, celui de Mme Boissiac, rempli d'une orgueilleuse satisfaction, celui de Marie-Ange, mi-figue mi-raisin, la défiant de dire la vérité tout en la suppliant d'agir. Dans ce silence attentif, le bruit d'une mallette qu'on ouvre eut l'effet d'un coup de tonnerre. Claudette et Marceline avaient suffisamment de pratique pour savoir que la patronne n'allait pas laisser passer des erreurs aussi grossières. Elles s'avancèrent discrètement.

— Vraiment, vous croyez qu'il y a des retouches à faire ? interrogea Mme Boissiac, les sourcils froncés.

Céleste réagit très vite.

— Les manches... Oui, peut-être les manches. Il faudrait les raccourcir. Au moins jusqu'au-dessus des coudes. Nous serons au mois d'août, vous savez. Il risque de faire chaud et ces manches longues...

— Il n'y a pas que les manches, lui confia Marie-Ange quand elles se retrouvèrent seules. Cette robe est magnifique. Elle serait parfaite sur une jeune fille de haute taille, à la poitrine généreuse. Je suis trop petite et trop maigre...

— Tais-toi, lui intima Céleste, cesse de te dévaloriser. Tu es très bien, mais cette robe n'est pas faite pour toi. Ce qu'il faudrait…

— Ce qu'il faudrait ?

— C'est modifier quelques détails. Mais je ne sais pas comment va le prendre ta mère.

— Lesquels ? Quels détails ?

— C'est impossible à faire chez toi, il faudrait que j'aie la robe dans mon atelier.

— Quels détails ? Réponds !

— Je commencerais par supprimer les roses et les nœuds. Je changerais la ceinture. Et puis, il faudrait reprendre les pinces…

— Quand ?

— Pardon ?

— Quand veux-tu la robe ?

— Tu me l'apporterais ?

— Oui. Maman viendra probablement aux premiers essayages. Après, elle se lassera vite et tu feras ce que tu voudras…

***

Clémence ne manqua pas de se rendre à l'atelier, non pas pour contrôler le travail de Céleste, qui avait toute sa confiance, mais pour le plaisir de faire la connaissance de ces dames, et satisfaire sa légitime curiosité. Clémence Bonnefont disait d'elle-même qu'elle n'était ni bavarde ni commère, mais elle ne rechignait pas à converser avec ses clientes. Maintenir des relations amicales retarde la vieillesse, dit-on. Et si ce n'est pas prouvé, c'est toujours bon pour le commerce. Clémence parlait peu mais écoutait beaucoup, et comme toute bonne auditrice, elle finissait par découvrir les sentiments les plus cachés, les émotions les plus secrètes.

— Vois-tu, dit-elle à Claire, ton amie Marie-Ange me paraît moins désabusée que ce que tu m'as laissé entendre. Si, au départ, son lieutenant n'était pas l'élu de son cœur, elle a très vite réalisé qu'elle allait mener avec lui une vie de rêve. J'ai cru comprendre qu'il n'a pas beaucoup d'humour mais qu'il est cultivé, intelligent. De plus, il la couvre de cadeaux. Elle commence à y prendre goût. Elle va passer son voyage de noces au Tonkin, avant de rejoindre la colonie française de Cochinchine, m'a-t-elle dit. Elle espère bien connaître un jour l'Afrique et pourquoi pas Tahiti. Tu sais, petite, les mariages heureux ne sont qu'une combinaison d'intérêts où chacun trouve son compte.

— Mais l'amour, Grand-Mère ?

— L'amour est une passion friable qui ne dure qu'un temps. Il ne faut pas regretter le sentiment qui s'éloigne mais passer à autre chose, la tendresse, l'estime ou l'amitié. Et ton amie en est déjà là. Elle a simplement sauté la première étape.

***

Après un printemps maussade, l'été s'annonçait chaud et le travail ne manquait pas pour les maraîchers. En fin de journée, Clémence avait pris l'habitude d'attendre la petite qui arrivait la première, avant son père, toujours le dernier à quitter les champs. Claire remisait le tracteur et les outils dans la vieille grange et s'asseyait sous le tilleul. Clémence la rejoignait, partageait les nouvelles tout en regardant les poules fouiller l'herbe du pré. Une ou deux fois par semaine, la voiture du vétérinaire passait devant chez elle et s'arrêtait. Clémence voyait bien que la petite espérait ce moment. Elle leur proposait un peu de cidre ou une tasse de café, s'éloignait dans la maison. De la cuisine, elle entendait leurs murmures étouffés, parfois des rires quand il racontait une anecdote plaisante. Elle revenait avec la bouteille et les verres, les trouvait assis l'un près de l'autre dans une attitude pleine de retenue. Leurs mains s'effleuraient quelquefois mais leurs regards ne se quittaient pas. Une aura de plénitude et de félicité les enveloppait que rien ne pouvait déchirer. Pas plus Claire que Florian ne jouait la séduction. Parfaitement à l'aise dans leurs vêtements de travail d'où s'exhalaient des odeurs de terre chaude et de foin, ils se reconnaissaient, unis par ce même amour de la vie qui les avait autrefois rapprochés et qui continuait à les pousser l'un vers l'autre. Elle aurait voulu leur dire que cette première étape, celle de la passion, était un mets rare qu'il fallait déguster ; que le temps était un implacable consommateur de rêves et de sentiments – les joies comme les chagrins –, et qu'un jour ou l'autre il fallait passer à autre chose. Mais Clémence ne disait rien. C'était à eux de le découvrir.

***

Le dernier essayage de Marie-Ange se fit chez Mme Boissiac. N'ayant pas suivi toutes les étapes de la transformation, celle-ci attendait de voir le résultat avec une certaine impatience. Tandis que sa fille, le rose aux joues, dépliait délicatement les papiers de soie pour en faire émerger la robe dans une symphonie de tons immaculés, le visage de Mme Boissiac commença à blêmir ; son corps se raidit dans une réprobation outrée ; ses mâchoires se serrèrent sous l'effet d'une colère rentrée. Puis, alors que Céleste aidait à fermer les dernières agrafes du corsage, elle poussa un petit cri de surprise. C'était toujours la robe de Paul Courtier achetée à Paris, mais elle était différente. Le décolleté brodé dégageait la nuque, la large ceinture serrée à la taille mettait en valeur la poitrine, les manches froncées, évanescentes, complétaient une jupe mousseuse, débarrassée de tous ses accessoires inutiles, plus légère qu'un nuage d'été.

— Alors, Maman ! Qu'en dis-tu ?

— C'est… surprenant. Oui, vraiment, c'est surprenant, balbutia-t-elle d'une voix étrange, pendant que Marie-Ange, le sourire aux lèvres, exécutait un demi-tour devant le miroir. Je ne sais que dire… Le résultat est étonnant… Je ne m'attendais pas à… Mais qu'avez-vous fait des roses de tulle qui ornaient le devant de la robe ?

— Je les ai mises de côté, pensant qu'on pouvait les coudre sur la traîne, répondit Céleste. J'attendais votre avis pour le faire, ajouta-t-elle avec habileté.

— Excellente idée !

Et, passant outre à l'autorité de Céleste qui lui accorda volontiers cette grâce d'un hochement de tête, Mme Boissiac fit signe à Claudette et à Marceline. Elle-même tendit les fleurs une à une et ordonna de les placer, la première ici, la deuxième plus bas et ainsi de suite jusqu'à la dernière. Ce travail accompli, elle joignit les mains avec satisfaction, s'attribuant toute la métamorphose de la robe et retrouvant du même coup sa bonne humeur et son enthousiasme.

— Splendide… Absolument splendide, répéta-t-elle en reculant de deux pas pour mieux admirer ce qu'elle considérait désormais comme son chef-d'œuvre. Ma chérie, ton mariage va faire la une des journaux de la région. Ton père sera fier de toi.

Puis se tournant vers Céleste, elle ajouta sans transition aucune :

— Vous ai-je dit que mon fils, Florian, avait choisi votre cousine comme cavalière ? Ils forment un très beau couple, n'est-ce pas ?

***

Si le mariage de Marie-Ange consacra la réussite du docteur Boissiac, il donna une incontestable impulsion à la notoriété de Céleste.

— Tu n'y as sans doute pas prêté attention, mais j'ai entendu plus de vingt fois ton nom circuler parmi les invités, lui raconta Perline, conviée, elle aussi, avec les fabricants de la ville.

— Oh, si, Maman, je t'assure que j'y ai prêté attention. Chaque fois que quelqu'un venait m'interroger sur un modèle, je sentais une bouffée de fierté m'envahir.

Elles étaient installées dans le jardin de la maison du Bois d'Avaize et buvaient une tasse de café. Elles étaient seules et profitaient de ce moment d'intimité pour commenter la fête de la veille. Bérenger était déjà reparti pour Londres et Géraud s'était absenté pour la journée.

— Tous ces uniformes de l'armée n'ont pas manqué d'éblouir l'assistance avant d'être éclipsés par les tenues de ces dames, poursuivit Perline. J'ai vu Mme Boissiac froncer les sourcils quand Mme Bonneville est descendue de voiture dans ce magnifique tailleur gris perle et quelqu'un a murmuré tout près de moi : « C'est une création de Mme Wales. » Bérenger s'est empressé d'applaudir et d'autres ont suivi. Comme tu avais dit à Mme Boissiac qu'elle serait en vert, elle a dû s'imaginer que Mme Bonneville avait renoncé à sa première idée. Puis la mariée est arrivée dans cette robe magnifique. Connaissant ton goût pour la sobriété, j'avais craint un moment qu'elle ne soit trop simple. Heureusement, tu as gardé les volants de dentelle.

— Et les triples jupons.

— Et les triples jupons. Elle était parfaite. Marie-Ange rayonnait. Pendant toute la durée des félicitations, sa mère n'a pas cessé de roucouler à l'oreille des uns et des autres pour exposer la façon dont elle avait modifié le modèle original. Sois tranquille, personne n'était dupe et nous étions quelques-uns à rétablir la vérité.

Elles rirent toutes les deux. Puis Perline se leva pour refaire du café. Assise dans ce jardin, les yeux fermés, Céleste se laissait envahir par une sorte de bonheur indéfinissable, habitée par cette interrogation récurrente depuis plusieurs semaines : « Quel chemin vais-je prendre maintenant ? » Un changement s'était produit, si subtil qu'il semblait irréel encore la veille, mais qui, ce matin, tandis qu'elle se rappelait les moments marquants de cette noce, donnait une réponse à sa question.

— Je crois que c'est à l'arrivée des musiciens que Mme Boissiac a compris, commenta Perline en remplissant les tasses.

— Qu'est-ce qu'elle a compris ? demanda Céleste interrompue dans sa réflexion.

— Pourquoi tu lui avais dit que Mme Bonneville serait en vert. Je me souviendrai toujours de son visage quand la mère de Paul est entrée dans la salle de bal drapée dans cette robe de soirée vert émeraude. Elle s'est figée, comme nous tous d'ailleurs. La mariée ayant eu son lot de félicitations admiratives, c'est vers la belle-mère que se sont dirigés tous les regards. D'autant que Mme Bonneville porte admirablement la toilette. Grande et mince, perchée sur ses hauts talons, tu as vu comme elle a fait sensation ! D'ailleurs le docteur Boissiac ne s'y est pas trompé en l'invitant plusieurs fois à danser. Il sait d'où vient le vent, celui-là. Flatter la femme du patron est parfois plus efficace que d'affronter le patron en personne. J'ai vu Mme Boissiac se diriger vers toi. Qu'avait-elle à te demander ?

— Pauvre Mme Boissiac ! En dépit de cette espèce de snobisme qu'elle affiche en public, elle m'a fait de la peine. Elle voulait la confirmation que la robe et le tailleur sortaient bien de notre boutique, les tissus de tes usines. Elle souffrait beaucoup plus de cette concurrence vestimentaire que de l'intérêt que son mari portait à la dame. J'ai eu pitié d'elle ; aussi, pour lui éviter une dernière déconvenue, je lui ai discrètement confié que Mme Bonneville avait l'intention de se changer une troisième fois et qu'elle porterait un ensemble de voyage avant de s'en aller. Marie-Ange m'avait dit que les parents de Paul prendraient la route pour Marseille. Ils veulent être sur le quai quand le bateau emportera les jeunes mariés vers l'Indochine. J'ai cru que Mme Boissiac allait suffoquer d'indignation : « Mais ce n'est pas elle la vedette, c'est ma fille ! » a-t-elle grondé à voix basse. Heureusement, Mme Boissiac est loin d'être sotte. Une seconde plus tard, elle avait retrouvé son sang-froid. « Je vous remercie de m'avoir prévenue, m'a-t-elle dit en redressant la tête. Je vais moi aussi changer de tenue. » Elle a envoyé quelqu'un chez elle pour lui rapporter quelques vêtements.

— Très chics, il faut l'avouer. Tu as eu raison de lui parler.

— Elle s'est sentie beaucoup plus à l'aise et n'a pas cillé quand les Bonneville sont venus les saluer en fin de soirée. La mère de Paul a serré les mains de tous ceux qui étaient encore là, trop heureuse de se laisser admirer dans un dernier tour de scène.

— Tu vois, Céleste, personne ne voulait que ce mariage tourne au défilé de mode et c'est pourtant ce qui est arrivé. C'est tout à ton avantage. À présent, ces dames vont se bousculer dans ton atelier.

Céleste but une gorgée avant de reposer sa tasse, d'appuyer sa nuque contre le fauteuil et de fermer les yeux. La fatigue d'une journée de fête suivie d'une courte nuit commençait à se faire sentir. Elle était rentrée à l'aube. Claire, qui devait rester coucher chez elle, était finalement retournée à Saint-Jean, raccompagnée par Florian. Sa cousine était surprenante, capable de troquer ses vêtements de travail contre la robe la plus seyante, d'abandonner la tresse serrée sous un foulard pour une coiffure libérant ses longs cheveux blonds. Florian ne l'avait pas quittée un seul instant, comme s'il craignait qu'elle ne disparût. Céleste sourit en y songeant.

— À quoi penses-tu ? demanda sa mère.

— À Claire.

— Je suis heureuse pour elle. Elle a rencontré quelqu'un de bien qui saura la rendre heureuse…

Elle s'arrêta soudain, consciente de ce que ses paroles pouvaient suggérer.

— Continue, Maman, va jusqu'au bout. Tu disais que Claire avait rencontré quelqu'un de bien contrairement à ta fille qui vit séparée de son mari depuis plus de deux ans.

— Ce n'est pas ce que je voulais dire. Pardonne-moi, Céleste. Je n'avais pas l'intention de te blesser. Nous sommes fatiguées, nous n'avons dormi que quelques heures et les mots dépassent parfois notre raison.

Mais pour Céleste, cette fatigue, loin d'anesthésier ses facultés de penser, les exacerbait, les rendait plus claires et plus vives. Elle laissa passer un long silence avant de reprendre.

— Tu ne m'as pas blessée, Maman. Au contraire, je suis contente de pouvoir te parler ouvertement de ce qui m'arrive, de ce que je ressens. Ce mariage, hier, la façon dont ont été accueillis mes modèles,

les félicitations que j'ai reçues m'ont remplie d'un tel plaisir que j'ai cessé de m'interroger. Là, ce matin, devant cette tasse de café, je réalise que je suis faite pour ce métier. Ces quelques semaines de travail m'ont montré le chemin. Grand-Mère m'a montré le chemin. Je serai créatrice de mode. Le seul fait de le savoir et de l'accepter me plonge dans une grande sérénité. Qu'Alexander soit quelqu'un de bien ou pas n'a plus d'importance aujourd'hui. Je ne retournerai pas en Amérique. Ma place est ici, mon avenir est ici.

Elle parlait d'une voix calme et assurée, comme soulagée de la terrible incertitude dans laquelle elle se débattait depuis deux ans. Cette vérité tant espérée mettait fin à un cauchemar et lui ouvrait la voie de la liberté.

— Céleste, tu veux divorcer?

Elle ne répondit pas à la question, se laissa aller contre le dossier de son fauteuil, détendue.

— Hier, je me disais que j'étais mariée depuis cinq ans, que mon mariage m'avait permis de fuir les conséquences de ce 22 août 1944. Alexander est arrivé au bon moment. J'ai été éblouie par sa prestance, le côté héros américain qui nous délivre de l'occupant. Par son amour aussi. Car je suis sûre qu'il m'aimait sincèrement. C'est tellement rassurant de se savoir aimée, n'est-ce pas, Maman? M'aime-t-il encore? Je n'en sais rien. Il n'a jamais écrit.

— Mais toi, l'aimes-tu encore?

— Je ne veux garder que les bons souvenirs, ces quelques mois avant notre mariage, ces quelques jours à New York… C'est assez pour que je n'oublie pas que nous avons été heureux. Oui, je l'aime encore… Je le crois. Non, j'en suis sûre. Mais comme je le lui ai dit avant de partir, ce n'est pas suffisant.

Le regard de Perline, ouvert, chaleureux, s'attarda sur elle. Le silence les enveloppa.

— Et s'il t'écrivait qu'il a acheté une maison loin de sa famille, qu'il t'attend pour construire à deux un véritable foyer ?

Céleste prit son temps avant de répondre.

— Il y a des femmes comme Tante Julie qui sont faites pour tenir une maison, préparer des repas agréables, veiller au confort d'un époux… tout ce qu'on nous enseigne dans les écoles ménagères. Je ne suis pas de celles-là. Je ne le serai jamais.

— Alors, dis-le-lui. Tu lui dois la vérité.

Céleste poussa un profond soupir.

— Oui, je vais lui écrire. Après, c'est lui qui décidera si nous devons divorcer.

22

La première neige tomba au lendemain de la Toussaint. Depuis la veille, une nappe de brouillard s'était déposée sur les toits, enveloppant la ville dans une atmosphère frileuse. Elle arrivait tôt cette année, mais ce n'était pas exceptionnel. Elle ne tiendrait pas au sol, se contentant d'annoncer l'arrivée d'un hiver précoce.

Dans son bureau, Céleste avait allumé le chauffage. Elle terminait la lettre à l'imprimeur qui accompagnait son catalogue.

Son catalogue !

Le premier qu'elle s'autorisait à publier. Une bouffée de joie mêlée de fierté la submergea. Elle leva les yeux et regarda les flocons danser dans la brume. Ils étaient capricieux, hésitaient à descendre, se laissant soulever par un souffle d'air, libres d'ignorer la gravité. Elle y vit comme un présage favorable. La première neige, le premier catalogue. Avant de glisser le fascicule dans l'enveloppe, elle l'ouvrit une fois encore, s'arrêta sur les croquis de manteaux, de robes en lainage, de longues écharpes en angora, de chapeaux de feutre. Elle sourit. Avant la fin de la semaine, il serait distribué gratuitement chez ses clientes habituelles et mis à disposition dans les kiosques à journaux. Le froid qui s'installait lui faisait un clin d'œil complice. On allait se précipiter sur les vêtements d'hiver.

Louis frappa à la porte, une enveloppe de papier kraft à la main, tachée d'eau et d'encre. Le facteur s'excusait, mais ce n'était pas de son fait. Il l'avait trouvée dans cet état au milieu du courrier à distribuer. D'ailleurs, elle venait de loin et pouvait avoir subi des dégradations avant même son arrivée en France. La vue des nombreux cachets étrangers lui indiqua l'expéditeur. Soliès donnait de ses nouvelles.

— Tenez, Louis, portez ceci à l'imprimeur, dit-elle en lui tendant le carnet de croquis soigneusement emballé. Marceline vous remplacera. De toute façon, avec ce mauvais temps, les clients ne vont pas se bousculer.

Louis parti, elle posa les yeux sur l'enveloppe, s'arrêta bouche bée au milieu de la pièce. Le nom d'Alexander Wales lui sauta aux yeux. Elle retint son souffle et eut pendant quelques secondes l'impression que son cœur avait cessé de battre. À tâtons, elle trouva appui sur le dossier du fauteuil et s'y glissa lentement. Ainsi, Alexander répondait à sa lettre. Elle n'y croyait plus. Les premières semaines, elle s'était attendue à voir arriver chez elle notaire et avocat préparant le divorce, ou même un huissier de justice venu constater la séparation et lui enjoignant de réintégrer prestement le domicile conjugal. Il ne s'était rien passé de tout cela. Soliès, trop absorbée par ses retrouvailles avec Nicolas Warty, restait silencieuse et lui-même avait attendu près de trois mois pour se manifester.

Quelque chose l'empêchait de déchirer l'emballage déjà endommagé. D'une main tremblante, elle chercha le coupe-papier sur la table, la meilleure entaille où le glisser, retardant encore le moment de découvrir les liasses de formulaires qui ne manqueraient pas d'accompagner sa lettre d'adieu et son accord pour le divorce. Elle ne découvrit qu'un cahier, taché, usé, froissé en maints endroits tant il avait été manipulé. Elle le retourna, le secoua. Rien d'autre. Pas de lettre. Rien que ce cahier d'écolier. Les deux dernières feuilles étaient collées à la couverture et l'encre avait suinté à travers le papier. Elle n'insista pas, remisant le problème pour plus tard. Ce cahier, elle le reconnaissait. C'était celui que son mari ouvrait quand les cauchemars hantaient ses nuits. « Tu me feras lire ? » disait-elle, plus pour exprimer son amour que par curiosité. « Oui, plus tard… »

Il s'était dit que le moment était venu pour elle de lire ces pages. Allait-elle comprendre ? Et comprendre quoi ? Sa faiblesse ? Sa lâcheté ? Son peu d'empressement à s'installer sur les terres du nord ? N'était-il pas trop tard ?

Elle se leva ; avec une lenteur étudiée, elle mit la bouilloire en route, prépara du café. C'est seulement quand la fumée odorante monta dans la pièce, qu'elle s'installa derrière sa table et commença à lire.

Ce n'était pas un récit quotidien. Entre deux écrits, il pouvait s'écouler plusieurs semaines, voire plusieurs mois. Souvent, le texte n'était pas daté.

Ce n'était pas non plus à proprement parler un journal intime. À l'exception des premières pages où il évoquait sa blessure, sa rencontre avec Céleste, l'occupation en Allemagne, les paragraphes écrits à la hâte recelaient peu de réflexions et encore moins de sentiments. Nulle part les moments heureux de leur vie commune. Rien sur les mois qui avaient précédé leur mariage, rien sur les quelques jours passés à New York. Cette lacune l'éprouva douloureusement jusqu'à ce qu'elle comprît que le bonheur ne se raconte pas. Il était imprimé en lui comme en elle aussi longtemps qu'ils vivraient.

Ce qu'elle avait sous les yeux, c'était des notes écrites comme des articles de journaux où l'émotion n'avait pas sa place. Des faits, des événements. S'il parlait de sa mère, enfermée dans sa religion, tyrannique avec ceux qui n'affichaient pas la même foi, c'était pour relater un incident en cuisine. Pas de jugement ni de reproche. Parlant de Miranda, il évoquait une rentrée des classes où elle s'était montrée particulièrement accommodante avec la directrice, patiente avec les enfants, soumise aux exigences de Joan et de son mari, autant de qualités dont Céleste était dépourvue.

Les plus longs passages, écrits avec une telle nervosité qu'ils en étaient parfois illisibles, étaient ceux de ses nuits sans sommeil. Ses cauchemars s'appelaient Buchenwald. Il racontait et décrivait avec d'infinis détails ce qu'il avait vu et qu'il revoyait indéfiniment en rêve, images exacerbées par le temps : regards des survivants qui n'étaient plus des hommes mais des squelettes, malades couverts de plaies purulentes, baraquements et latrines innommables, objets en peau humaine, en os humains, flacons de formol aux contenus incertains, charniers maladroitement recouverts de terre… Il évoquait les odeurs avec une telle précision qu'on croyait respirer les miasmes. Pas plus la colère que le dégoût n'était exprimé. Aucune émotion, aucun sentiment, rien que des faits. Mais chaque phrase, chaque ligne exsudait la haine.

Céleste lisait sans retenir ses larmes. Elle savait les horreurs perpétrées dans les camps de concentration. Il le lui avait dit, elle l'avait appris au cours de ses recherches, mais elle ne l'avait jamais lu à travers les mots d'Alexander. La haine s'était emparée de son cœur et de son cerveau. « La haine est un sentiment dangereux, disait-il. Elle ruine la vie de celui qui s'en repaît. » Et il ajoutait : « Tiens-toi à l'écart des gens haineux. Ils pourraient te détruire. »

Céleste leva les yeux de sa lecture. Un malaise indéfinissable étreignait douloureusement son cœur, dissolvant son assurance, jusqu'à sa résistance physique. Elle devait fermer ce cahier, faire une pause. La matinée s'achevait. Dehors, la neige avait cessé de tomber. Elle n'avait aucune envie de déjeuner seule chez elle. Elle prit son manteau, laissa Louis fermer l'atelier et dirigea ses pas vers l'épicerie de Lucille. Marcher lui fit du bien. Elle avait besoin de réfléchir. Elle avait aussi besoin d'avaler quelque chose. Tout ce café ingurgité depuis le matin lui révulsait l'estomac.

C'était l'heure d'affluence et il y avait du monde jusque sur le trottoir, essentiellement des ouvrières qui attendaient sagement leur tour en papotant. Beaucoup habitaient loin et ne rentraient pas pour la courte pause de midi. Lucille cuisinait des terrines, des pâtés au jambon qu'elle vendait pour quelques francs.

— Céleste ! Seigneur, comme tu es pâle ! Tu n'es pas malade au moins ?

— Non, Tante Lucille, tout va bien. C'est ce froid. Je ne suis pas encore habituée. Comment va Claire ?

— Elle s'est levée de bonne heure avec son père pour protéger les plantes du gel. Va te réchauffer dans l'arrière-boutique. Je t'apporte à manger dès que j'ai fini ici.

C'était bon de s'installer près du poêle, d'écouter ronronner le feu, d'entendre les conversations entre sa tante et les clients, de ne plus penser à rien… Lucille la rejoignit, un plat dans chaque main. Elle s'affaira autour du fourneau tout en commentant les dernières nouvelles. Dorian et Claire faisaient l'essentiel de son bavardage. Sa fille qui fréquentait ce jeune vétérinaire ne parlait pas encore mariage, mais on sentait que c'était du sérieux. Il avait de l'ambition, ce garçon, et des projets. Il s'était arrangé avec Clémence pour lui louer la grange. Il ferait les travaux nécessaires et y installerait son cabinet. Lucille, entre deux coups de tisonnier dans le foyer, reconnaissait là-dedans les idées de sa fille et cela l'amusait beaucoup. Céleste acquiesçait, hochait la tête, souriait aussi. Elle savait tout cela, mais elle aimait l'entendre une fois de plus de la bouche de sa tante.

De Claire, Lucille glissa naturellement à son frère. Mathias tempêtait contre Vincent qui n'avait pas encore compris que l'apprentissage sur des machines ne suffisait pas à diriger une usine et qu'il devait reprendre le chemin de l'école.

— Ah, il ne ressemble pas à ses cousines, celui-ci, disait-elle en ouvrant un bocal de poires au sirop de sa confection. Livres et cahiers lui font horreur.

Julie, trop mère poule, soutenait son fils qu'elle avait gâté outrageusement et c'était souvent la soupe à la grimace le soir autour de la table. Heureusement, une solution était en vue. Mathias et Géraud s'était mis d'accord pour inscrire le petit à des cours du soir et, s'il venait à les manquer, Géraud le mettrait tout simplement à la porte. Bérenger n'avait rien à dire puisque de toute façon il passait sa vie à l'étranger et se désintéressait de ce qui se passait dans ses ateliers. Heureusement qu'il y avait Perline. Quelle famille ! Seigneur, quelle famille !

Quand elle reprit le chemin du magasin, Céleste avait retrouvé le rose de ses joues. Cette famille, c'était la sienne. Elle l'aimait et n'avait aucune envie de la perdre une seconde fois. Lucille, Claire, Mathias, sa mère… ils faisaient partie de sa vie. Ils étaient sa vie. Les Wales n'avaient été qu'un épisode et cet épisode était définitivement clos. Elle ne retournerait pas là-bas.

Essayages, commandes, retouches se succédèrent sans relâche tout l'après-midi. Ce n'est que le soir que Céleste put continuer sa lecture.

Elle salua Louis et les deux couturières, rangea son bureau, rentra chez elle. Une fois installée dans un fauteuil, les jambes recouvertes d'une couverture, elle ferma les yeux, essayant de se plonger dans le calme. Une question la tourmentait depuis le matin, la taraudait comme une écharde qu'on n'arrive pas à ôter : quel but poursuivait Alexander en lui faisant parvenir ce cahier ? Quelles étaient ses intentions ? Trouverait-elle la réponse au fil des pages ? Avant la fin ? Elle n'avait pas encore tenté de séparer les deux dernières feuilles de crainte de les déchirer. Maintenant, ce qu'elle voulait savoir, c'était ce qui s'était passé après son départ.

Elle retrouva la date et fut terriblement déçue. Alexander avait seulement écrit : « *Céleste est partie.* »

Pas un mot sur ses adieux à la famille. Rien sur leur séparation à la gare de Greensborough. Elle revint en arrière, trouva quelques lignes sur les terrains à vendre, la digue à construire, la maison abandonnée. Peu de choses si ce n'est cette réflexion qui la surprit : « *Je n'aime pas cette ferme.* » Rien non plus sur ce repas du soir où elle avait provoqué leur indignation à tous en décidant de travailler.

Un événement en juillet 1948. Elle était partie depuis près d'un mois. C'était un dimanche. Alexander écrivait qu'il avait assisté à l'office avec la famille mais n'était pas rentré pour le déjeuner dominical, préférant aller au pub, où il avait rencontré des copains. Ils avaient fait la fête, avaient ri, chanté, bu plus que de coutume jusqu'au milieu de la nuit. Il était rentré « *stinking drunk like a pig* », écrivait-il, littéralement « soûl comme un cochon ». Incapable de tenir le volant de son pick-up, il avait fait une embardée devant un des silos et heurté la barrière de protection. Son père qui l'attendait était venu jusqu'à lui, l'avait tiré hors de la voiture et lui avait administré la raclée de sa vie, avant de l'abandonner sur le bas-côté où les ouvriers l'avaient trouvé au petit matin. Il s'interrogeait sur les motifs de cette correction brutale à laquelle son père ne l'avait pas habitué. Était-ce parce qu'il avait bu ? Parce qu'il avait fracassé la rambarde ? Ou parce qu'il avait affiché aux yeux de tous son infortune conjugale ? Après réflexion, il avait opté pour la troisième raison.

Un épisode que Soliès n'avait jamais mentionné dans ses lettres.

Plus tard, les moissons, l'ensilage, la construction de la digue lui avaient rendu l'estime de son père.

Des mois sans rien écrire. Puis une date : 1948. Une ville : Boston. Il travaillait avec des chercheurs d'Harvard dans une salle de plus de quarante mètres de long et presque autant de large, principalement meublée de panneaux alvéolés où étaient fichés des milliers de tubes à vide. Son vocabulaire s'était enrichi de mots jusque-là inconnus : réseau, connexion, logiciel, système binaire, modem… L'armée qu'il avait réintégrée n'exigeait pas de lui qu'il porte l'uniforme, mais voulait des résultats. Était-il heureux, mélancolique, désabusé ? Il n'en disait rien. Rien non plus sur sa vie pratique, l'endroit où il logeait, où il prenait ses repas, la solde que l'armée lui versait. Pas un mot. Quelques lignes seulement sur l'entraînement physique qui lui était imposé quotidiennement pour pallier la fatigue intellectuelle d'une journée enfermé dans un laboratoire.

Pendant l'hiver qui suivit, sa mère tomba malade, l'appela à son chevet. Il fit le voyage, la trouva un peu vieillie mais en bonne forme. Elle voulait le revoir, lui parler. Elle lui reprochait d'être parti. Soliès qui avait renoué avec ce chimiste prenait ses distances, cherchait un appartement en ville et Joan craignait de se retrouver seule. Certes, il y avait Douglas. Mais ce n'était pas pareil. Miranda et les enfants l'occupaient beaucoup. Son fils chéri, son Alexander lui manquait. N'était-il pas seul lui aussi ? Ne pouvaient-ils pas réunir leurs solitudes ? Le départ de sa femme était un signe du Ciel. Cette Française, n'avait-elle pas influencé fâcheusement Soliès avec ses idées immorales ? Heureusement, il était là. Ils allaient vivre tous les deux comme lorsqu'il était enfant. Il allait revenir à la maison.

Alexander resta une semaine complète à Wales' Farm et retourna à Boston.

Il écrivit : « *Je commence à ne plus me mépriser.* »

La phrase était tellement insolite au milieu de toutes ces pages dénuées d'émotion qu'elle la relut plusieurs fois afin de mieux s'en imprégner. Elle revint en arrière, chercha la période de sa vie où il s'était senti méprisable. Peut-être quand il parlait de la haine. Non, c'est elle qui extrapolait.

Étaient-ce ses recherches pour l'armée qui lui rendaient l'estime de soi ou le fait de n'avoir pas cédé aux instances de Joan ?

La pendule marquait vingt heures trente. Elle avait déjà parcouru les trois quarts du cahier. Elle se leva pour préparer une infusion. L'attente de connaître la suite effaçait la fatigue.

Le laboratoire d'Harvard publia les résultats d'une année de recherche dans une revue scientifique. Des brevets furent déposés, le nom d'Alexander cité plusieurs fois. Il eut droit aux félicitations de ses supérieurs. Suivaient des annotations sur son travail, ses relations avec les ingénieurs d'Harvard, son inscription à une épreuve sportive d'endurance dans le Maine…

En juillet 1949, Alexander écrivit quatre lettres : *NATO*. Et un peu plus loin : « *La France ouvre son territoire aux bases américaines.* »

Son cœur bondit dans sa poitrine. Elle tourna la page. Les mots écrits en lettres géantes lui sautèrent aux yeux :

Centre d'études des télécommunications de l'armée. L'information était écrite en français et occupait une feuille entière. En face, Alexander avait noté :

« *J'ai rencontré le responsable qui dirige le corps des ingénieurs militaires français. Merci, Céleste, pour m'avoir appris ta langue.* »

Le sang lui monta à la tête et elle crut un instant se trouver mal.

15 janvier 1950 : « *Discussions…* »

22 février 1950 : « *On devrait parvenir à un compromis. Je travaillerais pour l'armée française tout en restant sous les ordres de mes supérieurs américains.* »

8 mars 1950 : « *J'ai signé. Je retourne en France.* »

Céleste cessa de lire. La tête lui tournait. Sa vue se brouillait.

Il ne restait que trois pages. Il fallait trouver le moyen de décoller les deux dernières. Le cerveau en ébullition, elle mit de l'eau à chauffer, manqua de renverser la casserole tant ses mains tremblaient. Le résultat ne fut pas loin d'être un désastre. Les feuilles se séparèrent, mais l'encre avait bavé sous l'effet de la vapeur, délavant certains mots, recouvrant d'autres de taches indélébiles. Le haut, le bas et les marges étaient épargnés, mais le centre n'était plus qu'un buvard imbibé. Elle en aurait pleuré de rage.

Ce n'était plus le récit de ses activités, c'était une lettre. Il la lui avait adressée le mois précédent. Sa signature se lisait très distinctement au bas de la dernière page. Et juste au-dessus : « Je t'attendrai. »

Elle posa à nouveau son regard sur la tache centrale, parvint à déchiffrer quelques mots émergeant comme des îlots sur une mer d'encre : *militaire*, *Marie-Josèphe*, *te revoir*, *France*, *hôpital*, *couple*, *pardon*, *départ*, *fragilité*… des mots qu'elle devait rattacher à d'autres pour savoir. Elle prit une loupe, un crayon de papier, commença à recouvrir chaque lettre visible d'un trait fin. Au bout d'une heure d'un travail méticuleux, elle parvint à reconstituer une grande partie de la lettre.

Céleste, ma chérie, mon amour,

Te souviens-tu de cette phrase que tu m'as si souvent répétée :

« Il n'y a pas plus léger soulagement que celui qu'on éprouve quand on a dépassé ses peurs. »

Je suis dans cette légèreté. Après de multiples hésitations, je suis enfin arrivé à t'écrire, à t'envoyer ce carnet, à renouer avec toi après ces mois où je me suis efforcé de t'oublier sans y parvenir. Les souvenirs que j'avais de toi ont hanté mes nuits avec encore plus d'intensité que ces cauchemars dont j'avais fini par me débarrasser. Je ne compte plus les matins où je me suis réveillé te cherchant à mes côtés et te maudissant pour ton absence...

Suivait un passage illisible d'où émergeaient : … *pardon... mes faiblesses... le poids du respect familial... incapable de décider... besoin de te serrer...*

Puis l'écriture redevenait nette :

Tu n'avais pas compris pourquoi je n'insistais pas pour remettre cette ferme en état ? Je n'en voulais pas, de cette ferme ; je ne voulais pas être farmer. *Le maïs me fait horreur. Je souhaitais vivre autre chose et ailleurs...*

À nouveau quelques lignes délavées : ... *les mêmes habitudes, les mêmes relations, ces relations qui nous obligeaient... prisonnier de mes promesses... tiraillé entre mon amour pour toi et mes devoirs envers la famille... en attente d'autre chose... le traumatisme de la guerre... aucune excuse... fragilité... reprendre les études...*

C'était à n'y rien comprendre et pourtant elle comprenait. Des éléments du passé se mettaient en place comme les morceaux d'un puzzle qu'on parvient à assembler. Il manquait des pièces, mais l'image apparaissait de plus en plus nettement. Elle tourna la page.

Je me suis méprisé pour t'avoir laissée partir, ce matin-là... cédé au désir inconscient de ma mère de te voir t'en aller... ton départ, plus violent qu'un électrochoc, m'a ouvert la voie de... la langue française qui a permis mon intégration dans la base militaire de Beaune où je me rends dans quelques jours en tant qu'instructeur auprès...

Beaune ! Alexander était à Beaune !

Céleste, mon amour, je t'aime. Tu es partie, mais c'est moi qui viens te chercher. Nous ne vivrons pas sous le même toit, mais nous serons ensemble...

En bas de la dernière page, la fin de la lettre était parfaitement lisible.

Je ne veux pas divorcer. Je souhaite prendre un nouveau départ avec toi. Nous serons un couple étrange, mais un couple tout de même. Nous ne pourrons que nous aimer davantage car nous ne partagerons que les moments heureux. Je t'ai fait trop de mal pour exiger de toi que tu viennes t'installer ici, à Beaune. Je ne te le demanderai pas. Je sais que tu aimes trop ton métier et je ne veux pas prendre le risque de te perdre une seconde fois. Si un jour nous éprouvons le besoin de vivre ensemble, nous en reparlerons. Laissons le temps cicatriser les blessures. Retrouvons-nous là où notre histoire a commencé, dans ce jardin de l'hôpital. Sœur Marie-Josèphe nous y attend. Si tu acceptes de me rencontrer, préviens-la de ton arrivée. J'ai tant envie de te revoir, de te serrer contre moi, mon amour. Je t'attendrai...

Ton mari, Alexander.

Céleste referma lentement le cahier, demeura quelques instants étourdie par le choc avant qu'une onde de joie s'empare d'elle. Ces quelques lignes faisaient d'elle un être neuf animé d'un fabuleux espoir qui ajoutait à la femme heureuse l'épouse comblée. « *Un couple étrange* », écrivait-il. Elle eut un petit rire. Perline et Géraud, ses parents, ne formaient-ils pas un couple étrange ? Et que dire de Bérenger et de Bradley ? Leur amour que les années n'avaient pas corrompu n'était-il pas toujours aussi grand ?

Il se faisait tard. Demain, elle téléphonerait à sœur Marie-Josèphe et lui annoncerait son arrivée.

***

Jamais train ne lui avait paru aussi lent. Jamais émotion n'avait autant bouleversé son cœur. Les mains croisées sur son sac, Céleste s'obligeait à la patience. Derrière la vitre, le ciel brumeux commençait à se déchirer en vagues blanches qui dévoilaient un paysage de champs et de collines couvertes de vignes. Malgré le froid des jours précédents, beaucoup d'arbres portaient encore leurs feuilles. Elles avaient pris des teintes cuivrées, « comme tes cheveux », lui aurait dit sa mère qui l'avait serrée contre elle ce matin. La veille, elle avait prévenu sœur Marie-Josèphe de son arrivée.

— Vous l'aimez vraiment ? avait demandé la religieuse de cette voix caractéristique où la froideur le disputait à la bienveillance.

— Oui, ma sœur.

— Au point de vouloir partager cette vie qu'il vous propose ?

— C'est la meilleure chose qui pouvait m'arriver.

— C'est bien. J'enverrai sœur Thérèse vous chercher à la gare.

Elle se sentait à la fois heureuse et troublée. Ce retour était si irréel.

— Laisse parler ton cœur, lui avait glissé Géraud avant qu'elle parte.

— Dis-lui que nous espérons très vite sa visite, avait précisé sa mère.

Elle avait relu cette lettre, s'interrogeant encore sur les mots qu'elle n'avait pas pu déchiffrer. *Nous comblerons les manques ensemble*, songea-t-elle.

Le train ralentissait. Elle arrivait. Dernier grincement, dernier soubresaut. La porte qui s'ouvre. Elle suivit la file des voyageurs. Une fois sur le quai, elle chercha des yeux une toge sombre, une cornette blanche.

C'est lui qui la vit en premier. Il l'aurait reconnue entre mille. Pendant un instant, il retint son souffle, avec la sensation que quelque chose d'extraordinaire était en train de survenir. Puis leurs yeux se croisèrent, leurs regards s'attachèrent l'un à l'autre. Elle interloquée, lui émerveillé. Elle était là, elle était venue.

L'instant d'après, elle était dans ses bras.

REMERCIEMENTS

Je remercie mes amies, professeures de français, qui ont accepté de lire mon manuscrit : Françoise Pardo, Roselyne Bodin, Anne-Marie Clausse et tout particulièrement Camille Cameau pour leurs compétences et leurs conseils.

Je remercie également Étienne Passebois qui vient de nous quitter et qui, en tant que protestant, m'a apporté une aide précieuse, ainsi que Joseph Ray, le père de Danielle Vignolo, qui a inspiré certains passages de ce livre.

J'ai une pensée pleine de fierté pour mon père, Roger Avit, qui a dissimulé le poste émetteur de son voisin sous son tas de charbon, alors que la Gestapo fouillait la maison, anecdote que je raconte dans ce livre et que j'ai dû modifier en fonction des personnages.

Enfin, je suis extrêmement redevable envers mes éditrices de Charleston qui continuent à me faire confiance.

Imprimé en Espagne par
Liberdúplex
à Sant Llorenç d'Hortons (Barcelone)
en août 2020

POCKET – 92, avenue de France – 75013 Paris

S30816/01